エール

名もなき人たちのうた

朝倉宏景

YELL

Asakura Hirokage

講談社

目次

装画　わじまやさほ
装丁　アルビレオ

エール

名もなき人たちのうた

1．2019年11月　戦力外通告

客席を見上げると、両手を組みあわせ、目をつむり、一心に祈りを捧《ささ》げている女性が目に飛びこんできた。膝の上に、二歳くらいの子どもをのせている。マウンドに立つ夏樹《なつき》からは距離があるので、子どもの性別まではっきりわからない。

もしかしたら、あの女性はバッターボックスに入った選手の妻なのかもしれない。

どうか、打って。

どうか、活躍して。

どうか、プロ野球選手でいつづけて。

そんな心の声がこちらまで響いてくるような、あまりに真剣な表情だった。

夏樹は、マウンド上でセットポジションに入った。グラブのなかの白球を左手で握り、縫い目に指を這わせる。

申し訳ないが、あの女性の祈りは、完膚《かんぷ》なきまでにたたきつぶす。相手バッターを三振にとり、人生でいちばんの絶望を味わわせてやる。

そうでもしなければ、こちらが生き残れないからだ。自分にも埼玉に妻と子どもがいる。おそらく、あの客席の女性と同じように息子を抱きながら——そして祈りながら、パソコンの前でライブ配信を見守っているだろう。

二〇一九年十一月十二日、12球団合同トライアウト。

クビになってしまったプロ選手たちが一堂に会し、来季の所属チームを勝ち取るため、しのぎを削りあう、真剣勝負の場だ。バックネット裏には、スピードガンを構えるスカウトの姿も多数見えた。

最近では、独立リーグのチームも増え、プロの裾野も広がっている。けれど、やはりプロ野球と言えば、セ・リーグ、パ・リーグで構成されるＮＰＢを誰もが思い浮かべるはずだ。たとえ二軍選手でも年俸やステータス、待遇は比べものにならないほどいい。

なんとしても、振り落とされたくない。しがみつきたい。このトライアウトに参加する全員がそう思っているはずだ。

しかし、ここで大活躍したからといって、必ずしもオファーがあるとはかぎらない。来年もＮＰＢでプレーできる幸運な人間は、このなかで数人いればいいほうだろう。

夏樹は、マウンド上で一つ、息を吐いた。邪念は捨てる。目の前のバッターを打ち取ることだけを考える。

右足を上げ、投球フォームに入った。

両腕を大きく開き、右足を前方に踏みこむ。

地面と水平に左腕を投げ出し、手首のスナップをきかせる。

人差し指と親指のあいだから、うまくボールが抜ける感覚が残った。

左バッターの背中側から食いこむような球筋に、打者は少しのけぞった。が、ボールは急激にアウトコースへと曲がり、沈みこみ、キャッチャーが構えるアウトローいっぱいに吸いこまれていった。

球審がストライクをコールする。

夏樹は、ロージンバッグを拾い上げた。左手の上で軽くバウンドさせて、滑《すべ》り止めの粉をなじませる。

これで、追いこんだ。トライアウトの対戦は、時間短縮のためにカウントがワンボール・ワンストライクからはじまる。このルールは、断然ピッチャー有利だと、夏樹は考えている。

「がんばれ、酒田《さかた》！　打て！」

バッターに声援が送られた。酒田選手は、一軍でも多くのプレー経験があるベテラン選手だ。抜群に知名度がある。だからこそ、夏樹はまず酒田を切って取ることでスカウトたちにアピールしたかった。

大阪シティ信金《しんきん》スタジアムには、平日にもかかわらず、多数の観客が詰めかけていた。ざっと数千人はいるだろうか。解雇を言い渡された選手たちが、必死になってもがき、奮闘する様を見てため息をもらし、歓声をあげる。

夏樹はセットポジションに入り、一度、自分の着ているユニフォームを見下ろした。

つい一ヵ月前まで、ほとんど毎日袖を通していた。今日をかぎりにもう着ることはないだろう。新しいユニフォームと背番号を、なんとしても勝ち取らねばならない。

二球目は、ストレートをわざと内角高目にはずし、バッターをのけぞらせた。これで、ツーボール・ツーストライク。

焦《あせ》りは禁物だ。ここが人生の大きな分かれ道。後悔はしたくない。

ボールを握る。歓声が遠くなる。逆にキャッチャーの構えるミットが、近くなるような錯覚を覚える。

いい兆候だ。集中している。夏樹は一つ大きくうなずいた。

全力で振った左手は、最高の感触でボールをリリースした。何もかもがスローに見えた。

酒田のバットが動く。

そのまま振れ！　夏樹が心中で叫んだ刹那《せつな》、ボールが急激に下降していった。

体勢を崩された酒田は、中途半端に出したバットをとめることができなかった。ワンバウンドしたボールをキャッチャーがおさえた。

「あぁー」球場中から、残念そうな声がいっせいにもれた。

思わずガッツポーズが出そうになる。寸前でなんとかこらえ、腰のあたりで小さく左の拳を握りしめた。


三人のバッターを無事に打ち取り、夏樹はマウンドを降りた。

酒田との対戦では、まるで悪役のような気分を味わった夏樹だったが、このときばかりは球場中から温かい拍手が響いた。夏樹は帽子を取り、一礼した。

酒田の妻と思われる女性を、ちらっと見上げた。一心に祈りを捧げていたあの女性は、深くうなだれていた。夏樹はそちらに向けて、もう一度頭を下げた。一仕事を終えた爽快感が、体を軽くしていた。

左の酒田のあとは、右打者二人との対戦だったが、難なく内野ゴロにしとめた。一般的にサウスポーは右バッターに弱いとされているが、これで左右関係なく通用することが証明できたはずだ。

ロッカールームに引きあげると、真っ先にスマホを取り出した。妻の有紗《ありさ》に電話をかける。まだ興奮が冷めやらず、手が軽く震えていて、液晶を操作するのに苦労した。

「もしもし！」甲高《かんだか》い声が、夏樹の鼓膜に突き刺さった。

「見てた？」夏樹はスマホを耳から離し、笑みを噛み殺しながら短くたずねた。

「当たり前だよ！　やったじゃん！」

それから、有紗は子どものように、すん、すんと泣きはじめた。

「本当によかったよぉ」

戦力外通告を受けたと告げたときも、有紗は涙を流した。夏樹はさすがに気の毒に思った。中途半端な実力のプロ野球選手であるばかりに、苦労や心労をかけつづけてきた。

母親の異変にあわてたのか、息子の勇馬《ゆうま》が「ママ……？」と、心細そうに呼ぶ声がもれ聞こえてきた。

「勇馬も見てたか？」

「うん、見てたよ。しっかり、パパだってわかってた」

「勇馬！　やったぞ！」

まだ、三歳だ。せめて物心つくまでは、プロのユニフォームを着て投球する姿を見せつづけたい――。

手を洗うことも忘れていた。電話を切ると、黒いスマホは滑り止めの粉がついてボディーが真っ白になっていた。

待ち受けにしている、有紗と勇馬の写真をしばらく眺めながら、実家の父親にも電話をかけようか迷っていた。きっと連絡を心待ちにしているはずだが、結局、スマホをスポーツバッグのなかに手荒く放りこんだ。夏樹の現役続行に否定的な姉にまた口をはさまれると思うと、せっかくのいい気分が台無しになってしまいそうだった。

着替えをすませ、関係者に挨拶を終えた。球場を出ると、スーツ姿の屈強な男がゆっくりとした歩調で近づいてきた。

「窪塚《くぼづか》夏樹投手ですね。先ほどのピッチング拝見しました。度胸のある投げっぷりに惚れ惚れ致しました」

「あ……、ああ、どうも」相手の素性がわからず、身構えたまま会釈を返す。

まさか、この場でオファーかとあわてたが、どうも様子がおかしい。男は名刺入れから、名刺を取り出した。

「わたくし、こういう者です」

訳もわからず、名刺を受け取る。見ると、有名な大手の警備会社の社名が印刷されていた。男の所属は人事部だ。

途端に落胆した。話には聞いていたのだ。トライアウトの場にスカウティングに来るのは、何も野球チームだけではない。警備会社、保険会社などの人事担当者が、手当たり次第に名刺をばらまいていくのだ、と。

子どもの頃から体育会系で育ってきた選手たちは、一般的に礼儀正しく、覇気《はき》があり、何より体力、根性もある。保険会社などの対外業務がある職種は、元プロ野球選手という経歴が話のネタになり、営業の強みになることも多い。

「もし、ご興味があれば、いつでもご連絡ください。お力になれればと思います」

自分でも驚いたのだが、手が勝手に動いていた。

左の手のひらのなかで、くしゃっと紙がつぶれる感触。しまった、やっちまったと思う一方で、夏樹は握りつぶした名刺を男に下手で放り投げていた。

「失礼ですが、必要ありません」

警備会社の男は唖然《あぜん》とした様子で、投げ返された自身の名刺を胸元でキャッチした。

「見てたんですよね、僕の投球。だったら、必要ないってわかるでしょ」

たぎっていた熱がしだいに冷めてくると、徐々に不安がふくらんできた。強気に振る舞った反面、ワイシャツの下がじっとりと汗ばんでいる。野球とはまったく関係のないこの男に、ともすればたずねてしまいそうになる。やっぱりどこからもオファーは来ないと思いますか？　だから、こうして名刺を渡しに来たんですか？

「電話、かかってくるといいですね、どこかのチームから」皮肉なのか、本心なのか、警備会社の男は、それだけを言って夏樹のもとを去っていった。

戦力外通告を受けたのはひと月前のことなのに、どうにも記憶が曖昧《あいまい》だ。

事前に「スーツで来るように」という電話を受けていたから、ある程度覚悟はできていたはずなのだが、チームのゼネラルマネージャーに面と向かって「申し訳ないが……」と切り出された瞬間、頭が真っ白になった。

二軍球場のクラブハウスだった。ゼネラルマネージャーと、球団職員が一人同席していた。相手はこういう場に慣れきっているのか、あるいは感情を殺さないと耐えられないのか、終始能面のような無表情だった。

自分としては、ピッチングフォームをサイドスローに改良し、ここから、というときだった。しかし、この場で何を訴えようが、どう粘ろうが、決定はくつがえらないだろう。球団職員からトライアウトの参加をうながされ、無言で首を縦に振るのが精いっぱいだった。

呆然としたまま、部屋を出た。本当はお世話になった選手やスタッフに挨拶に行くべきなのだが、足がなかなかグラウンドのほうへ向かなかった。

夏樹自身、今までに何人も解雇された選手を見送ってきた。去っていく選手に挨拶をされても、正直、何と応えていいのかわからなかった。励ませばいいのか、残念だったと嘆《なげ》くべきなのか。だからこそ、自分が解雇された今、相手の選手を困らせたくないという思いが強かった。哀《あわ》れに思われるのも嫌だった。

そのまま、クラブハウスの出口に向かいかけたところを、背後から呼びとめられた。先ほど同席していた球団職員の福盛《ふくもり》だった。

福盛も、元プロだ。同じように戦力外通告を受けて解雇され、そのまま職員になったと聞いている。

「みんなに挨拶していかないのか」

「笑われるのが、嫌なんで」つい強がって、皮肉めいた言葉が出てきてしまう。

「笑うわけないだろ」福盛は困惑した表情を浮かべた。「ほとんどの選手は、明日は我が身だと思ってるんだから」

職員の福盛との会話でさえ、ここまでぎこちない空気になってしまうのだから、同僚の選手になど絶対会いたくなかった。気まずい思いをするくらいなら、このまま別れたほうがいい。

「まあ気持ちは痛いほどわかるけどな……」元投手の福盛がつぶやいた。「偉そうかもしれないけど、現役をつづける気なら、最後にアドバイスさせてくれ」

窪塚君、君は打ちこまれて、ピンチになるとすぐにカッとなるよね。

負けん気が強くて、雄叫《おたけ》びだったり、ガッツポーズだったり、闘志が前面に出ることは悪くないんだが、キャッチャーやベンチからの指示に反発してばかりだと、不遜《ふそん》で、傲慢《ごうまん》な態度ともとられかねないよ。

強い闘志や信念と、冷静なピッチング術を、うまくなじませて昇華させないと、ステップアップは望めないよ。

まったく相手の言葉が耳に入ってこなかった。夏樹は、ただ一言「わかりました。お世話になりました」とだけ答え、頭を下げた。

今さら投球スタイルを変えられるとは思えなかった。

絶対的なエースなら、多少のわがままや人間性の欠陥も黙認される。犯罪や不貞行為でも起こさないかぎりは。

実際、小学生の頃から神童ともてはやされてきた夏樹が好き勝手振る舞っても、周囲は「あいつだから、しかたないか」と、あきらめの表情を浮かべた。それが、さらに夏樹のわがままな性格を増長させた。

しかし、プロになったにもかかわらず、満足に一軍のマウンドを守れないとなると、傲岸不遜で生意気なだけの、ただのダメ人間の烙印《らくいん》を押されたような気分になった。

戦力外通告を受けた日から、自分の体が、まるで他人の所有物であるかのような違和感がぬぐいきれないでいた。このままでは、心と体が互いに別の方向を向いたまま、ばらばらに離れていってしまいそうだった。

トライアウトを目指し、ただただ一心不乱に投げることでしか、この体を自分のものとして取り戻せない——そんな焦りだけが夏樹を突き動かしていた。


大阪でのトライアウトを終え、埼玉県にある自宅には、その日のうちに新幹線で帰った。

「ただいま！」スポーツバッグを玄関の床に置き、奥の居間に声をかけた。

「しっ！」人差し指を口にあてた有紗が、すぐに姿を見せた。「パパを待つって言ってたんだけど、今、ようやく寝たところだから」

互いに笑みを噛み殺し、見つめあう。革靴を脱ぎ、ネクタイを緩めた夏樹に、有紗が抱きついてきた。

「もしかして、飲んでた？」

「ちょっと……ね」

「誰かと？」

「いや、一人」

夜の十時を過ぎていた。東京駅の構内に飲み屋が見えた途端、体が自然と吸いこまれた。揚げ物やビールが疲れ切った心身にしみこむようだった。戦力外通告から今日まで、シビアに体を絞ってきたから、なおさらだ。

「今日くらい、勘弁してくれよ」夏樹は言い訳をするようにつぶやいた。警備会社の男と相対したときに感じた不安を、すべて体の奥底に流しきってからでないと家族の待つ家には帰れない——本能でそう感じたことは、有紗には言わないでおいた。

　居間に入ると、有紗はキッチンのカウンターに置いていたワインのボトルを、わざとらしく顔の横にかかげた。

「私も待ってたんだけどな」すねたように口をとがらせる。有紗の目は少し腫《は》れぼったかった。

「いっしょに飲もうと思って」

　夏樹はポケットからスマホを取り出し、ガラス製のローテーブルの上に置いた。二人の視線が暗い画面に集中し、そしてほぼ同時に目をそらした。

「そのワインは、決まったときのためにとっておこう」

「だね」絶えずわきあがってくる憂《うれ》いを振り払うような、有紗の笑みだった。

　夏樹は、その笑顔から逃れるように、となりの部屋をのぞいた。ぐっすり眠っている勇馬にそっと近づき、小さな頬に手をそえた。赤く上気したその皮膚は、温かかった。

「今日ね、はじめて言ったの」背後に有紗が立っていた。「パパみたいになりたいって」

「えっ……？」驚いて振り返る。

「配信見てて、パパ、カッコいいって、はじめて」

「そうか……」夏樹は右手で自身の左肩をなでた。そこまで球数は投げていないのだが、緊張していたせいかまだ張りが残っていた。「正直、複雑だな」

　おそらく、面と向かって勇馬に「プロ野球選手になりたい」と言われたら、手放しでよろこび、頭をなでるのだろう。

　しかし、息子が寝ている今は「複雑」としか言えない気分だった。いろいろな感情がからまりあって、自力では簡単にほどけなくなっていた。

そこからは、何をしていても集中できない日々がつづいた。

つねにスマホを手の届くところに置き、トイレにも風呂にも、肌身離さず持っていった。着信があるたびに、びくっと体が反応してしまう。

たいてい相手はむかしの友人や知り合いで、トライアウトのニュースを目にしたらしく、近況をたずねてくる連絡ばかりだった。大事な電話を待ってるんだ、くだらない会話をしているあいだに、どこかの球団からかかってきてしまったらどうするんだと、内心では怒鳴りたいのだが、

「まだどこからも……」と、力なく答えるのが精いっぱいだった。

普段は知らない番号からの着信には出ないようにしているのだが、この一週間は、逆に電話帳に入っている相手からの着信通知を無視するようになった。しかし知らない番号からの着信も、すべてが不動産や投資の勧誘だった。

しばらくすると、ちらほらとトライアウト受験者の去就《きょしゅう》が報じられるようになった。夏樹が三振を取ったあの酒田が、ＮＰＢのチームからオファーを受けたというネットニュースを見て目を疑った。内野のどのポジションでも守れるユーティリティープレーヤーを求めていたチームとニーズが合致したのだという。

観客席で祈っていた女性が頭に浮かぶ。今ごろ、さぞかしよろこんでいることだろう。

せっかく有紗が買ってくれたお祝いのワインは、いつまでも開かないままだ。徐々に食欲がなくなって、体重が落ちていった。気持ちを切らさずに、筋トレをしようとは思うのだが、軽くなる体重と反比例するように、心身が重く感じられた。

なかばあきらめかけていたとき、一件の着信があった。

夕方だった。勇馬が録画のアンパンマンを熱心に観ていたから、あわてて静かな玄関まで移動

したのだが、どうせまた関係のない電話だろうと、鈍麻《どんま》した感情が高まる期待を抑制する。

「もしもし……？」

「もしもし、そちらは窪塚夏樹さんの携帯電話でよろしいでしょうか？」

落ちついた中年男性の声だった。投資の勧誘はたいてい若い男女だったので、夏樹の期待はほんの少しだけ高まった。決してぬかよろこびはすまいと、「そうです。窪塚です」と、なるべく声を低くおさえて答える。

「わたくし、株式会社トクマルホールディングス、社長の徳丸《とくまる》と申します」

「は……？」

素っ頓狂な声が出た。咳払いでごまかし、あらかじめ用意していたセリフを口にする。

「何かの勧誘でしたら、お断りします。大事な電話を待ってますので」

「その大事な電話というのは、今までかかってきましたかね？」

思わぬ質問に、耳からスマホを離しかけた手がとまった。夏樹が無言でいると、「いやいや、申しおくれましたが……」と、社長が恐縮した様子で話をつづけた。

「わたくしどもトクマルホールディングスは、四年前に硬式野球部を立ち上げました。去年は都市対抗野球の二次予選にはじめて進出しましたが、結局そこでは全敗してしまい、本戦出場チームとの差をまざまざと思い知らされました」

都市対抗というワードで、ようやく合点がいった。

「……ということは、社会人野球ですか？」

「ザッツライト」と、社長は英語で答えた。

嫌な予感がふくらんでいく。特殊な詐欺に巻きこまれかけているんじゃないかという懸念がぬぐいきれなかった。社会人野球と言えば、自動車会社、製鉄会社、電機メーカーなど、有名なチームはたいてい会社も有名だ。トクマルホールディングスなどという社名は、野球はおろか、一般社会で生活していても聞いたことはない。

　そんな夏樹の不安を感じとったのか、社長が説明をつづけた。

「我々は、主に飲食店を展開している会社です」

「飲食……」

「たぶん、窪塚さんもご存じのはずですよ」と、社長は自信満々だ。「行ったことないですか？　徳丸水産《すいさん》」

「あっ……」記憶を掘り返すまでもなく、即答した。「あります」

　徳丸水産は、海鮮がメインの居酒屋だ。生のはまぐりやイカを頼むと、テーブルに小さい七輪が置かれ、客みずから焼くことができる。地元の埼玉や東京でもよく店を見かける。夏樹が徳丸水産に行ったのは、地方の遠征先だったから、全国に店舗を展開しているのかもしれない。

「あと、鳥丸《とりまる》もウチの主要ブランドです」

「えっ？　鳥丸もですか？」

　鳥丸は地鶏料理専門の居酒屋だ。焼き鳥はもちろん、シメの鶏白湯《パイタン》ラーメンがうまい。徳丸水産も鳥丸もかなり有名なチェーン店だが、まさか同じ会社が経営しているとは思ってもみなかった。徳丸水産は、どちらかというと安価で、店内も騒がしいイメージだ。反対に鳥丸は、すべてが個室か半個室になっていて、高級とは言わないまでも、静かで落ちついた客層が多かった。

「ということは、大きな会社ですよね」

「飲食店のほかにも、宅食事業と、飲食のノウハウを生かしたおもてなしがモットーのデイケアサービスを展開しています。年商で言いますと、去年はグループ全体で約五百五十億円です」

料理をしていた有紗が、様子をうかがいに玄関のほうまで出てきた。電話が長いから、もしやと思ったのだろう。

目が合う。どんな表情をとりつくろっていいのかわからず、夏樹は曖昧に微笑んだ。そのあいだにも、徳丸社長の一方的な勧誘はつづいた。

「野球部を維持できる企業としての体力も、ようやくついてきました。ですが、部としては非常に若く、発展途上の弱小チームです。プロの世界を経験し、気概にあふれる投球が持ち味の窪塚投手に是非《ぜひ》ともお力添えを賜りたいと、こうして無理を承知でお電話をかけたしだいです」

「なるほど……」とつぶやいたのは、ただの時間稼ぎに過ぎなかった。

目まぐるしいほどに、頭のなかで様々な思考が交錯していたのだ。

もう、プロからのオファーはないとみていいだろう。

だとしたら、大人しく引退するべきではないのか。

いや、まだやれる。見返してやる。

見返すって、いったい誰を？　今さら社会人チームにしがみつくなんて、いい笑いぐさになるだけじゃないか。

「とにかく、一度直接お会いしてお話ができたらと思っております」社長の声が、夏樹の思考を切断した。

「まあ……、話を聞くだけなら」

「よかった」と、社長はため息のような声をもらした。

本当に「よかった」のだろうか。誰もが知る大手警備会社の誘いをこの手で握りつぶし、聞いたこともない、知名度もない社会人野球チームのマウンドに登ることがはたして、正しい判断だと言えるのだろうか。

「ああ、一つだけいいですか？」

　社長が言った。

「我々、トクマルホールディングス野球部は、全部員が社業を最優先するという方針で活動しています」

「最優先……」

「つまり、元プロといえども待遇は変わりません。窪塚さんも、もちろん徳丸水産で従業員として働いていただきます」

「はい……？」言葉がつまって、それ以上出てこない。

「野球部員はみな、居酒屋の店舗に所属し、正社員として働いています。本業のシフトは夕方から夜にかけてです。そして野球部の活動は、朝から昼過ぎまでです」

　嘘だろと、耳を疑った。不自然にあいた間をうめるように、社長が重々しい口調でつけ足した。

「一年の活動をこなすためには、何より体力と気力が必要不可欠です。私が言うのもおかしな話ですが、生半可な覚悟では勤まらないでしょう」

　ふざけんな、俺に皿洗いや料理運びをさせようってのか——そう怒鳴りかけて、なんとかこらえた。

　今の己の評価を、真正面から突きつけられたような気がしたのだ。二十四歳という中途半端な年齢で、マウンドにしがみつこうとするならば、それ相応の対価を払わなければならないということだ。

有紗からの視線が痛かった。夏樹は力なく首を横に振った。その重苦しい雰囲気を感じとったらしく、有紗も深くため息をもらした。

「少し……、考えさせていただけますか？」警備服を着て働く自身の姿は容易には想像できなかったが、前掛けをして料理やビールを運ぶのはもっとイメージがわかない。

それでも、生きていかなければならない。妻と子を養わなければならない。

野球しかしてこなかった自分の人生をかえりみて、夏樹は今はじめて後悔の念にかられていた。


「おかしいでしょ！」有紗は、夏樹の説明を聞いて声を荒らげた。「そんなの、労働力を確保するために、野球をエサにしてるようなものじゃない」

「いや……、それは言い過ぎだろ」とは言ったものの、夏樹もまったく同じ印象を受けていた。むしろ、心のなかのもやもやした不満を、有紗がうまく代弁してくれたような気分だった。

出来たての夕食を前に夏樹は心ここにあらずという状態で、機械的にご飯とおかずを口に運んでいた。

電話を受けたあと、まったく知識のなかった社会人野球についてネットで調べてみた。廃部や休部が相次いで、チーム数が減少している印象があったが、意外なことに、ここ最近少しずつではあるが新規参入が増えているらしい。

その要因の一つとしてあげられるのが、有紗が言った通り本業の「人材確保」だ。

物流や建設・土木会社、トクマルホールディングスのような飲食や介護の業界など、いわゆる肉体労働が求められる職種は、若い働き手が少ない。入社してもすぐやめてしまう。

　そこで、高校や大学の野球部を出た若者に、競技をつづける場を提供する。そのかわり、社業もおろそかにせず、しっかり働いてもらう。夏樹が警備会社に勧誘されたように、野球選手なら体力があり、礼儀も心得ていることはたしかだから、肉体労働にはもってこいの人材だ。

　たしかに、ウィンウィンの関係だと思う。ＮＰＢのドラフトでは、近年、新興の社会人野球チームからの指名もちらほらと見られるようになってきたから、無名の選手にとってもプロへの道をつなぐためのステップにじゅうぶんなり得るのだ。

　ただ、問題は給料だ。

　誰もが名前を知る大手の名門野球部ならまだしも、新規参入のチームに多額の給与を払う余裕があるとも思えない。おそらく居酒屋で働くことになったら、同僚の一般社員とそう変わらない給料で働き、なおかつ野球のプレーに必要な個人の道具の費用をそこから捻出しなければならなくなるだろう。

　ピッチャーならスパイク、バッターならバットが、主な消耗品になる。たとえば、木製バットは一本二万円前後する。折れたり、ヒビが入るたびに交換する必要があるから、年間数十本は購入しなければならない。それだけで、五十万円以上の出費だ。考えただけで、頭が痛くなる。

「居酒屋の正社員で二十代だと、どんなに頑張っても月収は二十万前半くらいでしょ」有紗が勇馬に卵焼きを食べさせながら、顔を曇らせた。

　勇馬の好物の甘い卵焼きに、有紗は最近、人参をすりおろして加えている。勇馬が気づかずに食べたことで有紗は調子にのり、どんどん人参の量を増やしている。赤く色づいた卵焼きの味と食感に、さすがに異変を感じたのか、勇馬が顔をしかめ、「嫌だ！」と吐き出した。

「もぉ！　わがまま言わないの！」箸で小さくちぎった卵焼きを、有紗がなんとか口に押しこめようとする。

　幼児用の椅子に腰をかけたまま、頭を左右に振り、母親の猛攻を勇馬がかわしている。

　そのやりとりを見て、夏樹も嫌いなレバーを口いっぱいに詰めこまれたような表情になった。頭はただただ金の計算でいっぱいだった。

　今年の年俸は五百万円だった。一月から十二月まで分割して振りこまれるので、解雇されたあとも年末までは収入がある。年は越せる。

　それでも、家族三人の暮らしはカツカツで、実家にも仕送りをしていたから、預貯金はほぼない。一月から無収入状態になるのは、なんとしてもさけなければならない。とはいえ、今は十一月末。夏樹は警備会社の名刺を握りつぶしたことを、ここにきて激しく後悔していた。見通しが、あまりに甘すぎた。今ごろ、あの人事担当者は「見たことか」と、あざ笑っているだろう。

「まあ、話を聞くのはタダだからさ」言い訳するようにつぶやき、夏樹は卵焼きを食べた。やはり、おろした人参の食感と味が濃い。何事にも限度というものがある。

「ねぇ、夏樹は野球つづけたいんだよね？」結局、卵焼きを食べさせることをあきらめた有紗が、ため息をつきながらたずねてきた。

　問われて、自身の心のうちをのぞいてみた。

　わからない。それが、率直な感想だった。戦力外を言い渡されたとき、トライアウトへの参加をうながされ、茫然《ぼうぜん》自失《じしつ》の状態でうなずいてしまった。そのまま、強い渦に巻きこまれ、結局ＮＰＢからもっとも遠い場所まで押し流されてしまった。

　ふつうなら、とっくにあきらめるのかもしれない。ＮＰＢのチームを解雇され、社会人野球を経てふたたびＮＰＢに返り咲いた選手は、夏樹の知るかぎりほんの数人。可能性はほぼゼロだ。

　でも、このままではおさまりがつかない。野球をつづけたい、という感情よりも、マウンドに立たなければ自分が自分でいられなくなるという不安のほうが強かった。子どものころから、毎日のように取り組んでいたことを、自分の意思とは関係なく、突然「もうやらないでいい」と言い渡されたのだから当然かもしれない。

「私も働かなきゃダメかな」無言の夏樹にじれたように、有紗が言った。「ってか、ダメだよね。私たちの世代だったら、共働きがふつうだもんね」

「なぁ、結婚するとき、俺が言ったこと、覚えてる？」自分から気まずい話題を口にしたのは、このまま互いに目を背けたままやり過ごしてしまえば、心理的な距離がますます離れていくばかりだと思ったからだ。

「……覚えてるよ、もちろん」

「絶対、一億円プレーヤーになって、有紗には贅沢《ぜいたく》させてやる。だから、結婚しようって。俺はそう断言した」

　有紗は、高校の野球部のマネージャーだった。高卒でドラフト指名を受け、数年後、まだ大学在学中だった有紗と二十一歳で結婚した。

　高校時代の生意気で勝ち気な夏樹を叱れたのは、監督と有紗だけだった。ときにおだてながら、ときに尻をたたきながら、有紗はうまく夏樹の手綱《たづな》を握り、コントロールしてきた。夏樹としては、それをまったく不快には感じなかった。

「あのときは、うれしかったし、そうなることを信じてたよ」有紗が食卓から目をそらした。

　その視線の先を、夏樹も見た。キッチンカウンターの上に、結婚式の写真が飾られている。恐れもなく、明るい未来しか見すえていない、たった数年前の夫婦の姿が焼きつけられていた。

「でも、その約束が果たされなかったからって、私はちっとも不幸なんかじゃない。その言葉があったから、夏樹と結婚したわけじゃないんだから」

　強がっているようにも聞こえた。しかし、夏樹は有紗の告白を素直に信じたかった。そうでなければ、自分があまりにみじめに思えてしかたがなかったからだ。

　夕食後、夏樹はスマホを手に取った。

　先程教えられていた、社長個人の携帯番号をタップする。

「もしもし？　徳丸社長ですか？　窪塚です、はい。ぜひ、お話をうかがいたいと……」


　指定されたのは、徳丸水産の北浦和《きたうらわ》店だった。ランチと夜の開店時間の合間――午後の四時に店の扉を開ける。

　その途端、濃い磯のかおりに体が包まれた。今夜にでも食べられてしまうかもしれない魚たちが、大きな生《い》け簀《す》を悠然と泳いでいる。

「こんにちは」と、声をかけると、奥からぎょっとするほど肌の黒い男が現れた。高校球児や、プロの二軍選手よりも焼けているかもしれない。

「ごめんね、こんな場所で。社長の徳丸です」

　右手を差し出してくる。夏樹は握手を交わした。肉厚で、野球選手にもひけをとらない、ごつい手だった。

「というか、自分の店を『こんな場所』って言っちゃいけないか。ふつうはもっと高級なお店でおもてなししなきゃいけないわけだけどね、なんというかやっぱり手前味噌ではあるけれど、ここもここでうまい料理出すんだよって意地を見せていかなきゃいけないわけで、ね。それにしても、スーツで来る必要なんかなかったのに。って言っても、まあ来るよね、ふつう、スーツで。俺がきちんと言わなかったのがいけないんだけども」

　よくしゃべる。

　かく言う社長のいでたちは、紺のジャケットにショッキングピンクのワイシャツ、七分丈の真っ白いパンツ、素足に革靴という、少しぎらついたスタイルだった。中年にしては引き締まった体に、黒い肌、白い歯、ちょい悪ファッションは、漁師風居酒屋の雰囲気からはひどく浮いていた。どちらかと言うと、ワインとステーキのほうがよく似合う。

「窪塚投手に入社していただいた場合、この店舗での勤務をお願いしたいと考えてるんで、まあ、雰囲気だけでも見ていただけたらな、と」

　砕けた調子で社長が奥のテーブルへ案内する。そこには、すでに一人の男が腰をかけていた。しかし、夏樹がすぐ向かいに立っても反応がない。

　老人だった。おそらく八十代で、よく見ると車椅子に座っている。店の椅子が、脇にどけられていた。

「こちらは、監督の水島《みずしま》さん。今はお昼寝中。というか、一日の大半寝てる」

　監督は車椅子の上で、船をこいでいた。がくがくと首が前後に揺れて、よだれが上着の赤いフリースに垂れている。

「こう見えても――って言ったら失礼だけど、元プロの投手。西鉄《にしてつ》ライオンズだから、窪塚君の遠い遠い先輩ってことになるかな。まあ、西鉄時代の本拠地は埼玉じゃなくて福岡だから、先輩って言われても困るかもしれないね」

「いったい、何年前の話ですか、監督の現役は」

「さぁ……？」と、社長は首を傾げた。「たぶん、六十五年くらい前かな。西鉄の黄金時代は俺が築いたって百回くらい聞かされてるけど、本当のところはさだかではないね。選手も耳が腐るほど聞かされるから、今のうちに覚悟しておいてね」

「はぁ……」返事に困った。事前に「もしよかったら、奥さんとお子さんも、いっしょにいらしてください」と言われていたのだが、ひとまず一人で来てよかったと、夏樹は漠然とした不安とともに思った。

「ちょっと中途半端な時間だけど、もう今日は大いに食べて、飲んじゃって。僕のおごりだから。もちろん、たらふく食ったあとでも、入社に関しては断ってもらってもいいし」

　そうは言われても、徐々に断れない場所へ囲いこまれているような気がしないでもない。今は仕込みの最中なのか、厨房のほうからリズミカルな包丁の音が響いてきた。同僚になるかもしれない従業員の姿は、今のところ見えない。

「窪塚君、飲めるんでしょ？」

「はい、電車で来ました」

「ビールでいい？」社長みずから厨房に入り、ビールを二杯ついで戻ってくる。

　夏樹は「すみません」と頭を下げて、受け取った。ジョッキを軽く合わせて乾杯をする。水島監督は、一向に起きる気配がなかった。

「料理は適当に持ってきてもらうように、頼んであるから。苦手なものとか、アレルギーはない？」

「はい、魚介類は好きです」

「海鮮居酒屋で働いてもらうのに、魚が苦手だったらさすがにあかんわな。それにしても、どう？　奥さん、何か言ってた？　反対？　賛成？」

性急だなと思いつつも、夏樹はビールを一口飲み、正直なところを吐露《とろ》した。

「やっぱり、僕も妻もいちばんはお金の面が心配です」

「まあねぇ」と、社長は途端に苦い顔になった。「ウチの部員はみんな独身だし、寮もあるからなんとかやっていけてるけど、ご家族がいるとなるともしかしたら厳しいかもしれないな」

社長はジャケットを脱いで、自分の座る椅子の背もたれにかけた。鮮やかなピンクのワイシャツがあらわになる。いくぶんあらたまった口調で社長がつづけた。

「とはいえ、窪塚選手は元プロですから、それなりの待遇を用意するつもりでおります。投手部門のキャプテンに就任していただき、その分を上乗せして三十万円、税金や社会保険が引かれて手取りで約二十七万円を月々の給与として考えています。あとは、あまり期待はしていただかないでほしいですが、夏と冬のボーナスが少々。これがウチとしては精いっぱいの金額です」

「投手キャプテンですか……」と、つぶやきながら夏樹は頭のなかで素早く計算した。ということは、年収が手取りで三百五十万いかないくらいだ。

「今まで国民年金に入ってたと思うけど、厚生年金に切り替わって、奥さんもその扶養に入れば、年金も健康保険料も浮くからね。正社員になるメリットもあるとは思うけど」

「すいません。本当に野球しかやってこなかったから、その手の話にうとくて」

「奥さん、専業主婦だよね？　もしパートに出るんなら、気をつけたほうがいいですよ。被扶養者の年収が百三万円を超えると、扶養から外れちゃうんです。そのボーダーラインを超えただけで、余計に出てく金額が驚くほど増えちゃうから、損しちゃうの」

ということは、有紗が働けば二人で四百五十万ほどの世帯収入になる。社長の話の通り、年金や健康保険が給与からあらかじめ引かれ、家族も扶養されるのなら、プロ時代の年俸五百万と手取りはそう変わらないのではないだろうか。

しかし、どちらにしても有紗に苦労をしいることになるわけだ。野球をあきらめさえすれば、道具にかかる余計な費用を捻出しないですむだけ、生活は断然楽になる。

それにしても、夢も目標もなく、ただただ生活の糧を得るためだけに働く毎日に、俺は耐えられるのだろうか？　悔いは残らないだろうか？

迷いが、また新たな迷いを生む。いっしょにトライアウトを受けた選手が、続々と引退を宣言しはじめ、第二の人生を模索しているというネットニュースを目の当たりにすると、自分だけが置いてきぼりにされているような焦りにとらわれた。

「お金の話ばかりになっちゃって、すいません」夏樹は少し恥ずかしくなって、ごまかすようにビールを半分まで飲んだ。

「いやいや、とんでもない」と、社長は額に濃いしわを寄せて笑みを浮かべた。「本来は、なんの憂いも心配もなく、野球に打ちこんでもらうのがベストなんだけど」

「妻には、野球をエサに働き手を集めてる会社だって言われました」あえて社長が怒りそうなことを口にして、反応をうかがう。激怒されたらされたで、入社を断ってしまえばいいだけの話だと開き直った。

ところが、社長は「おっしゃる通り、本当に苦しいんですよ、飲食も介護も」と、苦笑して答えた。

「最近はコンビニも居酒屋も外国人の働き手が多いでしょ。日本人はバイトすら集まらないんですから。この国はいったいどうなっちゃうんだろうって思いますよ」

国や政治の話は苦手なので、適当に「はぁ、そうですね」と相づちを打った。

「だからこそ、ね。だからこそ、もう一度元気にしたいんです、この日本を、若者からご年配の方まで」そう言って、社長は横に座る水島監督をちらっとうかがった。「本当に選手たちは、お店の常連さんたちに評判がいいんですよ。威勢がよくて、はきはきしてて、元気が出るって。部員たちも、常連さんに応援していただいて、さらにパワーをもらってるんです」

社長がビールをぐっと飲み干し、鋭い視線を向けてきた。

「窪塚投手を誘ったのは、地元が埼玉ってこともあるけど、あの闘志むき出しの投球スタイルに魅力を感じたんです。ですから、私はね、ちょっと心配でもあるんですよ」

「心配、と言いますと……？」

「ウチに入って、それでもなお、プロのときと同じ闘志とモチベーションを保てますか？　闘えますか？」

両肘をテーブルの上にのせて、夏樹の目をのぞきこんでくる。

「この会社のより良い未来のために闘ってくれますか？」

就職活動は、ふつう面接を受けるほうが、入社を望んでいるものだ。こんな問いかけをされたら、「はい」と、胸を張って即答するべきなのだろう。

しかし、夏樹はスカウトを受けた身だ。しかも、スカウトの対象は野球であり、夏樹自身は居酒屋で働くことなど、これっぽっちも望んでいない。昨日今日知ったような会社に、すぐに愛着がわくわけもない。

何と答えようかと考えあぐねていると、厨房からがっちりとした体格のいい男が顔を出した。

がっちりというよりも、むっちりと表現するほうが近いかもしれない。藍染めの前掛けの上に、腹の肉がのっている。

「お待たせしました。お造りです」男は大皿をテーブルに置いた。体格のわりに、繊細な手つきでそっとすべらせるように、夏樹の前に皿の正面を向ける。

「彼はこの店の副店長兼キッチンのチーフ。野球部ではチームキャプテンでキャッチャーの戸沢《とざわ》晃《あきら》君」社長が紹介した。

戸沢は人なつっこい笑みを浮かべて頭を下げた。

「僕は三十三歳で、今は控えにまわってますし、もうそろそろ引退を考えてますから、窪塚さんには若い投手陣を引っ張っていただけたらなと思います」大きい拳《こぶし》で胸のあたりをたたいた。

「あと、まかないは僕にまかせてください。魚だけじゃなくて、もちろん肉もたっぷり出しますよ」

この人の料理は、なんだかうまそうな気がする。夏樹はうながされるまま、さっそく刺身を食べてみた。ぶりの身はよく締まって、かつ、ぷりぷりしていておいしかった。

「ところで、晃君。今、野球へのモチベーションの話をしてたんだけど」社長が戸沢に水を向けた。「君がこうして社会人で競技をつづけてきた動機は、いったい何だったの？」

社長の問いかけに、テーブルの脇に立った戸沢は腕を組み、「そうですねぇ……」と、宙を見上げた。

「僕は大学卒業後、ドラフト指名を目指して、四国の独立リーグに入りました。でも、なかなか芽が出ずに、二十代後半になってどっちつかずの宙ぶらりんになってたところを、社長と監督に拾われたんです」

派手な怪我をしないかぎり、やめるタイミングを見極めるのは誰でも難しいということだ。ある意味、トライアウトという、なかば引退式のような区切りを設けてもらっているのは、幸福なことなのかもしれないとすら思う。

「僕は料理が好きなんで、どこかで修業して、いつかは自分の店を持ちたいって思ってました。だから、居酒屋への誘いは渡りに船でした。あと、野球に関しては、部の創立からお世話になって、社長の夢が徐々に自分の夢に重なっていったんです」

「社長の夢っていうのは……?」夏樹は箸を置いてたずねた。

「ちょっと恥ずかしいけどね」社長が頬をかきながら答えた。「都市対抗野球で優勝して、日本一になることと、いつかドラフトでウチの選手が指名を受けること」

夏樹もドラフト会議で指名された瞬間のことはよく覚えている。高校の講堂に野球部のチームメートが集まった。報道陣も詰めかけ、自分の名前が中継で呼ばれたときには、目もまともに開けていられないほどのフラッシュが光った。

講堂の隅のほうでは、マネージャーだった有紗が泣いていた。

これから輝かしい未来が待ち受けているのだと、一点の曇りもなく信じこんでいた。実際には、ドラフトがゴールではなく、あくまで苦しい人生のスタートに過ぎないと、あとあと嫌というほど思い知らされるのだったが。

しかし、今この場でそんなことを言って、高尚な夢の話に水を差すわけにはいかなかった。もしかしたら、夏樹の複雑な心境をわかってくれるのは、同じく元プロの監督だけかもしれないが、いまだに水島は車椅子の上で軽くいびきをたてていた。

「ウチのチームは、若手にイキのいいピッチャーがたくさんいるんです」戸沢が熱のこもった口調で力説した。「育てたと言うとおこがましいですけど、同じ釜のメシを食って、いっしょに苦楽をともにして、僕が球を受けた投手が、いつか指名を受けたらと思うと、やっぱり身震いしますよね」

「だからこそ、なんです。プロを経験した窪塚投手に、ぜひとも投手陣へお手本を示してほしい」社長がテーブルに両手をつき、頭を下げた。

夏樹は、やはり即答することができなかった。

他人の夢を心底応援する。その礎となるために、マウンドを守り、手本を示す。そこまでの境地に至れるかどうか、正直、自信がなかったのだ。今までの人生、いつも自分のことで精いっぱいだった。他人を気にかけている余裕などこれっぽっちもなかった。人の夢が自分の夢と溶けあうような瞬間が訪れるとは到底思えなかった。

チームのため——それは結局、自分が活躍して一軍に上がり、来季の年俸が上がると期待するからこそ生まれるモチベーションだったのだ。

社会人チームに入る以上、おそらくどんな快投を見せようが、大会で日本一になろうが、本業の居酒屋で出世しないかぎり、昇給は見こめない。だったら、野球などという無駄な労力は使うべきではない。

夏樹は自身の左手を見下ろした。今まで何万球と投げてきた手に、結婚指輪が光っていた。ここできっぱり言うべきだ。申し訳ありません。ご期待に添えるような闘志やモチベーションは、どうやらこれ以上この体の内側から生まれそうにありません。

「おいおい、話聞いてりゃ、なんだそりゃよぉ！」

社長や戸沢とはまったく違う声質のダミ声が突然響いて、夏樹は顔を上げた。いつの間にか、向かいに座る水島監督の目が開いていた。「監督！　起きてたんですか！」という戸沢の問いかけに「五秒前に起きたんだよ」と、荒々しく答える。

「社長も、晃も考えが甘いんだよ、ったく」

しょぼしょぼとまばたきを繰り返しながら、人差し指を社長と戸沢の交互に向ける。

「他人の夢を糧にしてマウンドを守れるほど、ピッチャーってのは甘い仕事じゃなかとよ、えぇっ？」

戸惑う夏樹をよそに、車椅子の肘掛けをつかんで前のめりになり、けんか腰で唾《つば》を飛ばしてきた。

「君はプロへの復帰をあきらめたんか」

アーモンドのようなつぶらな瞳が、カッと見開かれて夏樹をにらんだ。

「あきらめたんか、あきらめてないんか、どっちなんだ」

「プロって……、NPBのことですよね？」

「それ以外、何があるんだ、ボケカス！」

口汚く罵《ののし》られたこと以上に、いったいこの老いぼれは何を考えているんだとあきれ、頭に血がのぼった。

「そんなこと言ったって、プロを解雇され、社会人を経て、またプロに返り咲いた人なんて、ほとんどいないんですよ。しかも、一軍の壁はそうとう厚い。戻れたとしても、一軍に上がれなければ意味がないんですよ」

「このバカちんが！」監督がテーブルをたたいた。「一軍に上がれないなんて誰が決めたんだ！」

「常識ってものがあるでしょ！　あんたに、俺の何がわかるんだ！」沸騰する怒りをこらえきれず、夏樹も拳をテーブルに打ちつけた。しかし、とっさのこととはいえ、利き手ではない右手を出したことに、自分はやはり根っから野球選手なのだなと、内心あきれもする。

「あぁ、おめぇのことなんて、わかんねぇな。全然、わかんねぇ。目の前にチャンスが転がってんのに、なんでそんなに日和《ひよ》ってんのかわかんねぇ」

「俺には、守るべき家族がいるんです。それに、自分の実力は、自分がいちばんよくわかってます」

「だったら、なんでトライアウトなんか受けたと？　ダメだと思ったんなら、クビ言い渡されたときに引退してんだろ。おめぇ、まだ野球に未練たらたらなんだろうがよ」

　初対面のしょぼくれた男に図星をつかれ、夏樹は唇を噛みしめた。

「必死にあがいて、しがみつくことが、おめぇはカッコ悪いと思ってんだろうけど、とんでもねぇぞ。自分の気持ちに正直になれ」

　ちょっと、水島さん、血圧が上がっちゃいますから落ちついてと、社長が監督の背中をさすった。その手をうっとうしそうに払いのけて、監督がつづけた。

「前例がないなら、つくればいい。おめぇがプロ返り咲き、一軍戦力定着の、一番桜になりゃええだけの話やろが。四の五の言わず、やれと言ったら、やらんか」

　よだれのシミがついたフリースさえ目に入らなければ、普段さめている夏樹も、ちょっと胸が熱くなるような挑発的な言葉だった。

「トライアウトは、二回まで受験可能だってことは知ってんだろ。ということは、来年もおめぇはあの場に立てる」

「それはまあ……、そうですけど」

「サイドスローに転向して、おめぇのポテンシャルはまだまだこれからよ。その真価を見せないまま終わってよかと？」

口先だけでなく、無名の二軍投手のことをよく調べている。それだけで、俺を見てくれている人はまだいるんだと、ほんの少し自信が回復した。すっかり気力が枯れ果て、老人のようにしょぼくれていたのは、自分のほうなのかもしれない。

「やりたいって気持ちは、もちろ……」と、夏樹が言葉を発した途中で、もう入社と入団は決まったとばかりに、監督が景気よく手を打ち鳴らした。

「そうと決まれば、祝い酒だ。よぉ、社長、ビールくれ」白い鼻毛の束が荒い鼻息にそよいだ。

「ダメですよ。ご家族からとめられてるんですから」

「お前さぁ、目の前で楽しそうに飲まれるほうの気持ちになってみなよ。拷問《ごうもん》だよ、拷問」

「じゃあ、かぎりなく薄めた焼酎ならいいですよ」

「嫌だねぇ、ああ、嫌だ、嫌だ。社長ももっと豪快にいかないと、天下とれねぇよ」

「試合中に血圧上がって倒れられたら、困るんですよ。なんでこんな死にかけを監督に据えてるんだって、ただでさえ周りから文句言われてるんですから」

「瀕死の蟬にも、意地はある。俺はまだ飛ぶぞ」

結局、監督命令で戸沢が酒を取りに向かった。いったい、焼酎をどれだけ入れたのかわからないが、お湯割りをうまそうにすする水島は、ただの耄碌《もうろく》した老人にしか見えない。まばらに生えた無精ひげが、なんともみすぼらしい印象を与える。

しかし、その目は、何か明確な未来を見すえているように、熱く燃えていた。

「ひとまず、練習観に来なよ」水島が言った。チューチュー音をたてて、焼酎をすする。「ええもん、見せてやるけん」

翌日、夏樹は社長の車で、さいたま市営浦和球場におもむいた。そこは、夏樹も二軍時代の公式戦で何度かマウンドに立ったことのあるスタジアムだった。

客席に上がって、驚いた。

社会人野球チームの練習にもかかわらず、観客が数十人ほどいた。夏樹はグラウンドを見下ろした。

シート打撃という、実戦形式に近い練習をしている様子だったが、あくまでただの練習だ。試合でもなければ、紅白戦でもない。にもかかわらず、観客は熱心にグラウンドの動きに視線を注いでいる。

「誰ですか、この人たち」夏樹は小声で社長に聞いた。

「地域のファンのみなさんだよ。練習のときは、いつも客席を開放してるんだ」

おそろいの青い帽子をかぶっている人が多かった。トクマルのＴの文字の周囲を、筆で描いたような、勢いのある円が囲っている。徳丸の「丸」を表現しているのだろう。

「おう、社長！」近くに座っていた初老の男性が、気安げに片手をあげた。「来年こそは、都市対抗の本戦、行けるといいな」

「ありがとうございます」社長が笑顔で答えた。「頑張りますよ」

客席の階段を下りていく社長に、夏樹はたずねた。

「知り合いですか？」

「いや、全然」社長は平然と答えた。「あの人は、たしか徳丸水産の北浦和店の常連さんだよ」

「そういえば、社長、おっしゃってましたよね。店の常連さんが、野球部を応援してくれてるって」

「ウチはね、ファンが気軽に会いに行ける野球部を目指してるの。トクマル野球部の存在を知ってもらう、選手の勤めてる居酒屋に飲みに行こうと思ってもらう、そこで選手と言葉を交わしてファンになってもらう、練習や試合を観に来てもっともっと応援してもらう。そして、浦和一帯の地域が活性化する。そういう幸福なサイクルを目指してるんだ」

　バックネット裏まで下りていった。

　ちょうどマウンドに立った男が、バッターにボールを投じるところだった。豪快なワインドアップから、一気に右腕を振り下ろす。

　バッターが空振りし、キャッチャーミットの捕球音が響いた。夏樹はまたしても驚いた。おそらく、百四十キロ中盤あたりのスピードが出ている。「ナイスボール」と叫びながら、昨日、厨房に立っていた戸沢晃がピッチャーに返球する。

　それにしても、グラウンドには声という声があふれていた。

　打てるよ！　しっかりボール見ていこう！　いい球来てる、打てない打てない！　さぁ、次大事だよ！

　もちろん、プロの二軍時代も声を出さなかったわけじゃないが、こんなにも前向きな活気にあふれた練習風景を見るのはひさしぶりだった。全員が居酒屋での業務をこなしているはずだが、疲れはみじんも感じさせず、むしろその表情は生き生きと輝いて見えた。

　痛烈な打球が飛んだり、守備側がファインプレーをしたりすると、客席から拍手や歓声がわき起こった。決して観客が多いわけではないのに、一体感と熱気が晩秋の球場に充満している。

ピッチャーが、渾身のストレートを投じた。バッターが、バットを振る。芯を食った、かわいた音が響き、ボールが舞い上がる。選手や観客たちが、いっせいに空を見上げた。

レフトがバックし、ぴたりと背中をフェンスにつけた。しかし、あとひと伸び足りなかった。ボールはレフトのグラブにおさまった。

ため息がもれる。グラウンドには、ピッチャーを鼓舞する声、おしいおしいとバッターを励ます声があふれる。

社会人野球というのは、非常に狭い世界だと思いこんでいた。野球部を応援するのはその会社の社員だけで、プロのようなファンは存在しない、と。

しかし、トクマルの野球部は、こうして地域に開かれている。

こんなにも楽しそうにプレーができる。誰かに見てもらえる環境がノンプロの世界にもある。

そして、無名のチームのはずなのに、決してレベルは低くなかった。漠然と夏樹が抱いていた社会人野球のイメージからかけ離れた現場を見て、なぜだか、うらやましいと同時になつかしいと感じてしまった。原点に帰っていくような気がしたのだ。

「社長」と、夏樹は呼びかけた。

徳丸社長が無言で振り返る。

「俺、やってみようと思います」

社長が笑顔でうなずいた。今日もショッキングピンクのシャツがよく映えていた。

「せっかくやるんなら、楽しまないとね。窪塚夏樹君」

不安は、いまだにある。有紗の泣き顔が脳裏をよぎる。万に一つ、プロに返り咲けたとしても、そこからまた一年一年が、己のクビをかけた地獄の日々につながっていくだけだ。

でも、投げなければ、はじまらない。一心不乱に投げつづけることでしか、未来への恐れも憂いも、振り払うことはできないのだ。

２．２０２０年１月　社会人野球へ

年が明け、窪塚夏樹は一日付で株式会社トクマルホールディングスに入社し、徳丸水産北浦和店のホール業務に配属が決まった。

こうなったらさけられないのが、実家への報告だ。有紗と勇馬を連れて行くのは気が進まなかったが、姉がうるさいので、さすがに年始の挨拶だけは慣例通り家族をともなって川口市にある実家に帰省した。

もともと、こういう挨拶や顔出しにうるさかったのは母だ。厄介なことに、姉がその方針を守り、引き継いでいる。姉としては母の病気のこともあり、ある種の義務感のようなものを感じているのだろう。

夏樹はおそるおそる玄関のチャイムを押した。

出てきたのは、父の直純《なおずみ》だった。夏樹は胸をなで下ろし、「ただいま。明けましておめでとうございます」と、通りいっぺんの挨拶をした。勇馬は父になついているので、さっそく「じいじ！」と抱きつく。勇馬がどんどん大きくなっていくので夏樹は少し心配だったのだが、難なく孫を抱き上げた直純はずんずん家の廊下を進んでいった。

居間には姉の亜夜子《あやこ》と、母の春子《はるこ》がいた。

春子と目が合い、無意識のうちに夏樹の体がこわばった。身構えたまま、母の今日の病状と機嫌をうかがう。

「夏樹じゃないの。ひさしぶり……だったよね？　よく来たね」

　夏樹はひそかに安堵のため息を吐き出した。

「あぁ、ひさしぶり。明けましておめでとう」

「うん？　今日は正月なの……？」

　テーブルにはおせち料理の詰まった重箱がならび、テレビからは男女ともに着物姿のバラエティーが流れている。正月以外の何ものでもないシチュエーションだったが、春子は不安そうにあたりを見まわした。

「今日は、一月二日だよ」夏樹はなるべくやさしく答える。「無事に年を越せたね」

「無事って何よ。人を重病人みたいに」

　母は若年性アルツハイマーだ。五十四歳の発症から三年が経過しているが、徐々に記憶がまだらになってきている。姉の亜夜子からは「だからこそ、頻繁《ひんぱん》に顔を出せ」と口酸っぱく言われている。息子が来れば、良い刺激になるから、と。

　しかし、多忙を理由にして、足は遠のくばかりだった。

　こわいのだ。母の衰《おとろ》えが。

　父と姉は毎日接しているから、緩やかな変化を少しずつ受け入れていけるかもしれないが、実家を離れている身としては、たった半年会わなかっただけで、できないこと、覚えていないこと、忘れたことが驚くほど増えていて戸惑ってしまう。冷蔵庫には「きちんと閉めよう」とか、レンジには細かい使い方が書かれた紙が貼られている。去年にはなかったその貼り紙を見るだけで――もう永遠に母の手料理が食べられないのではないかと考えるだけで、胸が締めつけられる。

「あはは。そう、そう。二日ね」わざとらしく笑いはするものの、春子は不安そうな顔で有紗と、夏樹の膝の上の勇馬を見やった。

「妻の有紗と、息子の勇馬だよ。去年の正月にも会ってる」

「そうそう、ごめんね」やはり過剰につくり笑いをしながら、春子は何度も何度もうなずいた。

「いらっしゃい。ゆっくりしていって」

勇馬は祖母が苦手だ。三歳ながら、何か不穏な空気を感じとっている。

有紗は義姉の亜夜子が苦手だ。年始にしか顔を出さず、介護をすべて押しつけている負い目を感じている。

「で、何か報告があるんじゃないの？」亜夜子がとげとげしい口調で言った。

石油ストーブの上のヤカンが、ことことと、静かな音を立てていた。亜夜子の圧にすっかり恐縮した様子で、有紗は肩をすぼめるようにして座っている。

「少しゆっくりしてからでいいだろ」父の直純が穏やかな口調で言った。「ゆう君は、伊達巻き好きだったよな？　多めに買っておいたからね」

「あ、手伝います」有紗が立ち上がりかけたが、「いいの、いいの。有紗さんは座ってて」と、すっかり台所仕事が板についた直純に素早く制された。

それは父なりの思いやりなのだが、少しくらいは有紗にやらせてくれてもいいのにと思う。有紗の立つ瀬もあるのだ。

冬の日が暮れかけている。「ねぇねぇ、だてまちって何？」膝の上の勇馬に聞かれ、夏樹は「伊達巻きだよ。去年そればっか食べてただろ」と答えるが、そのときは二歳だったわけで、記憶があるわけがないと思い直した。

記憶――。

不思議なものだと思う。勇馬も母も、きっと今日のことを忘れてしまうだろう。自分だって、数年前の正月の帰省時にどんな会話を交わしたかなど覚えていない。それなのに、母だけが一人、刻々と自分を失っていく。

居間の沈黙に耐えきれなかった。テレビからもれる笑いが、静けさを強調する。料理なんかいいから、早く戻ってきてくれ、父さん、と心の底から願った。

少し早い夕食は、しゃぶしゃぶだった。このメニューは、年始に帰省するときの定番なので、夏樹はいつも高級な肉を買ってお土産にする。

表面上は、穏やかな食事だった。ＬＥＤの照明に照らされた鍋のなかのだし汁が、しだいに肉の脂を溶かし、てらてらと輝いている。

「どうなの、夏樹。今年は一軍に上がれそうなの？」春子が肉を鍋にひたしながら、夏樹に聞いた。「そろそろ正念場なんじゃない？」

戦力外のことは、すでに父につたえている。父は母に話をしたと、後日かかってきた電話で言っていたから、その事実をすっかり忘れているのだろう。

ここは話を合わせるべきか。しかし、これから社会人野球に移ることになったことを説明しなきゃいけないわけだから、つじつまが合わなくなる。

夏樹が黙りこんでいると、亜夜子がかわりに答えた。

「この子、戦力外になったの。解雇されたんだよ」

この場にいる全員が、春子の反応をそっとうかがう。春子は、自身の頭のなかの記憶の回路を一つ一つ逆にたどっていくように、目を左右にさまよわせながら、たっぷり時間をおいて娘の言葉を咀嚼《そしゃく》しているようだった。

いったい、どんな気分なのだろうと夏樹は思う。

自分が認知症におちいっているという自覚は、まだかろうじてあるらしい。おそらく周囲の気まずそうな反応で、自分がおかしな言動をしていることに気づき、焦りと、恐怖を感じているのだろう。

しかし、近い将来、その恐怖すら、何もない空白にのみこまれ、消えてなくなる。

「ねぇ嘘でしょ……」母は肉をつけだれに入れたまま、固まっていた。「夏樹……、あなた今、何歳だっけ？」

「今年、二十五」

「なんで？　そんな……、戦力外だなんて、あんまりじゃない！」しだいに声が大きくなり、しまいには絶叫した。「見る目がなさすぎるんじゃない！　何を考えているの、球団の人は！」

勇馬が怯《おび》えた様子で夏樹にしがみつく。亜夜子が「お母さん、落ちついて」と、母の背中をさすった。

ときどき、こうして感情が激して、怒鳴ることがあるようだ。むかしは、ほとんど怒らず、穏やかだったのに、まるで人格が変わってしまったようで、夏樹は呆然とする。

「単純に力が足りなかったんだ。出直しだよ」不安を押し隠し、ことさら明るく答えた。

子どもの頃、母は必ずと言っていいほど試合を観に来てくれた。朝練に行く夏樹よりも、さらに早起きして、来る日も来る日もまだ暗い時間から弁当を作ってくれた。真冬は本当に辛かったと思う。そして、誰よりも夏樹のプロ入りを熱望し、よろこんだのは母だった。

これから、顔を合わせるたびに戦力外をめぐるやりとりを一から繰り返さなければならないのかと思うと、さすがに胸が痛くなった。母は何度でも、何度でも、絶望を味わうことになるのだ。

「社会人って聞いたけど、どこのチーム？」直純は何気ない日常をよそおうかのように、せわしなく鍋に野菜を入れていた。もともと仕事一筋の人で、家事などいっさいできなかったのだが、妻がこうなってから料理も洗濯も掃除も覚えた。

「トクマルホールディングスっていって、飲食系の会社なんだ」

夏樹は徳丸水産で勤務することを包み隠さず家族につたえた。

「それで、仕送りのことなんだけど……」夏樹が箸を置いたのを合図とするかのように、横に座る有紗も背筋を伸ばした。「給料が少なくて、ちょっと……」

最後は言葉を濁した。母の発症後、ほんの気持ちばかりだが、月に三万円だけ振り込んでいた金も、もう捻出できなくなる。

「信じられない」亜夜子がつぶやいた。「べつに、お金がほしいわけじゃないけどさ、自分だけ好き勝手やってきて、ここにも滅多に来ないで。どれだけ私とお父さんが苦労してると思ってんの」

亜夜子のスウェットは、襟がよれよれだった。いくら身内とはいえ、新年に弟一家に会う格好とは思えないが、そこに生活の苦労や、垢《あか》のようなものが凝縮されているような気がして、まともに姉のほうを見られない。

「本当に、ごめん」

「口だけなら、いくらでもあやまれるよ」

母の介護のため、父は生きがいだった仕事をやめざるを得なかった。ホームセンターの園芸部門で長らくチーフを務め、七年前から店長をしていたのだが、介護との両立は難しかったようだ。わずかな退職金と、夏樹が残していたプロの契約金で家のローンはなんとか払いきった。それでも、日々の生活費を稼ぐため、父はアルバイトをしなければならない。

母は父が出て行くと、途端に不機嫌になるらしい。徘徊《はいかい》して、行方不明になったこともある。母を一人残して出歩くことはできない。

デイサービスや、ショートステイに預けたこともあった。けれど、周囲が老人ばかりなので、母はプライドが傷ついたらしい。おじいさんやおばあさんといっしょに、簡単なリハビリ体操をさせられるのが苦痛で、そこでも脱走事件を起こした。責任を持って預かることはできないと施設側に言い渡された。

記憶だけは色褪《いろあ》せていくが、体は六十前でまだまだ元気だというのも厄介だった。そこで、東京で働いていた姉が、仕事を辞めて実家に帰ることになった。姉もアルバイトをして家計を支えながら、父と介護を分担している。いまだに、独身だ。

「夏樹は子どもの頃から、自分の好きなことをやってきたでしょ。そろそろ家族に恩を返すべきなんじゃない？」亜夜子はホットプレートの温度調節ボタンを手荒く連打し、鍋を保温にした。

そこまで裕福ではなかった家庭で、夏樹の道具や遠征費を出すために、亜夜子はずっと我慢をしいられてきた。金銭的にも、時間的にも、両親は夏樹の野球にすべてをかけてきた。亜夜子は、態度にこそ出さなかったものの、それをずっとひがんできたのだろう。

ようやく自分の人生を生きられると、東京で就職した数年後に、母が認知症になった。

「いい加減、夢から醒《さ》めなさいよ、夏樹」

そう姉にさとされると、将来の「夢」と、寝ているときに見る「夢」が同じ単語である理由が、はっきりと理解できたような気がした。子どもの頃から今まで、ただ永い永い白昼夢を見つづけているだけなのだとしたら、あまりにむなしすぎる。

水島監督の言葉も、決して醒めない夢にどっぷりつかった人間の戯《ざ》れ言に過ぎないのかもしれない。野球とまったく関わりのない人間が放つ言葉のほうが、よほど現実的だし、胸に深刻に響いた。

「姉ちゃんさ、東京で勤めてた頃、会社がブラックで、辞めたい辞めたいってずっと愚痴ってただろ。母さんのことを、実家に戻ってきた口実に使うなよ」現実を直視したくなくて、火に油を注ぐだけだとわかってはいるのに、夏樹はつい言い返してしまった。

「何、その言い方？　全部、私が悪いわけ？」

「そんなことは言ってないだろ。結局、自分のやりたいことがないから、就職だって中途半端なことになったんだよ」

「ねぇ、有紗さんも、これから働かなきゃいけないんでしょ」旗色が悪くなってきたからか、亜夜子は有紗に視線を向けた。「夏樹になんとか言ったら？　いい加減にしろ、野球なんかやめてちゃんと就職しろって」

有紗が、困ったように、首を傾げながら笑う。その仕草が気にくわなかったのか、亜夜子がさらに責め立てた。

「本音を言ってよ。野球、やめてほしいんでしょ？」

「いや、それは……」

「ゆう君も犠牲になる。なんで、自分のやりたいことがいちばんなの？　父親でしょ、そのくらいちょっと考えたらわかるでしょ」

「やめろって」直純が亜夜子の膝を軽くたたいた。「母さんの前なんだから」

春子は、テレビをぼんやりと見つめていた。聞いていないふりをしているのか、それとも、ついさっきの会話すら忘れているのか、家族にもおよそ見当がつかない。

「もう一度見せたいんだ、母さんに」

夏樹は声を絞り出した。

「プロのマウンドに立つ姿を」

起きる間際に二度寝してしまい、また新しい夢のつづきに突入してしまった——それが真実なのかもしれない。姉は寝ている俺を、必死にたたき起こそうとしてくれている。

それでも、夢のつづきを見はじめた以上、引き返すことはできなかった。

「ずっとずっと、家事をして、家族を支えて、もうすぐ老後で、旅行して、外食して、楽しいことがいっぱいあったはずなのに、あんまりだよ、マジで。だから、せめて母さんが望んでた一軍で投げる姿、もう一度見せたい、なんとしても」

その言葉に反応したのか、春子がテレビから夏樹に視線を移した。

「ねぇ、夏樹。今年こそは、一軍に上がらないとね。早く成果を出さないと、戦力外を言い渡されかねないんだから。死に物狂いでやりなさいよ」

夏樹は思わず亜夜子と目を見あわせた。亜夜子は力なく首を横に振るだけだった。夏樹は答えた。

「ああ、頑張るよ。一軍の試合を母さんに見てもらえるように、頑張るから」

息子のプロでの活躍を夢見て、二十年以上も献身的に働いてきた結果がこれだと思うと、暗澹《あんたん》たる気持ちになる。

結局、明日から居酒屋の仕事がはじまることを理由に、二時間半ほどの滞在で、夏樹たちは逃げるように実家をあとにした。


高卒でプロ入りした夏樹は、アルバイトすらしたことがない。

「それでは、窪塚さん。我が社のモットーは、三つの『よく』です。元気よく、愛想よく、気持ちよく。これを念頭に、挨拶も、返事も、注文をとるときも、はきはきとした口調でお願いします」ホールのチーフである皆川壮一《みながわそういち》が、自身も満面に笑みを浮かべ、レクチャーをはじめた。

日々、世間で目にする多くの働く人たちが、新人のときにこうして面倒な洗礼を受けていることを、夏樹は今、身をもって体感していた。

「さっそく接客のロールプレイングからはじめたいと思います。手を前に組んで、三つの『よく』を意識し、私のあとにつづいてください」

「はぁ……」

「返事は『はい！』で、元気よくお願いします！」手本のつもりなのか、皆川は上半身を反り返らせながら大声を出した。

耳がキーンとした。まるで軍隊だと辟易《へきえき》しながら、夏樹は「はい」とおざなりに答えた。

「いらっしゃいませ！」皆川の真っ直ぐな上半身が、そのまま前方に四十五度ほど傾く。

相手が見ていないのをいいことに、夏樹は「らっしゃいませぇ」とつぶやき、ほんのわずかしか頭を下げなかった。この場にいるのがいくら皆川だけとはいえ、気恥ずかしくてしかたがない。

「ありがとうございました！」

「あっしたぁ」

「申し訳ありません！」

「さぁーせん」

「すみません、窪塚さん。きちんとやってください」

皆川も野球部員だ。夏樹が練習を見学に行ったとき、マウンドに立っていた。今年二十四歳のピッチャーで、夏樹の一つ年下。居酒屋では皆川のほうが上司、グラウンドでは夏樹のほうが元プロであり、投手キャプテンである。

皆川としては、さぞかし扱いにくいだろう。しかし、夏樹は居酒屋での仕事を野球のおまけとしか考えていなかった。ホール業務など、オーダーさえ間違えなければ客も文句はないだろうと思う。

「すいませんが、新人の方には、必ずやっていただいてますから、しっかりお願いします。こうやって反復して練習しないと、いざというときに正しくできないんです。野球と同じなんです」

真面目か、と文句の一つも言いたくなる。こんなことに時間を使うくらいなら、筋トレをしたい、走りこみをしたい。体を一からつくりなおさないと、到底プロへは返り咲けない。夏樹はついつっかかるような口調で言い返してしまった。

「ここは、漁師風の居酒屋ですよね？」

「そうですけど」

「漁師は、愛想悪いですよ。どっちかというと無言で、ぶすっとした態度で、料理とか酒とか出してきそうなイメージですけど。でも、メシはすこぶるウマいから文句言えない」

「漁師さんにあやまってください。すいませんが、それは窪塚さんの勝手なイメージです」

壁にはカラフルな大漁旗がいくつも飾られている。のぼる朝日と真っ赤な鯛が、新年にふさわしい雰囲気を演出している。

「接客については、すべて社長の方針ですから、きちんと従ってください」皆川が両手を腰にあて、大きくため息をついた。「あと、これも社長の意向なんですが、野球部員同士は全員、下の名前で呼びあいます。年上の部員に対しては、君をつけます。だから、これから僕も窪塚さんのことを、夏樹君と呼ぶので、怒らないでください。ということで、先にあやまっておきます。すみません」

やたらと「すみません」を連発する男である。

「ですので、すみませんが、僕のことは壮一。副店長のキャッチャー・戸沢さんのことは、晃君と呼ぶようにしてください」

「客の前でも？」

「そうですね」

店の制服であるＴシャツには、「夏樹」と手書きした名札が、安全ピンで留められている。夏樹は、最初「窪塚」と書こうとしたのだが、「下の名前で」と、厳命された。

壮一のネームプレートには、「そうちゃん」という丸っこい文字と、かなりデフォルメされた猫のイラストも描かれている。礼儀正しい接客を求められているのか、フレンドリーさを演出したいのか、よくわからない。

「アイドルみたいだな」と、思わず夏樹はつぶやいた。

実際、壮一の顔は目鼻立ちがくっきりして、男らしいというよりは、まだ高校生であるかのようなあどけなさを残している。その甘いマスクとは裏腹に、胸板が厚く、制服のTシャツがはち切れんばかりだ。この前社長が言っていたが、壮一のおかげで地域の熟年女性の常連ファンも多いそうである。

「で、この北浦和店の野球部員は壮一と、晃君だけなの？」

野球部員は、浦和店、北浦和店、武蔵《むさし》浦和店、さいたま新都心店、与野《よの》店の徳丸水産、鳥丸、その他のトクマル居酒屋ブランド店舗にわかれて勤務している。すべてが野球部の独身寮から自転車通勤圏内にあり、練習のときにも集合しやすい。

社長が約三十年前に徳丸水産の一号店を開業したのも、場所こそ今とは違うものの、浦和の駅前だった。ということもあり、会社の規模がどんなに大きくなっても本社は浦和区から移らず、重点地域としてトクマルホールディングスの様々な居酒屋が浦和や大宮《おおみや》界隈に出店している。

「ウチの北浦和店には、あともう一人ピッチャーがいます」壮一が答えた。「すいません。もうすぐ来ると思うんですが……」

今日は一月三日。

ランチは休業で、夜から本年の営業がはじまる。夏樹と壮一は、業務のレクチャーのため、午後二時に集合していた。普段、野球部員は練習をしている時間帯である。

「壮一君！」

厨房のほうから子どものような声がした。

「お疲れサマです！」

どことなくイントネーションが日本人のものとはズレているような気がする。振り返ると、褐色の肌の大柄な男がホールに姿を現した。

「オウ！　あなたが、夏樹君なんですネ！」

あなたが夏樹かと質問されているのか、それともただの確認で名前を呼ばれただけなのかよくわからず、曖昧にうなずいた。

「話には聞いているんです。私たち、仲間です」

男はひょろ長い両腕を水平に広げた。が、礼儀はこころえているのかハグまではしてこない。夏樹の前に立ち、今度は右手を胸にあてる。

「あー、私は、アルキメデス・フェルナンデスというんです」夏樹でさえ見上げるような長身なのに、声は甲高い。「お国はドミニカです」

ドミニカと言えば、野球がさかんな国だ。地球上のどこにあるのかも、どんな国かもよくわからないが、有名な選手は何人も知っている。

「アルキメデスって、頭がよさそうな名前だね」相手が「夏樹君」と呼んでくるからには、このドミニカ人は年下なのだろうと踏んで、気さくに話しかけてみた。「哲学者だっけ？」

「あー、サイエンティストです。マスマティクス」アルキメデスは、胸を張って答えた。「私の父も、ハイスクールでマスの先生です。ですから、私の名前はアルキメデスとつけられましたですネ」

「マックス百五十キロ超の本格派右腕」壮一がアルキメデスの肩に手をおいた。「愛称はキャミー、もしくはデス」

「デス……？」不穏な呼び名だ。「アルキメデス・フェルナンデスだから？」

「それもあるんですけど……」アルキメデスがわかりやすく肩を落とした。「私、日本語習うとき、デスとマスをつけると非常に丁寧ですと、教わりましたです。でも、それオカシイですか？

ときどき笑われるです」

「『ました』に『です』をつけるからだろ」と、壮一が笑いながら言った。

「チームに入った日、水島監督サンにお前は今日からデスだって、言われたんです」

あいつなら言いかねないと思った。果たして監督としての手腕はいかほどのものか、まったく予想がつかない。最悪、元プロという肩書きだけのお飾りである可能性もある。

アルキメデスの名札には、たどたどしい文字で「キャミー」と書いてある。本人としてはこちらで呼んでほしいのだろうし、チャーミングな声や仕草には、キャミーのほうがよく似合う気がする。

その後は、開店時間まで壮一のレクチャーがつづいた。テーブル番号を覚え、スマホを使用した自動オーダーシステムを学び、サワーやカクテルの作り方を実践してみる。

「今日は新年会の予約が多く入ってますから、そうとう忙しくなると思います。すいませんが、夏樹君はオーダーをとることと、料理とお酒を運ぶことに徹してください」

「了解」

「あと、本日のお造り三種と五種のネタと産地は、キッチンのほうから必ず伝達があるので、すいませんが、お客様によどみなく説明できるように」壮一は夏樹をともない、厨房に入った。

アルキメデスはキッチン担当だった。「あー、今日はハチノヘのマグロと……」と、一つ一つ産地を教えてくれる。長い上半身を窮屈《きゅうくつ》そうに折りながら、骨に沿って丁寧に包丁をすべらせる姿はなかなか堂に入っていた。「すごいじゃん」と話しかけたら、アルキメデスは白い歯を見せて笑った。

「ドミニカも島国です。でも、魚、生では食べないです。日本人、頭おかしいです」

さらっと悪口を言われたが、互いの文化のことなので、そこまで腹は立たなかった。アルキメデスは、切り落としたマグロの頭を持ち上げた。

「でも、カマを煮たのは、とてもおいしいですネ」

「本当は、ピッチャーには包丁を使わせたくないんですけどね、キャミーは特別。めちゃくちゃ器用なんすよ」

　壮一は、そう言って、ボールを投げる仕草をした。

「それなのに、いざピッチングとなったら……」

　アルキメデスは、マグロの血にまみれた巨大な包丁を胸の前に掲げ、「壮一君、何が言いたいですか？」と、こちらに近づいてきた。

「危ない！」あわてて壮一がホールに逃げる。店の隅に夏樹を連れて行き、厨房に聞こえないような小声で言った。

「『デス』は死神のデスでもあるんです」

「え……？」

「あいつ、かなりのノーコンで」

　ノーコンというのは、コントロールが良くない投手をさす。制球はピッチャーの生命線であるし、野手からの信頼に直結する重要なファクターだ。フォアボールを連発してしまったら、守りのリズムが悪くなる。

「百五十キロで、頭付近に来ますからね。ときどき、背中の裏側も通ります。バッターも命がけです」

　自分もピッチャーでよかったと、夏樹は心の底から安堵した。練習でぶつけられて、ケガをしてしまったら元も子もない。

　そういえば、社会人野球にＤＨ制はあるだろうか。ＤＨは打撃専門の選手が打順に入るというルールなので、ピッチャーがバッティングをせずにすむのだ。

「それで、かなり加減して投げて打たれて、球速を元に戻したら、全然ストライクが入らなくてっていう悪循環で」

「監督はなんて？」

「とにかく走りこめって言ってます。足腰ができてないって。でも、キャミーはそういう根性論みたいなの、大嫌いなんですよ」

「まあ、外国人は上半身の力だけで立ち投げしても、ある程度スピードが出るもんな」

「ということで、すいませんが、投手キャプテン、ご指導をよろしくお願いします」

「いや、それってキャプテンじゃなくて投手コーチの仕事でしょ」

「すいません。コーチはおりません。監督だけです」

「知ってるよ。すでに聞いてる」

「すいません。やはり、野球部に反対する社員もいるので、社長といえどもそこまで予算が確保できないみたいです。都市対抗などの全国大会本戦に早く出場して、成果をアピールしないことには……」

　トクマル野球部には専用の持ちグラウンドがない。近隣の市民球場を毎回借りて、練習が行われる。レンタル料は一日貸し切りでも八千円弱で、専用グラウンドの維持費に比べるとよほど安く上がるらしい。

　けれど、負担をしいられるのは選手のほうだ。共用の道具はもちろん置きっぱなしにできないから、毎回、持ち運ぶ必要がある。

「夏樹君、車持ってますよね？　すいませんが、練習前に毎回寮に寄って運んでくれません？」

と、先ほど壮一に頼まれたときは、ただただ閉口した。夏樹が渋ると、「じゃあ、監督の家に寄って監督をピックアップするのと、寮に寄って道具を運ぶの、どっちがいいですか、投手キャプテン」と、究極の二択を迫ってきた。夏樹は迷わず「道具」を選択した。監督は、毎回タクシーで乗りつけてくるらしい。

「あと、君の『すいません』っていうの、なんとかならない？」

「すいません、僕、ここに入ったときに、一ヵ月くらいミスを連発しちゃって、店長もこわくて、厳しくて、あやまりつづけてるうちに口癖になっちゃったんです」

入るチームを間違えたかもしれないと、すでに百回くらい考えているが、そもそもオファーをくれたのはここだけなのであり、現在の自分の価値はその程度しかないのだと己をいましめることでなんとか精神の均衡を保っている。

　とにかく、すぐにでも居酒屋の業務に慣れて、新しい生活のリズムをつくりあげ、野球に集中できる環境を整える必要があった。

　メニューを復習しているうちに、晃をはじめとしたほかの社員とアルバイトがそろい、あわただしく始業のミーティングがはじまった。

「本年も一丸となって、頑張っていきましょう」

　店長は牧島《まきしま》という女性だった。

　きびきびとした口調で、連絡事項をつたえていく。そのあいだ、ほとんど笑顔はなかった。さっぱりしたベリーショートの髪と広い肩幅のせいか、高校のときにいた女子ソフトボール部のこわい先輩を思い出した。年の頃は、二十代後半くらいだろうか。

「こちらは、新しい野球部員の窪塚夏樹君。ホールに入ってもらいます」

「よろしくお願いします」本能的に、この人の前では従順にしておいたほうがいい気がして、はきはきと挨拶し、深く頭を下げた。

拍手がやむと、それぞれが開店準備に入った。壮一がひがみっぽい表情で、脇腹をつついてくる。

「夏樹君、僕のレクチャーのときとは大違いじゃないですか。僕って、もしかして夏樹君にナメられてます？」

「ごめん、ごめん。壮一の言う通り、あの人、やたら厳しそうだなって思って」

「夏樹君、気をつけてください」

暖簾《のれん》を運ぶ牧島を横目で見ながら、壮一は声をひそめた。

「牧島さんは、野球部反対派なんです」

「えっ……？」思わず言葉がつまった。「それで、この店の店長やってんの？」

「野球部の創立と同時にこの店に配属されて、店長にも昇進したんですけど、何せ社長の野球熱にいちばん振りまわされてるのは、あの人ですから」

「それは……、気の毒だな」不自然に日焼けした肌と、ピンクのシャツの胡《う》散《さん》臭いコントラストが、ぼんやりと頭に浮かんでくる。

「普段は僕ら部の四人が安定してシフトに入れますけど、大会期間中はごっそり抜けるわけですよ」

考えてみれば、当たり前だ。俺、今日試合に出るから、お前は店に入れよと、草野球みたいなわけにはいかない。

「浦和一円の店舗から、店員が一気にいなくなるわけです。店長たちはランチから夜まで、フル稼働。アルバイトの人にも無理をさせて、必死で他店から応援も頼んで、ようやく店をまわせるわけです。本当にすいませんって感じです」

「……俺だったら、早く負けろって思うな」

「その通り」と、なぜか壮一はうれしそうに顔をほころばせた。「負けろ、負けろとひそかに願う人は多いです。負ければ、店は正常に戻り、より廃部に近づいていくからです」

「なんで笑ってんだよ」男でも、ちょっとどきっとするような、壮一の微笑みだった。端整な目鼻立ちのパーツが崩れ、くしゃっと愛嬌のある表情が顔を出す。

「心のなかでは、すいませんって思ってますけど、でも、そっちのほうがより燃えるじゃないですか。僕は夏樹君とは違って、強い高校じゃなかったから、逆境を楽しみながら絶対負けないぞって踏ん張らないと、やってられなかったんですよ」

　嫌いなタイプではないと夏樹は思う。負けん気は、ピッチャーにとってのガソリンと言っても過言ではないからだ。

　しかし、気力もエネルギーも無限ではない。絶対負けないと念じつづけ、孤軍奮闘しても、いつかは枯渇し、力尽きる瞬間がやってくる。そのとき、自分は精いっぱいやった、誇れる野球人生だったと胸を張って言える保証はどこにもないのだ。

　むしろ、負けん気が強ければ強いほど、すべてが終わったときに人は抜け殻になりやすい。そんな投手をたくさん見てきた。

　そして今、俺は、棺桶《かんおけ》に片足を突っこんだ状態にある。抜け殻に、一歩ずつ、着実に近づいている。

「いずれにせよ、店長の前ではボロを出さないようにしてください」壮一が、軽く夏樹の背中をたたいた。「野球以外のところで、あら探しをされたらたまったもんじゃありませんから」

「ああ……、わかった」

ため息の一つもつきたくなった。まさか、社内で足の引っ張りあいをしているとは、思ってもみなかったのだ。もしかしたら、はじめてトクマルの練習を見学した日、社長は意図して明るい面しか見せようとしなかったのかもしれない。


五時になり、宵闇《よいやみ》のなか、軒先《のきさき》にならんだ赤提灯にあかりが灯る。

「ご予約のお客様、三名様、ご来店です！」

「いらっしゃいませ！」

活気のある声が、店内を飛び交う。扉がせわしなく開くたびに、ほてった体の表面を寒風がなでていく。三が日特有の、どことなくそわそわした空気のなか、客たちの笑い声がそこかしこではじけた。

立ち止まる暇がない。注文を聞いたと思ったら、別のテーブルのドリンクや料理を運ばなければならない。

むしろ、忙しいほうがありがたいのかもしれなかった。自分は今、なぜこんなところで、酔っ払いの相手をしているのだろう？　そんな違和感に、ともすれば体を縛られそうになる。

「ちょっと、お兄さん、ウーロンハイ頼んだのに、これ、アルコール入ってなくない？」

不機嫌そうな女性に呼びとめられて、夏樹は急停止した。茶色い液体のジョッキを指し示されて、夏樹は口を近づけようとした。

「何飲もうとしてんだ、バカ！」ちょうど背後を通りかかった店長の牧島がジョッキを取り上げた。

「だって、飲まなきゃたしかめられませんよね？」

「本当にバカなの？　世間知らずすぎるでしょ！」

夏樹の頬がカッと熱くなる。客の前で怒鳴られ、叱られるなんて思ってもみなかった。羞恥《しゅうち》心《しん》で、頭がどうにかなってしまいそうだ。

危なっかしい夏樹の仕事ぶりを、それとなく常に監視していたのかもしれない。「申し訳ございません。ウーロンハイですよね。すぐにお届け致します」と、平身低頭あやまっている。

夏樹は首をひねった。このお客、注文のときはたしか「ウーロン茶」と、言った気がする。聞き間違いにせよ、もうちょっとはっきりしゃべってほしい。店内がうるさいので、聞き取りにくいのだ。

牧島に指示され、ドリンクをつくっているバイトの女の子に、先にウーロンハイを出してもらうように頼みにいく。

「無理です、今、忙しいんで」にべもなく、あしらわれた。「そこの焼酎とウーロン茶と氷を入れてかき混ぜるだけなんで、自分でつくってください。焼酎の分量は、ジョッキに星印がついてるんで、そこまで入れてください」

てきぱきと指示を出しながら、両手はせわしなく動いて、カクテルやサワーを次々生み出していく。

「あと、注文は必ず復唱してください。そうすれば、間違いはすべてとは言えないまでも、かぎりなくゼロにできますから」

「復唱したよ」嘘をついた。

「いや、してません」あっけなく見破られた。「私、ここから何度か窪塚さんのオーダーの取り方を見てましたけど、絶対に復唱してませんでした」

　まさに、使えない社員に憤《いきどお》るベテランアルバイトの典型的な構図だ。またしても、夏樹のなかで羞恥心が燃え上がった。

　ついこの前まで、二軍とはいえプロのマウンドで投げていた俺が、なんでこんな思いをしなきゃいけないんだ。なぜ客にへりくだり、こき使われなければならないのかと、さんざん覚悟を決めてきたはずの接客業務に抵抗を感じてしまう。

　みずからウーロンハイをつくり、先ほどの女性に届けた。すると、なぜか女性が目顔で何かを訴えてくる。

「追加注文ですか？」夏樹はオーダー用のスマホを取り出した。

「違うでしょ！」客の女性が怒鳴った。「なんで、あやまらないの。さっきだって、あなた、首ひねってたでしょ」

「ああ、すみませんでした」と頭を下げながらも、たかが「茶」と「ハイ」の間違いくらいで大げさだと考えている。

　女性は夏樹のいい加減な態度に舌打ちしたものの、それ以上、文句を言うことはなかった。牧島からは、あの卓は今後私が受け持つから近づくなと命令された。

　しばらくすると、またしても強い口調で呼ばれた。

「お兄さん！　こっち、ガスないよ！」

ビールジョッキを四つ持ったまま「ただいま！」と、返事する。

客みずから海鮮を焼く七輪はガス式だ。ガスボンベを取りに厨房へ向かうと、晃が揚げ物を揚げ、キャミーがしめさばを炙《あぶ》っている姿が目に入る。二人とも目の前の仕事に懸命で、脇目を振る様子もない。

この光景が、これから俺にとっての日常になるのだと思うと、なかばうんざりした。心を奮い立たせないと、早くも初日ですべてを投げ出したくなる。

「お待たせしました」ボンベをセットして、つまみをひねり、火をつけた。そのテーブルの客は、初老の男性四人組だった。地元の人たちらしく全員がラフな格好だ。

「おお、君が夏樹君か！」らくだ色の靴下に便所サンダルをつっかけている男が、夏樹の名札を見て気安く肩をたたいてきた。

百歩ゆずって、部員に「夏樹君」と呼ばれるのはいいが、何の面識もない初対面の客に、ここまでフランクに話しかけられるいわれはない。「そうですけど……」と、戸惑いながら答える。

「元プロなんだってなぁ！」

「えっと……、なんで、それを？」

「壮ちゃんが、この前教えてくれたんだよ。プロの投手が来るって」

少し腹が立ったが、どうせいつかは知られてしまうことだ。どちらかというと、この無遠慮な距離の縮め方のほうが、どうにも気味が悪い。

「俺たち、トクマル野球部の大ファンなの」別の男が、得意げに言った。「常連だから、これからよろしく」

「はぁ……、よろしくお願いします」そういえば練習を見学した日に、この男たちを客席で見かけた気がする。たしか、社長にも気安く話しかけていた。

　網の上のハマグリが、下から火に炙られ、大きく口を開けた。貝の身からにじみ出た汁が、ぐつぐつと煮たっている。立ち去るタイミングを完全に逸してしまった。なんとなく手持ち無沙汰になってしまい、火加減を調節する。

「夏樹君が活躍すりゃ、今年はいけるんじゃねぇか」

「ああ、念願の都市対抗本戦出場だな」

「東京ドームで、こいつらが活躍すると思うと、楽しみだなぁ」

「壮ちゃんも、力つけてきてるからな。あとは、キャミーだな」

　これだけ気にかけてもらって、ありがたいと思うべきなのだろうが、夏樹はなんとも言えない居心地の悪さを感じていた。

「それにしても、戦力外通告ってのは世知辛いよなぁ。兄ちゃんはあのテレビ、出なかったのかい？」

　便所サンダル男の言葉に、夏樹は「あのテレビ？」と、問い返した。

「あれだよ、年末にいつもやってる番組。戦力外を言い渡された男たち。妻と子を抱えた男たちの決断やいかに……」

　番組のナレーションを真似た重々しい口調に、ほかの三人が手をたたいて笑った。

　プロの二軍時代、がらがらの観客席で、ワンカップを飲みながら好き勝手な野次や声援を飛ばしてくるおじさんたちに、この男たちの雰囲気は酷似していた。応援してやってるんだから、何を言っても許されるだろうと思いこんでいる節《ふし》がある。うっとうしいこと、この上ない。

「やっぱり、あれかい？　連絡を待ってるときってのは、生きた心地がしないもんかい？」

ほかの酔客の笑い声が、なぜか遠く聞こえる。七輪の上で反り返るイカの足をじっとにらんだまま、下唇を噛みしめた。

落ちつけと、自分に言い聞かせる。トクマルの練習をはじめて見た日、ファンとつくりだす温かい球場の雰囲気に自分は心惹かれたはずなのだ。地域の交流に一役買いたいと願ったのだ。しかし、相手が酔っ払っていることが、どうにも引っかかる。酒席の話のネタにされ、からかわれているような気持ちの悪さがぬぐいきれなかった。

「それにしても、社会人入ってまでつづけるなんて、健気だねぇ。球団職員とか、バッティングピッチャーとか、声がかからなかったのかい？」

夏樹の様子がおかしいことに、便所サンダル以外の三人が気づき、「おい、ドメさん」と、たしなめた。それでも、酔いでなめらかになった男の口はとまらなかった。

「おっ、君、結婚してんの。まさしく、あのテレビの選手らと同じじゃねぇか」夏樹の薬指を見て、大げさに目を見張る。「大変だなぁ。女房いるからにゃあ、頑張んねぇとな。子どもは？　いるのかい？」

お前に何がわかる。

「あぁっ？」目の前にふらっと立ち上がった男を見て、自分が実際に声に出して「お前に何がわかる」とつぶやいていたことにおくれて気がつく。

「おめぇ、今、なんつった？」

「お前に何がわかるんだって、そう言ったみたいですね」

「言ったみたいって、なんで人ごとなんだよ！　ナメてんのか！」

便所サンダルが、胸ぐらをつかんでくる。されるがまま、夏樹はただ相手を見下ろしていた。

両親と同年代の男たち。それなのに、あの優しかった母だけがこの世界から取り残され、孤独の沼にはまりこんでいく。こいつらが楽しげに飲み食いし、笑っているだけで腹が立つと言ったら、あまりに身勝手だろうか。

「すみません！」壮一が、夏樹と男のあいだに体をねじこんできた。レフリーのように、両者を引き離す。

「おい、壮ちゃん！　こいつ、どうなってんだよ。めちゃくちゃ生意気だぞ」

「客なら、ファンなら、何言っても許されんのか？」さっきのウーロンハイの一件でためこんでいた羞恥と怒りが極限まで膨張し、体の隅々までヒビが入る。その割れ目から、黒い感情があふれ出した。「俺はお前の友達じゃねぇんだぞ」

「はっ！」と、男はあざけるように、わざとらしい笑いをもらした。「お前みたいなヤツに職員とかバッティングピッチャーの誘いが来るわけねぇわ。性格悪《わり》ぃからだよ。こんな小生意気なヤツ、チームに残したくねぇもん」

「この野郎！」体が勝手に動いた。男に食ってかかる。

ほかのテーブルの客たちが、何事かとこちらを注視していた。壮一は必死の形相で夏樹を押しとどめながら、「すみません、ドメさん！」と平謝りしている。

壮一、こいつらをつけあがらせるな。下手に出れば出るほど、こいつはファンであることを盾にして、好き勝手なことを言いつのる。壮一を押しのけようとした瞬間、前掛けの結び目を後ろからつかまれた。強い力で引っ張られる。

ふざけんな、誰だ！　そう怒鳴る寸前で、喉が凍りついた。またしても店長の牧島が立っていた。

「窪塚夏樹、ちょっと来い」

ぞっとするほど低い声でフルネームを呼ばれ、夏樹は開店直前の壮一の忠告を思い出した。ピッチャー陣の手本となるために入社したのに、自分が廃部のきっかけをつくってしまっては元も子もない。

今までに何度も痛い目にあっているから、みずからの悪い癖は自覚しているつもりだった。打たれて頭に血がのぼると、ランナーがまったく見えなくなる。足の速いランナーを刺すことばかり考えると、今度はすっぽりとバッターの存在が意識から抜け落ちて、気の入っていない球を痛打される。

周囲が見えなくなって後悔したことは山ほどあるのに、それがまったく経験として生かされていない。牧島が視界に入った途端に頭が冷やされた。

「大変、申し訳ありません」男たちに深々と頭を下げた牧島は、つづいて壮一にささやきかけた。「こちらの皆さんに、ドリンク一杯ずつ無料でサービスして差し上げて」

わかりましたと、壮一が返事をして、ふたたび男たちをなだめにかかる。夏樹は店長の鋭い一重の目に射すくめられたまま、スタッフルームの奥まで連行されていった。

魚の生臭さと、安っぽい芳香剤のかおりが混ざり、しみついた部屋だった。少し吐き気がした。このにおいに慣れるには、まだまだ時間がかかりそうだ。

「さて……」と、牧島は両手を腰にあてて、夏樹のほうに向き直った。「君、何か勘違いしてない？」

勘違いしているのはあいつらのほうだと言いたいが、とてもじゃないけれど反論できる雰囲気ではない。夏樹は手を体の前で組み、うなだれていた。こんな姿、有紗にも勇馬にも絶対に見せられない。

「初日でお客様とケンカなんて、前代未聞だよ。しかも、二件。バイトなら即クビなんだけど」

男性のように後頭部を刈り上げにしたベリーショートを、牧島は荒々しくかきむしった。

「この店舗は、非常にリピート率が高い。なんでかわかる？」

「彼らのようなファンが来るから……」渋々答える。キャミーのように、語尾に「です」をあわてつけくわえた。

「壮一や、キャミー、戸沢さんが積み上げてきた常連の方々からの信頼を、君は壊した。崩すのは、一瞬で、簡単」

夏樹は神妙な態度で、じっとうつむいていた。

牧島は、服装の規定にもとづいて、黒一色のスニーカーを履いている。その靴はかなり黒が色褪せて、お世辞にも綺麗《きれい》とは言えなかった。

ピッチャーが何百球、何千球と投げこむのと同じように、この人も厨房とホールを靴底がすり切れるほど行き来して働いているのだと思うと、途端に申し訳ない気持ちになった。

「私は認めてるんだよ。みんなの頑張りも、地域に貢献したいっていう社長の思いも」

夏樹は、おそるおそる顔を上げた。険のある牧島の表情が、ほんの少しやわらいでいた。

「私、野球のことはわからないけどさ、百五十キロを投げられる、大きなホームランを打てる――そんな選手たちと、間近に接して言葉を交わせる。それを楽しみに店に来ていただける。試合も観ようって気になる。そういう人が増えてくれたら、私だってうれしいんだよ」

あれ、この人、野球部反対派じゃなかったのかといぶかしんだ。が、すぐに牧島の眉間にしわが刻まれ、険しい顔に戻った。

「元プロだったあなたのプライドなんか、ここではこれっぽっちも通用しないの。必要ないの。はっきり言って、ゴミでしかない。お店のプラスにならないことを、私は認めない」

「俺は……、プライドなんて……」

「いや、どうしようもなく、にじみ出てる。なんで、俺がこんなことしなきゃなんないんだって、そういうふてくされた態度がね」

　懸命に心のなかの不満をおもてに出さないようにしていたのだが、見る人が見れば明らかだったらしい。

「そんなんじゃ、一ヵ月ももたないよ。君の心も、私の堪忍袋も」

　牧島は苛立たしげに腕を組んだ。化粧っ気のない顔をゆがめる。

「あなたがこの北浦和店にとってプラスにならないなら辞めてもらうし、同じように野球部がお店のマイナスになるようだったら、私は何がなんでも廃部を訴えるから」

　当たり前だが、この人は会社と店舗の利益をいちばんに考えている。会社の経営が危うくなれば、自分たちの給料も出ないし、野球部の存続もない。ここは巨大チェーンの居酒屋であって、高校時代の文化祭でやったような、野球部の出店じゃない。お遊びじゃない。

「窪塚夏樹、あんたは、なんで野球をやってるの？」

　野球に興味のなさそうな牧島が、そんな問いかけをしてきたことが意外で、夏樹は思わず口ごもった。

「なんでって言われても……」

　そもそも、野球をはじめたきっかけすらよく覚えていない。父親がグローブを買ってきて、いっしょにキャッチボールをしたのが最初だっただろうか。

「わからないです。これしかできることがなかったんで」

「それ、宿題」

牧島が細長い人差し指を突きつけてきた。その指先が、ぴったりと夏樹の胸の真ん中にあたる。

「プロに戻りたいとかそういうんじゃなくて、もっと根本的な理由。なんで、野球じゃなきゃいけないの？」

夏樹は答えられなかった。ホールのほうから、客たちの楽しげな話し声が聞こえてくる。世間から、社会から置いてきぼりを食らっているようなみじめな気持ちがいや増していく。

「じゃあ、その答えを聞かせてくれるまで、窪塚夏樹は私に一から十まで従いなさい。反論はいっさい認めない」

有無を言わせない命令口調のわりに、腹が立たないのが不思議だった。とりあえずあやまりに行くよと言われて、素直に牧島の後ろに付き従う。スタッフルームを出る直前、牧島は夏樹の下半身に突然手を伸ばしてきた。

「ちょっ……」夏樹は身構えた。牧島が「ごめん、さっき引っ張ったから、前掛けがずれてる」と、かまわず夏樹の体の前から手をまわし、背中側の結び目を直してくれた。

「すみません」抱きつかれるような格好になって、夏樹は心底動揺した。ベリーショートの髪から、シャンプーのにおいがした。やさしいのか、厳しいのか、この人の性格と言動がなかなか読めない。

「身だしなみは、いちばん大事。野球もそうでしょ」

背中をたたかれ、ホールに出る。心を決め、真っ直ぐに男たちのテーブルに向かった。夏樹の姿をみとめたドメさんが、気まずそうに目をそらした。

「先ほどは、大変申し訳ありませんでした」

最敬礼の角度で深く腰を折る。開店前のロールプレイングがさっそく役に立ったのは、なんとも皮肉なことのように思われた。ドメさんの便所サンダルをじっと見つめたまま、言葉をつなぐ。

「プロだった驕《おご》りが、どこかにあったんだと思います。心を入れ替えたいと思います」

顔を上げると、ドメさんは苦笑いを浮かべ、箸の先で取り皿の上のイカをつついていた。

「いやいや、俺もデリケートなことをいろいろと聞きすぎたよ。反省してる」

「でも……」

「俺たちは、ただこの店が好きなだけなんだ。ここで働いてる子たちが、野球で日本一を目指してるって聞いて、いても立ってもいられない気持ちになった。それ以来、練習も試合もよく観に行ってるんだ。みんな、体大丈夫なのかって心配するくらい、ここでの仕事も練習も頑張ってるよ。俺らができることと言えば、ここで飲み食いしてお金を落とすことくらいなんだけど……」

照れたように、赤ら顔で微笑んでくる。

プロ時代は、いくら二軍とはいえ、ファンとの垣根は高かった。たまにサインや握手の求めに応じはするが、あとは観客席から名前を呼ばれ、歓声を送られるだけで、こうしてじっくりファンの声を聞くことはなかった。

「なんかね、人ごととは思えないんだよ。みんないいヤツだからさ。ちゃんと食ってんのかなとか、ちゃんと寝てんのかなとか」

ドメさんは心配性だからなぁと、連れの一人がその肩を揉む。

「ありがとうございます」ふたたび、頭を下げた。「早くトクマルの一員になれるように頑張りますので、引き続き、応援よろしくお願いします」

店長と夏樹がしばらく抜けていたからか、キャミーがみずから料理を運んできた。ホールの人数が足りないようだ。

「オウ！　ドメさん！　明けましておめでとうございます」キャミーが皿を持ったまま、ひょろ長い両腕をいっぱいに広げた。夏樹はそれをよけながら、あわてて皿を受け取った。

「キャミー！　おめでとう！」

二人はがっちり抱きあった。ドメさんの顔が、キャミーの胸の位置にうずまるので、まるで大人と子どものようだった。しかし声だけ聞くと、キャミーのほうがやはり小学生のように甲高い。

「どうだ？　生魚食えるようになったか？」

「ムリです！」

「コントロールよくなったか？」

「まあまあです」

「嘘だろ」

「バレましたですか？」

男たちが笑い声をあげる。「ダメじゃないか」と、ドメさんがキャミーの肩をたたいた。

「走れ、走れ。下半身、大事だぞ」

「日本人、みんなそれ言うです。どれだけ走るの好きですか？　とくにジジイになればなるほど、走らせるの好きですネ」

「キャミーは、丁寧なんだか、口が悪いんだかわかんねぇんだよ」

新年にふさわしい、明るい笑い声が店内に満ちた。

ここで働く部員たちが積み上げてきたという信頼の重みを、夏樹はたしかに感じていた。

野球という競技は、本来、やる人と観る人の垣根なんかないスポーツだったんじゃないかとふと思った。それなのに、プロ選手が何千万も何億ももらうようになり、いつしか特別扱いが当たり前になった。

牧島に問われた質問を、今、夏樹はかえりみている。なぜ、野球じゃなければならないのか？

その答えの端緒を、つかみかけたような気がしたのだ。


二〇二〇年の初練習は一月六日に、北浦和店からほど近い、さいたま市営浦和球場で行われた。

冬はシーズンオフの期間にあたるので、キャッチボールや遠投、ランニングなどの、軽めのメニューが予定されていた。二〇二〇年の春に向けて、じっくり体をつくりあげていく時期だ。

もちろん、新加入の夏樹のお披露目と紹介も兼ねていたはずなのだが。

いったい、なぜこんなことになった……？

夏樹は腰が引けた体勢のまま、左のバッターボックスに入った。

マウンドには、キャミーが仁王立ち。約十八メートルの距離があるはずなのに、マウンドの高さとその長身のせいで、上から見下ろされているような気分になる。

「なんで、そんな外側に立ってるんだ！」車椅子に座る水島監督が、ねちっこい野次を飛ばしてくる。「もっと近づかんか！」

バットを肩に担いだ夏樹は、しかたなく半歩だけホームベースに近寄った。「もっと、もっと！」「そんなんじゃ、打てないぞ！」と、壮一をはじめ、新しいチームメートたちが両手を口にあてて、はやし立ててくる。

夏樹は、バッティング用の手袋の上から、かじかんだ手に息を吐きかけた。空中に白く吐き出された息は、冬の風にあおられ、すぐに消えていった。デッドボールもこわいが、バットの芯をはずし、冷えた手を痛めるのもさけたい。

キャッチャーについたのは、晃だった。しゃがんだまま、ちらっとバッターボックスの夏樹を見上げる。

「悪いことは言わない。よけたほうがいいよ」キャッチャーマスクのせいで、たるんだ頬の肉が盛り上がり、目が極端に細くなっている。「でも、よける方向は、気をつけたほうがいいぞ。ときどき、バッターの背中側も通るから、後ろによけても逆効果ってときがある」

「それ、壮一も言ってましたけど、本当だったんですね」

マウンド上のキャミーは、白い歯を見せ、不敵に笑っていた。夏樹はつばをのみこみ、グリップを強く握りしめた。寒さで冷えた腕に鳥肌が立つのが、長袖のアンダーシャツ越しにはっきりと感じられた。

「こんな真冬に、全力で投げるなよ！　手加減しろよ！」夏樹はマウンドにバットの先を向けて怒鳴った。

「私は、いつだって全力なのです！」キャミーが長い両腕を曇天に突き刺すように、大きく振りかぶる。

来る——。

夏樹は息をとめ、目を見開いた。こんなところで、死にたくない。

チームメートへの自己紹介は、無難にすませたはずだった。着替えを終え、市営球場のグラウンドに出ると、さっそくチームキャプテンの晃が、集合をうながした。

一列にならんだトクマル野球部メンバーの前に立った夏樹は、謙虚な姿勢で礼をした。

「窪塚夏樹です。このチームに拾っていただいた恩を、ピッチングで返したいと思います。よろしくお願いします！」

新参者がいきなり投手キャプテンになるわけだから、抵抗を感じる選手も少なくないだろう。元プロのプライドは捨てると、心に決めていた。驕りはない。すべては、ここからリスタートだ。

選手たちが、手を打ち鳴らす。それぞれが、日々きっちりと自分の仕事をこなし、今年も野球ができるよろこびを噛みしめているせいか、どの顔も引き締まり、精悍《せいかん》に見えた。その目つきはプロ選手とも遜色《そんしょく》ないと、夏樹は思う。心ひそかに闘志を燃やしたのだが、水島監督がさっそく勤務初日の騒動を蒸し返してきた。

「おい、聞いたぞ、壮一から。いきなり、店で大暴れしたそうじゃないか」正月に飲み過ぎたのか、顔がかなりむくんでいたが、相変わらず鋭い眼光で夏樹を見すえる。

「いや……、あれは……」あれこれ釈明しようとしたのだが、水島は「いいぞいいぞ、もっとやれ」と、無責任に放言した。

「最近の若いヤツは、大人しくていかん。そういうヤツはいっちょん好かん。気にいらん客なんか、店の外に放り出してやれ」この場に社長がいないのをいいことに、好き勝手なことを言いつのる。「ケンカせぇ、暴れろ、そうでなきゃマウンドで思いきった投球ができんぞ！」

若い投手陣に向けて人差し指を突き立てるが、分厚いベンチコートを着て、フードをかぶり、車椅子にちょこんとおさまっているせいで、あまり迫力が感じられない。ぬいぐるみのように見える。

「壮一！　お前はあやまりすぎだ。俺が主役だ。俺が相手をやっつける。そういうつもりでいかんか！」

「すみません！」

「デス！　お前も、ですです言ってないで、もっと我を出していかんか」

「はい！」手を後ろに組んだキャミーが、威勢よく返事をする。

「お前の今年の目標は何だ！」

「スピード速いまま、ちゃんとストライクゾーンにピッチすることですネ！」

「よし、夏樹！　お前が気概と手本を見せてやれ。たとえ百五十キロ投げようが、気の抜けた球なんざ、プロレベルなら簡単に打ち返されんだ。夏樹が打って、デスの目を覚ましてやれ」

「はっ？　僕が打つんですか？」しばし、監督と見つめあった。何かの冗談なのかと思ったのだが、キャミーと晃が「よし、行くぞ」と、準備をはじめたのであわてて右手を顔の前で左右に振った。

「すみません、僕、ピッチャーなんですけど。打つのは、あまり……」

死神の「デス」が、否応なく頭をよぎった。プロに入ってからデッドボールの経験はなかったが、高校時代は何度も食らったことがある。高校生の非力な球でも相当痛かったのに、この真冬にスピードボールをお見舞いされたら、最悪病院送りだ。

「高校時代は、エースで四番だったんだろ。甲子園でも、左バッターに不利な風向きをものともせず、二本のホームランを打ってる」

よく調べてやがると思うが、それどころではない。今、まさに俺は生死の境目に立たされている。

「それは、むかしの話ですし、二軍戦もほとんどＤＨ制でしたから……」

「なんだ、お前。ファンには啖呵《たんか》切れんのに、グラウンドでは怖じ気づくのか？」

そう発破をかけられ、ぐっと答えにつまった。今ここで拒否すれば、勤務初日のことを一生ネタにされ、からかわれる気がした。

「ちょっとした新年のデモンストレーションだよ。デスがお前の高い鼻っ柱を折るか、お前が生意気で高飛車なままでも許されるか……」

「いや、僕は本当に心を入れ替えましたので……」夏樹は「本当」という言葉にかなりの力をこめて説得したのだが、「つべこべ言わず、打たんか！」と、一喝された。

夏樹がうなずくよりも先に、「行け行け！」「打てるぞ！」と、チームメートたちが口々に声援を送り、手をたたく。壮一がにやにや笑っているのが視界に映った。あいつ、練習後に絶対シメてやると心に誓った。

どうやら、これがこのチーム流の新人への洗礼らしい。メジャーリーグでも、サイレントトリートメントなる新加入選手への儀式や洗礼がはやっているようだし、とにかく口だけでなく度胸を見せろということなのだろう。

夏樹は渋々ながらヘルメットをかぶり、晃に借りたバットを手にした。寒さもあって、膝がどうしようもなく震えてしまう。それを周囲から気取られないように、何度も素振りを繰り返した。

今日はさすがに新年で、真冬の寒さということもあるのか、客席に常連さんの姿は見当たらなかった。キャミーがアップのキャッチボールをすませ、マウンドに登る。

やはり、大きい。存在感とオーラだけなら、プロの一軍レベルにも匹敵する。寒風が吹き抜けて、キャミーの足元のマウンドの土をさらっていった。

「私は、いつだって全力なのです！」叫んだキャミーが、大きく振りかぶった。

夏樹はバットを構えた。打ち返せるかどうかは別にして、腰が引けているようではいい笑いものになってしまう。ぐっと下半身に力を入れ、どんな球が来ても対応できるように膝を落とした。

「ハッ！」投球の瞬間、力のこもった声にならない声が、キャミーからもれた。ムチのような長い腕がしなり、振り下ろされる。全体重をのせてはじき出されたボールが放たれる。

いくらなんでもこの時期に、百五十キロは投げられないだろう。せいぜい、百三十キロがいいところだろうと高をくくっていたのだが、夏樹は真っ直ぐ自分に向かってくるボールを目の当たりにして、凍りつく体を動かせないでいた。

右ピッチャーから、左バッターの懐に食いこんでくるクロスファイヤー。

速い！

米粒大だったボールが、まるで膨張するように巨大化して、目の前に迫りくる。

懐に食いこむどころか、糸を引くようにして、真っ直ぐこの体に向かってくる。

このままでは、ぶつかる。

よける……？

よけるって、どっちへ？　しゃがむ？　のけぞる？

否、間に合わない。死――。

とっさに背中を逆側にひねり、バックネットのほうを向いた。風を切り、うなりをあげるボールの音が、はっきりと耳元に聞こえた気がした。

肩甲骨のあいだのくぼみに、ボールがめりこむ。夏樹の両手からバットが抜け落ちる。

選手生命が終わったと覚悟した。

「ひぃっ！」と、悲鳴がもれたのだが、地面に落ちたボールは、ぽすっと妙に軽い音を立ててバウンドした。

おかしい。ぶつかった感触は残っているのに、あまり痛みを感じない。

おそるおそる肩をまわしてみるが、異常はなかった。グラウンドの上のボールを見て、唖然とした。

ゴムボールだった。多少重量はありそうだが、体に当たったところでほとんどダメージはない。晃とのキャッチボールは、たしかに硬球を使っていたはずなのに、いつの間にすり替えたのだろう。直前まで夏樹にバレるのを防ぐためなのか、赤い縫い目をマジックで書きこむ念の入れようだった。

「すみません！」壮一がプラカードのようなものを、背後から出した。段ボールの表面に「ドッキリ大成功！」と書かれている。

一気に力が抜け、夏樹はその場にくずおれた。その様子を見て、総勢二十四名の部員たちが手をたたいて笑いだした。晃があわてた様子で夏樹の体を支えるが、しかしキャッチャーマスクの奥では涙を流して笑っている。

「おい！」

夏樹はヘルメットをグラウンドにたたきつけた。心臓がとてつもないスピードで脈打っている。

「キャミー、お前！　人の体に狙って投げられるんだから、コントロールいいはずだろ！」

「いや、今はど真ん中を狙ったですけど、当たってしまったですネ」キャミーが両手を広げ、肩をすくめる。そのグラブのなかには、直前まで投球練習で使っていた硬球がしっかりおさまっていた。

水島監督が、車椅子の上で激しく痙攣《けいれん》していた。この人も大笑いしているようだが、傍目には発作か何かで苦しんでいるように見えた。

「せーの！」と、壮一が叫んだ。

いっせいに、部員たちが声をそろえた。

「夏樹君、ようこそトクマル野球部へ！」

よろこんでいいのやら、怒りつづけていいのやら反応に困るのは、さっきから動画を撮られているからだ。スマホを構えるのは、応援部の渡里《わたざと》奈緒《なお》だった。しかたなく、「ちょっと、勘弁してくださいよ！」と、テレビでよくあるようなリアクションをしておいた。

いったんベンチに戻った夏樹は、「チームの公式ＳＮＳに、この動画、アップしていいですか？」と、奈緒にたずねられた。正直なところあまり気は進まなかったけれど、ここで断ったらチームの一員になれないと腹をくくった。今は、プロのチームもＳＮＳを運用し、選手の素顔をファンに届けている。

「もちろん、いいよ」とはいえ、有紗や、姉の亜夜子には絶対にＳＮＳの存在を知られたくない。

「じゃあ、さっそく！」奈緒が素早い指さばきでスマホを操作しはじめる。

「フォロワーはどれくらいいるの？」

「今、二千七百人くらいですね。ほとんどはトクマルの関係者だと思いますけど、『練習開始しました』って投稿で球場に足を運んでくれる人もいるんでバカにできないんです」

　応援部といっても、各店舗の有志が参加する、ボランティアのような集まりらしい。練習の手伝いや、会計、広報活動、そしていざ試合となれば統率のとれた応援を行う。

　奈緒は北浦和店のアルバイト従業員で、普段は劇団に所属し、女優として活動しているそうだ。奈緒のチアリーダー姿は若手選手を鼓舞すると、もっぱらの評判らしい。

「奈緒さんは、なんで応援部に入ったの？」すでに居酒屋の業務で知りあっているから、同い年ということは知っていた。夏樹の勤務初日に、ものすごい手さばきでドリンクをつくっていた人だ。あれから夏樹は居酒屋でも真摯に働くようになり、奈緒とも徐々に信頼関係を築いていた。

「私、野球部のことなんかまったく知らずに、アルバイトで入ったんですよ。だから、やたらと屈強な男性が多いなって不審に思ったんです。あれ？　私、居酒屋じゃなくて、スポーツジムのバイトに入っちゃったのかなって」

「そりゃ、マッチョだらけだとびっくりするよな」練習用のジャージについた土を払いながら、夏樹は思わず笑ってしまった。真冬のベンチは寒風にさらされて氷のように冷え、尻が痛くなってくる。

　奈緒は自身のコートの上から、さらに監督とおそろいのベンチコートを着こんでいた。スマホを操作する合間に、寒そうに手をこすり合わせている。

「私、一昨年はじめて、都市対抗の予選を観に行ったんですけど、普段身近に接している壮ちゃんが、とんでもないボールを投げてるわけですよ。三振取りまくるわけですよ」興奮気味に話しているあいだ、奈緒の頭頂部のお団子ヘアーがずっと揺れていた。「もう信じられなくて、一気に魅了されて。その次の試合から、私、気がついたらチアの服着てました」

東京ドームで行われる都市対抗野球本戦は、各社の熱のこもった応援合戦も有名だ。なんと、応援に対する賞も設定されているらしい。もしかしたら、ドームでトクマルの応援をすることが、奈緒の夢の一つなのかもしれないと思った。

「もしかして、奈緒さんは壮一が好きなの？」

「何言ってるんですか！」

奈緒が思いきり夏樹の膝をたたいた。ゴムボールの死球よりも、奈緒の殴打のほうがよっぽど痛かった。

「そんなわけないじゃないですか！」

耳まで赤くしている。わかりやすいこと、この上ない。

「集合！」と、晃から声がかかり、夏樹はグラウンドに出た。

チームで整列して、ランニング、アップを開始すると、いよいよ新しい野球人生がスタートしたという感慨が深くなる。

キャッチボールは、キャミーと行うよう、水島監督から指示が出た。

キャミーの投じる球は、たしかにスピンがきいていて力がある。ほとんどのボールが夏樹の胸元に精確なコントロールで突き刺さってくる。しかし、いざマウンドに立つと制球が定まらないという。

キャミーが徐々に外野の奥へと下がっていった。ボールを交わす夏樹との距離は五十メートルほどに離れた。

「夏樹、お前はデスの投球をどう見た？」水島監督が夏樹のすぐ背後に車椅子を進めてきた。

「ものすごい素質を持っていると思います」

夏樹はキャッチボールをしながら、後ろを振り返らずに答えた。この距離なら、キャミーに会話は聞こえないだろう。

「けれど、今のままなら宝の持ち腐れですね」

それが、正直な感想だった。せっかく性能のいい車をプレゼントされたのに、本人が免許を持っていなければ話にならない。

「ストレート以外の球種はどうなんでしょう？」夏樹はキャミーのボールを受けた。遠投と言えるほどの距離まで離れているのに、彼の球は矢のように、こちらのグラブに突き刺さってくる。

「カットボールとツーシーム、スプリットが、百四十キロ台」水島が答える。

カットとツーシームは、右投げのキャミーにとって、それぞれ右方向、左方向へと、打者の手元で小さく変化するボールだ。スプリットは垂直に落ちる球で、空振りを狙う。

「あとは、少し球速は劣るが、スライダーが百三十キロ台」

「じゅうぶんですよ。僕も経験がありますが、キャミーは抑えよう、抑えようという意識が強すぎるんだと思います」

夏樹は助走をとって、キャミーに投げ返した。ゆるやかな放物線を描いて、ボールがキャミーのグラブに吸いこまれていく。

「今のところ、微細なコースなんか狙う必要、これっぽっちもないと思います。キャッチャーは、どっしり真ん中にだけ構えてればいいんです」

「でも、そうすると、途端に打たれるんだよ」

「キャミーなら、ピッチトンネルをしっかり実践すれば、プロ入りも夢じゃないかもしれません」

「トンネルって……、何だ？」

夏樹のなかで、監督に対する不信感が少しずつつのっていた。本当にこの人はお飾りの監督なのかもしれない、と。

もちろん、約六十五年前にプロだった男に、理論的な指導や戦術を求めるのが酷なのはわかっている。近年でも、セイバーメトリクスに基づいたフライボール革命や、それに対抗するためのピッチトンネル理論など、百年前から同じ競技をしているはずなのに、年々技術は進歩している。自分はつい数ヵ月前までその最先端に触れていたのだ。

「僕にまかせてくれますか？　日本語が片言だから幼く見られがちですが、キャミーはきっと頭がいいはずですよ」

たしか、父親が数学の教師をしていると言っていた。きちんと論理立てて説明すれば、ムキになってパワーボールを投げようとする今の癖も意識も、変えてくれるに違いないという確信が夏樹にはあった。

「もちろん、フォームの安定のために下半身の強化も必要ですが、精神論や根性論ではなく、あくまで理詰めで説き伏せるべきです」夏樹はちらっと背後を振り返って言った。

「よかったよ、夏樹をチームに引き入れて」いつになく真剣な表情で、水島監督が何度もうなずいた。

杖を使えば歩けはするが、八十四歳にノックなど打てるわけがない。選手が代わる代わる打っている。

車椅子の上で、ただただ「根性見せんか！」「気持ちを強く持て！」「暴れろ！」と怒鳴り散らす前時代的な監督を真っ先にすげ替えることが強くなるための近道のような気がするのだが、この部では今まで誰もそれを口にしようとしなかったのだろうか……？

練習を終えて、帰宅した。今日は、居酒屋のシフトが休みだった。練習も軽めだったこともあり、ジムに寄って筋トレをこなしてきた。

トクマル野球部がチームで契約しているジムなので、部員は無料で使用できるのがありがたかった。ジムの社長と徳丸社長が懇意の仲ということもあり、格安の契約料金ですんでいるらしい。そのかわり、トクマルのユニフォームには肩口にジムのロゴと名前がプリントされている。

トレーニング後特有の、どんよりと重く、だるい腕をまわしながらリビングに入ると、いきなり有紗が眼前に立ちはだかった。

「なぁに、これ！」

きつい口調で、スマホの画面を見せてくる。

まさか浮気の証拠でも握られたのかと思ったが、まったく身に覚えはない。おそるおそる、スマホをのぞきこんだ。

今日のドッキリの動画が流れていた。早くもトクマル野球部の公式ＳＮＳを発見してしまったらしい。

「なんで、わかった？」

「そんなの、夏樹の名前を検索したら一発だよ」

　まさか夫のエゴサーチをしているとは、思ってもみなかった。「勘弁してくださいよ！」と怒鳴る自身の姿から、夏樹は目をそらした。

「なんか、キャラじゃないなって思って。高校時代にこんなことされたら、夏樹、絶対にブチ切れてたでしょ」

「それがさ、入部早々、弱みを握られて」

「弱みって、何？」

「えぇっと……」危うく口をすべらせそうになった。初日に客とケンカしたなんて、とてもじゃないけれど言えるわけがない。おそらく、牧島の比ではない剣幕でなじられ、半殺しの目に遭うことだろう。

　あわてて、「そうだ！」と、話題をそらしにかかった。

「せっかくのワイン、まだ飲んでなかったよな。ようやくチームの一員になれたし、あれ、そろそろ開けようよ。今日は休みだし、乾杯しよう」

　キッチンカウンターの上には、所属チームが決まったときのために、有紗が買ってきてくれたワインが手つかずのまま置かれていた。瓶にうっすらとホコリが付着している。

　有紗が大きくため息をつき、ずばり核心をついた。

「どうせ、居酒屋で何かやらかしたんでしょ」

「いや……」あまりの勘のよさに、絶句した。はぐらかし、ごまかす気持ちは、途端に失せた。

「まあ、その通りっちゃあ、その通りなんだけど。なんでわかった？」

「だって、今日が初練習だったんだから、野球関係じゃないでしょ。だったら、あとは居酒屋でのトラブルしかないじゃない」

つけっぱなしのテレビからは、夕方のニュースが流れている。なんでも、新型コロナウイルスという、未知のウイルスが武漢《ぶかん》という都市を中心に蔓延《まんえん》しているようだ。どうせサーズやマーズのように、中国で騒がれるだけで日本には無関係だろうと夏樹は高をくくっていた。

「私、本当は心配だったんだよね。夏樹が接客なんてできるわけないもん」

「いや……、そんなことないだろ。そろそろ、慣れてきたよ」

「ねぇ、本当に夏樹はこの道に進んで、間違いない？」

そう問われ、夏樹は思わず勇馬を見た。乳幼児用の柔らかいウレタンマットを敷きつめたリビングの一角で、勇馬はミニカーを転がして「ブンブン」と、つぶやいている。

姉の言葉を思い出す。お前の夢のために、子どもまで犠牲にするのかと問うた、亜夜子の言葉を。

「夏樹は後悔しない？　トクマルに入って、前を向いて進んでいけるの？」

有紗が、なおも真剣な表情で問いかけてくる。おそらく、居酒屋での「トラブル」にもおおよその察しがついているのだろう。

「もし、夏樹がいいのなら、私もワインを飲むよ」

「大丈夫だよ」夏樹は、自分自身に言い聞かせるように答えた。「大丈夫だから、飲もう」

夏樹は決意をかためた。ワイングラスを二つと、勇馬のプラスチック製のコップを取り出す。勇馬はジュースだ。

「ぶどうジューチュ！」勇馬がミニカーを放り出して、有紗に駆けよっていく。

グラスに満ちる、赤紫の液体をじっと見つめた。

三人で乾杯した。こんなに不安な乾杯もはじめてだった。勇馬だけが無邪気にはしゃいでいた。

「ひさしぶりに、あのＤＶＤ、観てもいい？」有紗がリビングのキャビネットの引き出しを開けた。

「いいけど……」

「過去を見るためじゃないよ。未来に向かって進む踏ん切りをつけるため」

プレーヤーにＤＶＤが吸いこまれていく。再生した途端、テレビのスピーカーから、大きなざわめきと吹奏楽の応援が鳴り響いた。

夏樹と有紗が、夏の甲子園に出場したときの録画映像だ。

高校生の自分が、数万の観衆の視線を一身に受け、マウンドに登る。相手バッターを三振にとると、高々と左手を掲げ、ガッツポーズを繰り出した。

手っ取り早く酔ってしまいたくて、夏樹はワインを流しこんだ。手酌でグラスに注ぎたす。あのときの熱気と高揚感は、たしかに体のなかに記憶として残っているはずなのに、到底自分のことのように思えない。

「これ、むかしのパパ」有紗がテレビ画面を指さした。「そんでもって、これがママ」

「ママ……？」

夏樹がホームランを打った。ホームベースを踏んでベンチに戻ると、当時の仲間たちとハイタッチを交わす。記録員としてベンチ入りしていた制服姿の有紗が映った。

有紗は、スコアブックを胸に抱き、夏樹を笑顔で迎え入れる。その目が少しうるんでいる。

「ママだ！」勇馬も小さい手を画面に向けた。

まだ二十代半ばの自分が言うのもおかしな話だが、甲子園のグラウンドに立つ己の姿は、胸が苦しくなるほど、どうしようもなく若かった。

あのときは、ただただ前を向いて走っていればよかった。将来は家族で野球チームができるくらい子どもがほしいと言ったら、有紗に殴られ、いっしょに笑いあった思い出がふいによみがえってきた。

「この前、夏樹が一億円プレーヤーにならなくたって、結婚したことに後悔はないって言ったよね」有紗が勇馬の手を取った。

「ああ……」ワインの苦味で、舌が痺《しび》れたようになった。

現実の夫にはいっさい視線を向けず、有紗は画面のなかの夏樹をじっと見つめていた。

「私自身の気持ちに嘘《うそ》偽《いつわ》りはないんだけど、勇馬のことを考えると、やっぱり……」

「だよな」

「だって、将来、野球したいとかピアノしたいとか……」

「いい学校に行きたいから、塾とか、予備校とか……」

「そんなこと言ったら、私立の学校だって」

「ああ、学費がな」

かけあいのように、不安を吐き出しあう。

有紗がリモコンを操作して、ＤＶＤの再生をとめた。さっきまで流れていたニュース番組が、ふたたび画面に映る。

新型コロナが、いかに危険なウイルスかということを、ゲストの専門家が力をこめて話していた。

夏樹は、トクマル野球部の独身寮に車で寄り、壮一とキャミー、晃を乗せた。

後部座席のチャイルドシートをわざわざはずすのも面倒なので、ただでさえ体の大きい晃とキャミーはぎゅうぎゅう詰めだった。助手席には壮一が座り、道案内をしてくれる。

向かう先は、監督の家だ。そこで自主トレを行うのだという。なぜ監督の家で練習をするのかさっぱりわからないまま、夏樹はハンドルを握っていた。

晃とキャミーが、ルームミラーいっぱいに映りこんでいるので、後方がなかなか確認できない。安全運転をこころがけ、壮一に案内されるまま住宅街を進む。見えてきたのは、立派な門構えの日本風の豪邸だった。

「ここです」壮一が指をさす。

「嘘だろ！」ハザードを点灯させた夏樹は、ウィンドウに顔を寄せた。大きな門と分厚い生け垣のせいで、なかなか巨大な家屋の奥まで見通せない。

ガレージが開いていた。外車と高級国産車が二台停まっている。その横に入れていいと壮一に言われ、夏樹は万が一にもぶつけないように、慎重にバックした。

瓦葺《かわらぶ》きの堂々とした門の端には、くぐり戸とでも言うのか、小さなドアがついていた。スポーツバッグを担いだ壮一が、チャイムも押さずに、勝手にドアを押し開ける。

玄関につづく飛び石をそれて、庭にまわりこんだ。その途端、夏樹は息をのんだ。

広大な庭に、投球練習用のブルペンが、二つも整備されていた。トスバッティングの打球を受けとめるためのネットも二台設置されている。

「おう、来たか」雨戸が開け放たれた縁側に、水島監督が座っていた。

いつもの分厚いベンチコートを着こみ、安楽椅子におさまっているので、動いていなければさながら生き仏のようにも見える。

　庭には、すでにトクマル野球部の先客がいた。外野手の四人だ。トスバッティングや素振りを行っている。挨拶を交わしてから、夏樹たちはブルペンに向かった。

「まさか、こんな秘密基地みたいな場所があるなんて思わなかったよ」入念にストレッチをしながら、夏樹は感嘆した。

「すべて、監督が就任後に私財を投入して整備したんです」壮一が答えた。

　キャッチャーが座るホームベース付近は、近隣の家に音が響かないための配慮なのか、ピッチャーに面した箇所以外が壁と屋根で囲まれていた。もちろん、ピッチャー側には立派なマウンドが備えられている。かなり本格的なブルペンだ。

「監督、リッチマンなのです」キャミーは地面に尻をつき、開脚した状態で、後ろから晃に上半身を押してもらっていた。

「ここで使うボールも、監督が自費で買ってくれてるからな」晃が全体重をキャミーの上半身にのせはじめた。「ノー！　ストップ！」と、キャミーの絶叫が響いても、まったく力をゆるめない。

　当然、監督には感謝するべきなのだろう。それなのに、初練習のときに感じたような、かすかな反感が夏樹のなかで芽生えはじめている。

　監督を引き受けたのも、所詮、金持ちの道楽なのだ。門には表札が二つあったから、二世帯住宅なのかもしれないが、それにしても大きい家だ。監督の座る縁側からさらに奥行き深く部屋がつづいているように見える。日々あくせくと働き、練習する部員たちを見下ろす水島監督の物腰からは、生活に追われていない者特有の余裕と貫禄がただよっている。

それにしても、六十五年前のプロ時代の年俸でここまで稼げたとは思えない。もともとの名家だったのか、それとも引退してから就いた仕事で豪邸を建てるに至ったのか。

どちらにしろ、自分には関係のないことだし、このブルペンを使える恩恵は計り知れなかった。夏樹は気を取り直して、キャミーへの指導をはじめた。

「ピッチトンネルは、今、メジャーで注目されてる最新の理論だ。バッターの手前、七・二メートル付近の空間に仮想の円があるとイメージすることからはじめる」

「タネルですか？」キャミーは、「トンネル」をそう発音した。

「どの変化球も、まずこの円の内側を通すことを意識するんだ。そして、トンネルを通過したのちに、ボールを右、左、大きく左、下方向へと変化させる。キャミーの場合は、ツーシーム、カット、スライダー、スプリットだな」

キャミーはきょとんとしていた。夏樹は日本語が未熟なキャミーのために、かなり嚙み砕いて説明した。

「ピッチャーが、ボールを投げます。バッターが、何の球種かを見極めて、バットを振りはじめます。そのタイミングは、だいたいホームベースの手前、七・二メートルくらいなんだって。だったら、そこを通過するまで、ストレートと、すべての変化球が同じ軌道で、同じ場所を通っていくとなると、どうなるか……」

「何の球が来るかわからないです！」キャミーが興奮気味に答える。

「そう。だからこそ、そのトンネルは狭ければ狭いほどいいってわけ。そこを通る球がすべて同じ軌道なら、バッターはその後の変化――つまり右左どちらに変化するのか、あるいは下に落ちるのかを感知することができなくなるんだ。もうバットは出ちゃってるから、小手先で合わせにいくしかなくなる。あらかじめ球種を予想していないかぎり、トンネル通過後の球を全力で打ちにいくのは、難しくなるんだ」

　いつの間にか、野手組も夏樹のレクチャーにくわわっている。「打ちにくい投手って、たしかに何の球が来るか直前までわからないです」と、しきりにうなずいていた。

　キャミーも理解したようだ。逆に言えば、ボールが放たれた直後から球筋が球種によってバラバラなら、バッターに簡単に見切られてしまうというわけだ。

「そして、もちろん球速も同じであればあるほどいい。それこそが、ストレートがマックス百三十キロ台の投手でも、難なくプロのバッターを抑えられる投球術のからくりだな。キャミーの場合、百四十キロ台でまとめれば、かなり大きな武器になる。最初はムキになってスピードを追求せずに、しっかり同じフォームで投げて、トンネルを通過させることだけを考えればいい」

「腕の振りも大切なんですネ！」

「そうだな。すべての変化球がストレートと同じ腕の振りなら、バッターの判別もよりつきにくくなる」そこで、キャミーの尻を軽くたたいた。「安定的なフォームの土台をつくるために、下半身強化は重要だぞ。ランニング、スクワットやレッグプレス、レッグカールなんかの筋トレは必須だからな」

「私、走ります。筋トレも、するんです！」キャミーが目を輝かせて宣言した。

　やはり、鍵は理論だった。

　軍隊式の精神論はとっくに過去の遺物だ。夏樹は、ちらっと監督に視線を向けた。誰がかけたのか、ベンチコートの上にさらに毛布がかけられ、監督は居眠りをはじめている。足元には電熱ヒーターを置いているが、寒さで死んでしまうのではないかと思った。いい気なものだ。

さっそく、晃を相手にキャミーが練習をはじめた。となりのブルペンで、夏樹も壮一とキャッチボールを開始する。まずは、体の隅々の調子をたしかめるように、慎重に、そして大きく全身を使うように、ボールを投げこむ。感触は悪くない。

しかし、不安は絶えず後ろから追いかけてくる。逃げるために投げるのが正しいことなのかわからないが、考えてみればプロに入って三年目からは、いつ解雇されるかわからない恐怖を忘れるためにひたすら練習に没頭していたような気がする。

「すいません、夏樹君、僕にはカーブを教えてください」キャッチボールが一段落すると、壮一が駆けよってきた。

「壮一は、初練習のときのドッキリをあやまれ。そうしたら、教えてやる」

「すいません！　でも、僕が発案したんじゃないんですよ。監督がやれって」

「冗談だよ。教えるよ」笑って答える。「じゃあ、まずカーブの握りからな」

壮一は覚えが早かった。まだまだキャッチボールレベルのやりとりだったが、きっちりと抜けた球が、ゆるやかな弧を描いて沈んでいくようになった。

休憩中に汗をぬぐっていると、「ちわっす！」と、やたら大きな声がブルペンの壁に反響した。姿を現したのは練習着を着た小学生たちだった。

「おうおう、来たな。感心感心」いつの間にか目を覚ました水島監督が、相好を崩し、手招きした。

庭が一気に騒がしくなった。仲間とポケモンの話をしながら、我が物顔でマウンドに立った少年の一人が夏樹を見上げた。

「お兄さん、誰ですか？」

「それは、こっちのセリフだ。お前が誰だよ」大人げないとはわかっていながら、夏樹はつい難癖をつけてしまった。

　少年の表情が途端に泣き顔に変わる。壮一が「近所のリトルリーグの子たちですよ」と、説明した。

「近所？　監督の孫とかひ孫じゃなく？」

「関係ない子たちです」壮一は泣きそうな少年の頭に手をおいて、手荒にぐりぐりとこねまわした。「僕らが練習してるのを、最初は生け垣の向こうからじっと眺めてたんですけど、監督が入ってこいって言って。それ以来、よく来るんです」

「野球をやっているなら、みな、兄弟だ」と、水島監督はスケールの大きいことを言った。「せっかくこういう場所があるんだから、仲良く共有すればいい」

　家主が許可しているなら口ははさめないが、それにしても図々しすぎるんじゃないかとも思う。小学生と練習する社会人チームなど聞いたことがない。

「おい、この夏樹君は元プロだぞ。みんなも教えてもらえ」壮一が余計なことを口走った。

　元プロという言葉に食いついて、少年たちが夏樹のもとに群がってきた。しかし、「見たことないよな」「ないない」と、困惑気に顔を見あわせた。少年の一人が、生意気なことにスマホを取り出して調べはじめた。

「窪塚夏樹……。プロ在籍六年で、一軍登板はたった十七試合。通算防御率は四点台。二〇一九年の推定年俸は四百八十万」

「五百万だよ！」夏樹はたまらず怒鳴り声をあげた。

ところが、今度は夏樹の剣幕にもどこ吹く風で、「たいしたことないな」「四百八十万でも五百万でも変わらないよな」と、勝手なことを口々に言いつのる。子どもが正直なのはわかっているし、プロのステータスが年俸ではかられるというのも重々承知しているつもりだが、こうも面と向かって言われると腹が立つ。

どうせ小学校の卒業文集に、将来の夢はプロ野球選手、一億円プレーヤーになること、などと書くのだろう。目の前にいるのが、中途半端な実力を持ったばかりに、まだその夢の途上にいる大人たちだと、この子らはしっかり認識しているのだろうか？

小学生のグループは、トクマルのメンバーたちと妙になじんだ様子で練習をはじめた。センターのレギュラー、鈴木《すずき》玲於奈《れおな》がわざわざ小学生のためにトスを上げてやっている。少年が打つたびに、金属バットの鋭い音が響いた。ボールが緑色のネットのポケットに吸いこまれていく。

「インパクトのとき、首が傾いてるよ。軸をしっかり意識して、な」玲於奈がジェスチャーで打ち方を示した。

寒風にさらされて頬を赤くした少年が、しきりにうなずいて、バッティングフォームを修正していた。

玲於奈と少年は、真冬の寒さを跳ね返しそうなほど、瞳を輝かせて練習にいそしんでいた。バットを振り、ボールを打つのが、楽しくてしかたないという無邪気な目だ。

ずっとそういう目をしていてほしいという思いと、早く夢から醒めたほうがいいという冷え切った気持ちが、夏樹のなかでせめぎあっている。俺のようになるくらいなら、さっさと何もかもあきらめたほうがいいと、正直に告げてやりたい衝動をぐっとおさえこんで、夏樹は玲於奈のもとに歩みよった。

「今度は、俺がトスするよ。玲於奈、打て」

「えっ、夏樹君がですか？　悪いですよ」玲於奈は戸惑った様子で、かぶりを振った。

「いいから、バット持てって」

練習以外の時間は、他店勤務の野手たちと接点がない。ましてや夏樹は寮に入っていないので、とくに外野手グループとはあまり話したことがなかった。

片足をついてしゃがみ、玲於奈の腰のあたりにボールを下手で投げ上げる。その球を玲於奈は鋭い振りで打ち返す。百七十三センチと、あまり上背はないものの、俊足、強肩、そしてパンチ力のあるバッティングと三拍子そろった選手だ。野手のなかでNPBの指名にいちばん近いのは、玲於奈なのではないかと夏樹は考えている。

それでも、気になる点はいくつか目についたので、ジェスチャーを交えてフォームの修正をこころみた。

「インパクトの瞬間に、手首でこねる傾向があるな。あとさ、もっと力を抜いていいんだよ」

「でも、僕、背がそんなに大きくないんで、力のある打球を打つには、こうしてバットを強く振るしかないと思って……」

キャミーのピッチングに、もしかしたら近い部分があるのかもしれない。より強い球を打とうと力み過ぎているのだ。そのうえ、バットとボールが当たる瞬間に、両手首をこねるように、返してしまう癖も気になる。

「俺はね、ピッチャーだから、バッティングなんかどうでもいいやって気持ちでいつも打席に入ってたんだ。今思うと、そうして脱力してたのが、逆によかったんだろうな。バットを振るんじゃなくて、バットに振られてもいいっていうくらいの感覚でいくとちょうどいいと思うよ」

「バットに振られる……？」

「そう。バットの自重を利用するんだ。インパクトの瞬間だけ力むんじゃなくてさ、振りはじめる始動のところから、バットの重さと遠心力を利用してスイングする。そうすると、身長とか体重なんか関係なく、きっと強い打球が打てるよ」

玲於奈のバットの出方を、手取り足取り教えていった。バットのヘッドを立てた状態から、いかにタイミングよく右肘と腰を入れ、スムーズにバットの重みを遠心力に変えていくか、体で覚えさせていく。

「すごいです、夏樹君！」玲於奈が興奮した様子で叫んだ。「素振りでわかりますよ。さっきまで、無理やり、ブン！　って音を出そうとしてた感じだったのが、あんまり力を入れてないのに、最初から最後まで、ブーン！　って力が自然とつたわっていきます」

擬音だらけだったが、言いたいことはよくわかる。さっそくトスを上げて、玲於奈を打たせてやる。

ネットが跳ね上がるほど、強烈な打球が突き刺さった。見違えるほどの力強いスイングだった。やはり、みなじゅうぶんな素質は秘めているのだ。だからこそ、一度コツをつかめばのみこみが早いし、体も柔軟に対応できる。

「居酒屋の勤務、大変じゃないか？」

ネットにおさまったボールを二人でカゴに戻しながら、夏樹はさりげなく話しかけた。

玲於奈はまだ十九歳だ。酔っ払いの相手をするのは、さぞかし面倒だろうと思う。

「最初は大変でしたけど、もう慣れました」玲於奈のジャージから、甘い柔軟剤のかおりがただよってくる。

「ここに入るのに、迷いはなかったの？」

「もちろん夢はＮＰＢに入ることですけど、野球しか知らない人間になるなって両親に言われて、トクマルに入ることに決めたんです」

「まあ、それは正しいと思うよ。俺は野球しか知らない状態でこの歳になって、ものすごく苦労してる」

「あっ、ごめんなさい！」と、あわてた様子で玲於奈があやまった。「そういう意味で言ったんじゃないですよ」

「わかってるよ。ただ、偉いなって思ってさ」

玲於奈は、照れたように後頭部をかいた。

「つらいときは、常連さんの笑顔とか、感謝の言葉を思い出します。きれい事だけじゃないからこそ、この先、どんな苦境も耐えられるし、頑張れると思うんです」

伸びしろは、じゅうぶんにある。しかし、その伸びしろは誰にも予想できないし、ドラフト指名を受けるレベルに達する保証もない。

だからこそ、そんな選手に夢をつなぐ場所を提供する――そんな企業が増えていくことは果たしていいことなのだろうか。やりがい搾取という言葉もよく聞かれる。夏樹のなかで、答えはまだ出ない。

そもそも、野球は「労働」なのか。野球を会社の広報活動ととらえ、「労働」とするのなら、それに対するお金も支払われなければならないと思う。しかし、玲於奈をはじめ、若い選手はこの寒空に練習することを決して「労働」とは考えていないだろう。だからこそ、安い給与でも耐えられる。「頑張れる」と、屈託のない笑みを浮かべて言えるのだ。

では、労働じゃなければ、何なのだ。趣味ではない。自己表現というのとも違う。一つだけたしかなのは、玲於奈たちが野球を「労働」だと感じた途端に、「頑張れる」と答えた心が、ぽっきりと折れかねないということだ。

トクマルのために尽くすと、とっくに決心はついていたはずなのに、ことあるごとにぐずぐずと考えてしまうのはなぜだろう？　勇馬には絶対にこんな苦労をしてほしくないと切実に感じてしまったからかもしれない。

「みなさん、お昼ご飯ですよ！」女性の声がして、夏樹の思考は途切れた。

「ありがとうございます、奥さん！」トクマルの部員たちがいっせいに頭を下げた。

「奥さん⁉」夏樹は目を見張った。

縁側に現れたエプロン姿の女性は、せいぜい六十代くらいにしか見えなかった。六十五歳だとしても、水島監督とは約二十の歳の差だ。もしかしたら、監督の子どもの妻なのかもしれないと思ったが、奥さんと呼ばれた女性は「あなた！　また寝ちゃって。風邪引きますよ」と、安楽椅子でふたたび寝こんだ監督をたたき起こしている。

息子の奥さんが、そんな口をきくはずない。「豚汁もありますよ。今、持ってきますね」と、にこやかに話す奥さんは、ふたたび廊下に消えていった。

大皿二つに、大量のおにぎりがのっている。少年たちが「いただきます！」と、さっそく手に取ろうとした。

「手を洗えよ、手を」居眠りから生還した監督が庭の一角を指さした。水道の蛇口があり、ハンドソープのボトルも置かれている。夏樹たちは順番に手についた土を落とした。

おにぎりも豚汁もおいしかった。冷えた体が芯から温まる。鮭やおかか、高菜など具材も豊富だ。食べ終わるのは、あっという間だった。

「監督は食べないでよかったんですか？」皿を片づける段になって、夏樹は聞いた。

「俺はあとでウナギ食うからいい」乾燥でカサカサになった唇をすぼめて、監督は言った。

心のなかで、ひそかに舌打ちした。昼に高級なものを食べて、道理で長生きするわけだ。

手伝いますという部員たちを、「練習していいよ」と、夏樹は制した。空になった大皿の上に、豚汁のお椀を重ねてのせ、縁側から家に上がる。「そこを奥まで進んで、右だ」という監督の言葉に従って、台所を目指した。

「あら、ありがとう。そこに置いといてちょうだい」

奥さんはウナギを焼いていた。暖かいキッチンに、香ばしいにおいがただよっている。

「やだ、見られちゃった」夏樹の視線に気がついたのか、奥さんは恥ずかしそうに肩をすくめた。「ごめんなさいね。全員分のウナギが出せなくて」

チャーミングな仕草に、夏樹は思わず笑ってしまった。「ついでなんで洗いますよ」と、大皿をシンクに置いて、腕まくりをする。

「ごめんなさいね、ありがとう、夏樹君」

名前を呼ばれたことに驚いて、となりに立つ奥さんを見た。

「選手全員、知ってますよ。夏樹君の入部が決まったときは、あの人、本当にうれしそうに話してたし」奥さんはフライ返しで、フライパンにのっているウナギの裏側をちらっとのぞきこんだ。

「あの……」奥さんのやわらかい物腰に励まされ、夏樹は思い切って聞いてみた。「監督がプロ野球選手だったって、本当なんですか？」

「ふふ」と、なぜか奥さんが笑った。「みんな決まって、その質問をするの。しかも、本人に聞かないで、私に聞くの」

「いや……、あの、それは……」

「気にしないで。私だって、結婚して、当時のユニフォームとか写真を見るまでは信じられなかったし」

　夏樹は気まずさをごまかすように、洗剤のボトルを握る手に力を入れた。中身を出し過ぎてしまい、スポンジに過剰な泡が立った。

「でもね、プロの選手だったのは、十九の歳の一年だけだったそうよ」

「えっ……？」大皿を取り上げかけて、手をとめた。「ケガですか？」

「それが、違うの。埼玉の実家から家出して、福岡の西鉄に入団したんだけど、結局父親に見つかって、強制的に連れ戻されたんですって」

「家出……」唖然とした。「てっきり、福岡出身だと思ってました」

「あの人が興奮したときにしゃべる博多弁はでたらめなの。よっぽどインパクトが強かったのか、その一年でしみついちゃったみたい」

「それで、家出までしなきゃプロ入りできなかった理由っていうのは……？」

「主人は父親の代から、歯科医なの。歯医者さん」

「歯医者ですか？」次々と明るみに出る新事実に驚き、重い皿を危うくシンクに落とすところだった。

　ここまでの豪邸に住める理由が判明したわけだが、それにしても水島監督が歯医者というのは、うまく想像できなかった。「つべこべ言わず根性見せろ」と、やたら抜歯をしそうだ。

「もともと、高校までっていう父親との約束で、野球をやらせてもらってたんですって。けれど、主人はあきらめきれなかった。そこで、西鉄からスカウトされたのをいいことに、大学進学を蹴って家出して、夜行列車に飛び乗った」

　話のスケールが大きすぎる。一九五〇年代。平成生まれの夏樹には、まったく想像のできない世界だった。

「むかしはドラフトもなかったし、プロ野球の世界が――というか、世の中そのものがそうとういい加減だったからね、そういう無謀なこともできたのかもしれないけど」

　ふたたびウナギの焼き加減を確認した奥さんは、ＩＨコンロのボタンを保温に切り替えて、フライパンにふたをした。

「でも、いくら家業があったって、プロの選手になれるんなら、お父さんも手放しでよろこびそうなものですけどね」

「昭和三十年代ですからね、まだまだプロ野球選手の地位もイメージも高くなかったの。言葉は悪いけど、アコギな業界っていう印象ね。主人の父も、プロ野球をスポーツというよりは、興行としてしかみなしてなかったんでしょう」

　お椀を一つ一つ丁寧にスポンジで洗いながら、奥さんの話を聞いていた。居酒屋に入って皿洗いを経験しなければ、こうしてみずから後片づけをする気は起こらなかっただろう。今度からは、率先して有紗の手伝いをしようと思った。

「一年目で十勝して、周囲の人たちも主人の父を必死に説得したみたいだけど、聞き入れられなくて」

「そんなに勝ったんですか！」当時の十勝投手がどの程度のレベルなのかはわからないが、高卒一年目のピッチャーとしてかなりの成績であることはたしかだ。

「結局、大学を受験し直して、歯科医になって、父の医院をついで、めでたし、めでたし……」

奥さんは、腰に手をあてた。「だったのかは、主人の本音を聞いたわけじゃないからわからないし、たぶんこの先、ずっと知ることはないでしょうね」

いくら妻相手とはいえ、たしかにあの男が人生の後悔や逡巡を簡単に語るとは思えなかった。

「でもね、最近の生き生きした主人を見てると、最後の最後には、めでたしだったんじゃないかって思う」

「えっ……？」食器についた洗剤を流しはじめた。真冬の冷たい水で、途端に手が痛くなった。

「自分がやりたくてもできなかったから、せめて今の子たちには、存分に、心置きなく野球ができる場を提供したいって、そう考えてるんでしょう。笑顔でプレーしてるみんなを見るのが、うれしくてしかたがないんでしょうね」

奥さんが、ガス給湯器のスイッチを入れてくれた。蛇口のレバーを赤いほうにひねると、徐々に水が温かくなっていく。「ありがとうございます」と、夏樹はつぶやいた。

「もうね、やるとなったら猪突猛進。家族の反対を押し切って監督になっちゃうし、庭は勝手に改造しちゃうし」

「なんか、すいません」皿を水切りカゴに移しながら、頭を下げた。つきあいの短い自分でもうんざりするほどだから、水島監督の家族はさぞかし苦労していることだろう。

「いえいえ、いいの。本人は、やれて今年までだって言ってるけど、トレーニングは変わらずここでやっていただいて、かまわないですからね。もちろん、少年たちも」

「ということは、あと一年……」

「さすがに、歳には勝てないみたいね」

はじめて監督と会った日。

自分の気持ちに正直になれと一喝された。その荒い語気と、鋭い眼差しを今でも覚えている。

「夏樹君、私からお願いがあるの、二つ」

奥さんが真剣な表情で言った。

「最後の年、あの人を東京ドームに連れて行ってくださる？」

社会人野球の最高峰——都市対抗野球本戦の舞台、東京ドーム。ベンチに入る、トクマルのユニフォーム姿の監督がサインを飛ばす姿を想像した。

想像じゃダメだ。現実にする。夏樹はお湯でしもやけのようにかゆくなった手を体の前で組み、かたくうなずいた。

「それが果たされたら、心置きなく、次の監督に交代できるでしょう」

ちょっとした料理教室なら開けそうな、豪奢《ごうしゃ》なアイランドキッチンだった。しかし、そこには生活のにおいが、色濃く染みついていた。

保温表示の炊飯器。薄汚れた電子レンジ。吸盤で壁にくっついたフックには、お玉や、フライ返し、トングがぶら下がっている。赤茶色のシミが、点々とＩＨコンロの表面に散らばっていた。

生きつづけるために、野球をプレーする。居酒屋のホールに立ち、マウンドにも立つ。そんな単純な動機でかまわないのだと思えた。おそらく、水島監督も悔いのない老後を生きるために、どうしても徳丸社長のオファーを引き受けなければならなかったのだろう。

「二つ目は何ですか？」夏樹は聞いた。

奥さんが、ふっと表情を緩めた。

「ウナギが焼けたから、あの人を呼んできてくださる？」

夏樹は縁側に戻り、安楽椅子のかたわらにしゃがみこんだ。

「奥さんが呼んでました。ウナギが焼けたって」

「そうか」

立ち上がろうとしてよろめいた監督に、夏樹はとっさに手を貸した。

「すまん、すまん」

苦笑した監督に、つい自身の母を重ねてしまった。いかんともしがたい自分の衰えを前にして、人は苦笑いを浮かべるしかないのかもしれない。

収入はじゅうぶんにあっても、家業のために野球をあきらめなければならなかった男。

家族を抱えて、金もなく、かといってそこまで突出した才能も実力もなく、マウンドにしがみつく男。

どちらが幸せかという問題ではなかった。互いに今できることを、全力でしなければならないと夏樹は思った。

「あと、一年なんですね」

「あいつ、余計なことを……」と吐き捨てるが、そこまで怒ってはいないようだ。「みんなには、内緒にしておいてくれよ。知ってるのは、社長だけだ」

「わかりました」

監督が大きなため息をついた。

「根性見せろ、負けるな、暴れろ、ってのは、なかば自分に言ってるんだよ。そうでもしないと、老いにのみこまれそうになる。長生きしすぎるってのも、一長一短だな」

室内用の杖に身をあずけた監督が、冬の日だまりの広がる庭を見渡した。

「夏樹、ここからいったい、何が見える？」

「何がって……？」

夏樹も縁側の上から、庭を見下ろした。

少年の投げたボールを晃が受けている。その横で、壮一とキャミーがアドバイスをしている。野手組は、子どもたちにトスを上げる。簡単なトスを空振りした少年に、玲於奈が「ヘイヘイ、しっかり」と、手をたたき、声をあげた。

「俺が死んだあとの、未来が見える」と、監督はしわがれた声で言った。

夏樹は目をつむった。ミットの捕球音と、少年たちの金属バットの音が聞こえた。まぶたを、そっと開けて答えた。

「縁起でもないこと言わないでくださいよ」

「縁起でもないも何も、必ずやってくる未来だ」

監督はそうつぶやいた。杖を突き突き、よたよたと廊下を進んでいく。

その丸まった後ろ姿を、夏樹は見送った。監督は「未来」と言ったが、それが「明るい未来」なのか「暗い未来」なのか、言明しなかった。

お前次第だ――そう言われた気がした。

肩の荷の重さに、押しつぶされそうな気持ちにもなるが、その重圧を押し返さなければ、監督の言っていた一番桜にはなれない。

一番桜のあとに、壮一、キャミー、玲於奈、少年たち、勇馬がつづけば、すぐに散ってしまってもかまわない。そんな気持ちになったのは、はじめてだった。自分のことばかり考えていた自分を恥じた。

練習後、自分の車に壮一、キャミー、晃を乗せた。

玲於奈たち外野手組は、自転車で寮に戻る。少年たちと手を振り交わし、夏樹は車のエンジンをかけた。

その途端、カーナビのテレビから、アナウンサーの声が聞こえた。「臨時ニュースです。昨日、はじめて日本国内での新型コロナウイルスの感染者が出たことが判明しました」

夏樹も、そのほかの誰も、とくにそのニュースには反応しなかった。

午後三時。冬の日は、急速に傾いていく。汗を流し、一休みしたら、全員が夕方から出勤だ。寮の前に車を停めると、若い女性が大きく手を振っているのが見えた。

「壮ちゃん！」

応援部の渡里奈緒だった。お団子ヘアーが揺れている。

「いっしょに、お店、行こう！」

助手席のパワーウィンドウを開けた壮一が答えた。

「おう！　汗流して行くから、ちょっと待っててな」

壮一よりも年下のキャミーが「いいですネ、青春ですネ」と、老成したことをつぶやく。晃も「店長にバレないようにな」と、釘をさした。「すみません！」と、壮一がいつものようにあやまる。

夏樹は満ち足りた気持ちで、ゆっくりとブレーキを踏んだ。ハザードがリズミカルな音を奏でていた。

3．2020年3月　感染拡大

二月に入り、世界は一変した。

横浜港に停泊したクルーズ船の客たちが、船室の窓から手を振っている。バルコニーには「深刻　くすり　ふそく」と、書かれた大きな布が垂れ下がっている。

港にいるレポーターが、「窓のない船室もあり……」と、船内に足止めされている乗客たちの安否を心配していた。テレビカメラは、完全防備で豪華客船に乗りこんでいく医師や保健所の職員をとらえている。

まるで、パンデミックのパニック映画を観ているようだった。

いつの間にこんなことになった……？　夏樹と有紗はテレビを観ながら、呆然としていた。

夏樹と有紗がマスク探しに奔走しているあいだにも、事態はずるずると悪化の一途をたどっていった。日々目にするのは暗いニュース一色だ。

政府から全国の小中高等学校などへ、一斉休校要請が出された。Ｊリーグの開幕が延期され、プロ野球――ＮＰＢはオープン戦すべての無観客試合を決定した。ほどなくして、公式戦も開幕延期となった。

緊急事態宣言の可能性が現実味を帯びてくると、居酒屋の客足も減っていった。夜に飲み歩くことが悪であるかのような空気が徐々に醸成されていった。

ある日、出勤すると奈緒が泣いていた。壮一が必死になぐさめている。

「どうしたんですか？」と、夏樹は厨房にいた晃に小声で聞いた。

「はじめて主演する舞台が、中止になっちゃったみたいだよ」マスクをつけた晃が答えた。

奈緒はバイトをしながら、劇団で女優の活動をしている。来月に公演をひかえているため、最近はバイトを休みがちだった。

「けっこう大きな劇場でできるみたいだったから、かわいそうだけど」晃が大きな肩を落とした。「でも、こんな状況じゃどうしようもないね」

着替えのため控え室に入ると、ホワイトボードに貼られた公演のチラシが見えた。「主演をつとめます！　よかったら観に来てください！」という手書きのメモに、夏樹は胸を痛めた。

もちろん、社会人野球も例外ではいられなかった。

トクマル野球部が例年参加している大きな大会は二つだ。七月の都市対抗野球大会と、十一月の日本選手権大会。ただし、二〇二〇年は、オリンピックが夏に行われることを踏まえて、東京で行われる都市対抗と、関西で行われる日本選手権の開催日程がそっくり入れ替わっている。

本来なら本格的なシーズン開始に向けて、全体練習や練習試合でチーム力を高めていく時期だった。三月中にいくつか練習試合の日程が組まれていたのだが、実施できたのは近隣のチームとの一試合だけだった。

相手は埼玉の狭山《さやま》市に本拠を置く、古豪の自動車メーカー・本間《ほんま》自動車技研だ。都市対抗野球の予選では、同じ南関東ブロックで代表の座を争うことになる。

先発のマウンドに立ったのは、エースナンバー18を背負った壮一だ。

トクマルのユニフォームは白を基調として、袖と体の側面がチームカラーのスカイブルーに染まっている。同色で、胸に大きくＴＯＫＵＭＡＲＵの社名が刻まれている。一度、その文字を右手でなぞった壮一は、大きく息を吐いて一番バッターと対峙した。

　壮一のピッチングは圧巻だった。

　もともとコントロールがいいということもあり、ピッチトンネル理論を自分のものとした壮一は、シュート、スライダー、チェンジアップを、打者の手元で自在に変化させていく。球速はストレートが百四十キロ前半と、そこまで速いわけではないが、翻弄《ほんろう》された打者は、球種の見極めに苦労しているようだった。

　それにくわえて、夏樹が教えたカーブが役に立った。もちろん、まだまだ付け焼き刃で、見せ球にしか使えないのだが、それでも打者の目つけを攪乱する意味ではじゅうぶん戦力になった。

　カーブの軌道は、唯一、ピッチトンネルの外を通る。すっぽ抜けたように大きく浮き上がり、その後、緩やかに曲がって下降していく。バッターは当然、架空のトンネルあたりに視点を定めているわけだが、カーブを投じると、大きい上下動に体勢を崩される格好になる。

　結果、内野ゴロの山が築かれた。三回までヒット一本に抑え、壮一は意気揚々とベンチに引きあげたのだが、たちまち内野手の先輩二人に取り囲まれた。

「お前のせいで、守備がめちゃくちゃ忙しいんだけど」と、ショートの翔《しょう》太郎《たろう》がぼやく。

「すいません！」年下の壮一が、すかさずあやまった。

「しかも、たいていボテボテのゴロだから、チャージかけて前進しないと間に合わない」セカンドの真《しん》之《の》介《すけ》も大げさに愚痴る。

「すいません！」

　翔太郎、真之介の古風な名前コンビの二遊間が、壮一の左右に座り、なおもねちねちと責め立てた。

「頼むから、三振取ってくれよ」

「そうだぞ、壮一。年上をもっと敬って、楽させてくれよな」

「マジですいません！」

「だから、お前はなんでそんなにあやまるんだ！」冗談を真に受けた水島監督が、青筋を立てて怒鳴った。「ピッチャーなら、もっと堂々とせんか！　次にあやまったら罰金だ。すいません一回で、千円だ！」

　これがトクマル野球部のお決まりのパターンで、ベンチが一気に明るくなり、盛り上がる。もちろん、壮一は内野陣に全幅の信頼を寄せ、翔太郎と真之介も壮一のピッチングに一層の飛躍を見たからこそ、こうして軽口を交わせるのだった。

　飲食を本業としているだけあって、トクマルはいち早くベンチでもマスクの着用を徹底していた。高齢の水島監督への配慮もあるし、万が一、誰かが感染を広げてしまったら日々の業務にさしさわりが生じる。店に迷惑をかけたくないという思いが、それぞれの自覚的な行動に結びついていた。

　一点をリードした六回、ピンチが訪れた。

壮一がフォアボールとツーベースヒットで、ワンナウト・二、三塁のランナーを背負う。ブルペンで準備をしていた夏樹は、仕上げの一球を晃に投じた。

ベンチから動けない水島監督が、杖を振りかざし、主審に大声で交代を告げる。

「ピッチャー、窪塚夏樹！　キャッチャー、戸沢晃！」

練習試合とはいえ、トクマルでの大事なデビュー戦だ。夏樹も、無意識のうちにＴＯＫＵＭＡ

RUの文字を左手でなぞっていた。背番号は22。小走りでマウンドに向かい、壮一からボールを受け取る。

夏樹は壮一の尻をたたいた。

「想像以上のナイスピッチだったよ。でも、もうちょっとスタミナつけないとな」

「すいません……」

「はい、あやまった！」マウンドに集まっていた内野陣が、えたりやおうと声をそろえた。「罰金千円！」

「すいま……、あっ……！」

「はい、二千円！」

壮一が頭を抱えながらベンチに退いていく。

明るい雰囲気のおかげで、一点リードのプレッシャーのかかる場面でも、楽な気持ちで投げることができそうだった。

対戦は、四番、五番の左バッター。とくに四番の室屋《むろや》は、今年のドラフト指名がささやかれる長距離バッターだ。

一塁はあいている。が、監督は左の自分を登板させた。もちろん敬遠はない。ありえない。

夏樹は、ここ最近の世の中の鬱屈《うっくつ》を、憂いを、不安を振り切るように投げた。自分の力で、暗く沈んでいく社会を変えられるわけではもちろんないけれど、それでも力強くボールを投じることで、なんとか周囲のチームメートだけでも勇気づけたいと願った。

勝ちを渇望していた。自分が自分でいられるように、投げつづけた。その闘志に呼応するように、翔太郎や真之介が声を出す。センターからも玲於奈が「球、走ってるよ！」と、もり立ててくれる。

決め球はシンカーだ。本間自動車の四番と五番を、連続三振に切って取り、ピンチを切り抜けると、夏樹は静かにマウンドを降りた。マウンド上でのガッツポーズは、コロナが終息し、心置きなく野球に取り組める日が来るまでとっておこうと思った。

「生きる道が、見えてきたな」

ベンチに戻ると監督が杖の持ち手に顎をのせたまままつぶやいた。

「プロに返り咲けるとしたら、左殺しを極めることだ。ワンポイントリリーフに活路を見出すんだ」

「はい」夏樹は今日はじめて、左の拳を体の横で握りしめた。

その後は、ピッチャーを小刻みに継投していった。なかでも、鳥丸さいたま新都心店に勤務する第二のエース、坂出聖也《さかいでせいや》の出来はよかった。球速はあまり出ないが、ボールの回転数が多く、スピンがきいて、スピードガンにあらわれない球威がある。

二点リードの九回。

抑えのキャミーがマウンドに立つ。投球練習を終え、何が楽しいのか歯を見せて笑う姿は、いつも通り超一流の存在感を漂わせていた。

長い手足を生かし、角度をつけた直球が、晃のミットに突き刺さる。晃も、ど真ん中にミットを構えたまま、どっしりと動かない。

面白いように空振りがとれた。一月、二月と監督邸のブルペンで投げこみをしてきた成果が出て、ほとんどのストレート、変化球がピッチトンネルを通過して打者を翻弄する。

それだけでも打ちにくいのに、ときどきとんでもない悪球がすっぽ抜ける。バッターがのけぞる。

打者は嫌だろうなと思った。コントロールがまとまっているかと思いきや、体にぶつかりそうなボールがいきなり来る。よけることで上体が起こされる。壮一のカーブと同じように、相手バッターの目つけが攪乱されるわけだ。

その適度な散らばり具合が、功を奏したらしい。フォアボールを出すことなく、三人で試合をしめた。

が、まだまだ課題が残った。ほんの少しでも調子を崩して力めば、キャミーはたちまちフォアボール地獄にはまりこむだろう。さらなる下半身強化と投げこみが必要だった。

とはいえ、勝ちは勝ちだ。相手は同じ南関東ブロックで、毎年、第一代表を争う強豪だ。そのチームを完封できたことは大きな自信につながった。

今季こそ、行ける。都市対抗の本戦で戦える。

そんな思いが、全員の心のなかに芽生えていたはずだが、はっきり口にすることははばかられた。言葉にしてしまうと、チームの好調がするりと、コロナ禍の大きな渦のなかにのみこまれてしまいそうだったからだ。

実際、日本や世界の感染状況は、坂道を転げ落ちるように悪化した。トクマル野球部は、社長に集合を命じられて、三月二十五日に監督の家におもむいた。

「みんなも知っての通り、昨日、東京オリンピックの一年延期が決定された」

縁側に立った徳丸社長は、庭に散らばった部員、二十五名を見渡して言った。全員がマスクをしっかりつけ、間隔をとってならんでいる。

「このままでは、プロ野球の開幕がいつになるか見通しも立たないし、夏の甲子園も開催が危ういだろう」

ただでさえ、居酒屋や、デイケア施設でのコロナ対応に忙殺されているらしく、社長は疲れているようだった。マスクをしているから目元しかわからないが、生気にあふれた、ぎらついた雰囲気が少しかげっているように見える。

「ということは、七月に開催予定の日本選手権大会もどうなることか……」

オリンピックの延期が決定した今となってはもはや意味のないことだが、都市対抗と日本選手権の開催時期がまるまる入れ替わったことによって、十一月開催の都市対抗に望みをつなぐしかない状況になっていた。

夏樹は、監督の奥さんの言葉を思い出した。

水島監督を都市対抗野球の本戦舞台、東京ドームに連れて行く約束は、まだ生きている。今年の後半に希望は残されている。とはいえ、涙をのんできたたくさんのスポーツ選手たちのことを考えると、自分たちの大会の心配ばかりしている状況ではないのだと、しっかり自覚もしている。

「市営や県営の硬球を使える球場は、軒並み使用が中止されている。プロも選手たちを何組かに分けて練習をしているようだし、そのあたりのリスクヘッジは当然、必要になってくるだろう。よって、全体での練習はしばらく休止とせざるをえない」

部員たちは、互いに目を見あわせた。せっかく最高のスタートが切れたのに、今年に賭けていたのに、数ヵ月休んだだけで、振り出しに戻ってしまうのは苦しすぎる。全員がマスクの下に、それぞれが抱く不安を押し隠している。

「不要不急という言葉がある。たくさんの命を守るために、急いでする必要のないものはなるべく控えるようにしようと、世間はそういう流れになっている。スポーツ、音楽、演劇やその他のイベントだ」

夏樹は、奈緒の涙を思い出した。

「そうした遊興の次に、急ぎ必要でないものは、外食だろう。もちろん、食は生きることに直結する重要なファクターだが、緊急時に外で食べる必要はこれっぽっちもないからな」

本業の居酒屋も、我々野球部の存続も危ぶまれているという危機感がじわじわとわいてきた。

「しかし、なんの息抜きもできなくなった世の中を、みんな想像してみてほしい。きっと、心がすさんでしまう。息苦しさに、耐えられなくなる。私の理想は、お客さんも、働き手も、相互に元気や笑顔を与えあえる店をつくることだ。マスクを取って、笑顔を交わしあえる日が来るまで、なんとか気持ちを切らさずに頑張ってほしい」

しかし、そんな日がいつ訪れるかは、正直言って誰にも予想がつかないのだ。重々しい雰囲気になってしまったと感じたのか、社長は腕を曲げ、力こぶをつくる仕草で「筋肉も大事だぞぉ、維持しろよ」と、冗談っぽく言った。一人として、くすりとも笑わなかった。

今日は落ちついたスーツ姿の社長が、かたわらに座る監督に目を向けた。「何かお話を」と、うながす。

監督は目をつむっていた。

数秒経っても、まったく反応がない。微動だにしない。また居眠りかと思ったら、まぶたを閉じたまま、ぼそっとつぶやいた。

「ウイルスと野球は似ているなぁ……」

「はい？」徳丸社長は上半身をかがめ、監督に耳を近づけようとした。

「人間の歴史はつねにウイルスとの戦いだった。根絶できたのは、天然痘《てんねんとう》くらいじゃないかな」

部員たちの困惑を代表するように「はぁ……」と、社長がどっちつかずの返事をした。夏樹たちも、話のつづきをじっと待っていた。コロナがなければ、うららかで平穏な春の午後だった。

「人間がワクチンや治療薬を開発すれば、ウイルスも変異して生き残ろうとする。人類の歴史は、ずっとそのせめぎあいだった」

庭の生け垣に咲く、真っ赤な椿《つばき》が目に鮮やかだった。どこかでウグイスが鳴いたのを合図とするかのように、監督が目を見開く。

「野球もそうだよ。ピッチャーが変化球を進化させれば、バッターもそれに対応しようと必死に技術を更新する。ピッチャーが、またその上を行く。そうやって、スポーツも絶えず発展していく。みんな、必死だ。ウイルスに必死なんて言葉を使うのは間違いかもしれないが、やっぱりヤツらも生き残るために必死だ。人間も必死だ」

選手の誰かが、軽く咳をした。身じろぎをしたのか、ナイロン製のウェアがこすれる音がする。

「その長い歴史から見たら、君たちはその通過点に存在する、無名の一個人に過ぎない。もちろん、俺もふくめて」

水島監督は、ゆったりした口調を崩さなかった。

「でも、俺にとっては、君たち一人一人が、かけがえのない人間であり、選手だ」

監督は庭にいる選手一同を見渡した。

「だから、お前ら、負けるなよ。ウイルスにも負けるな。野球でも負けるな」

いつもの具体性に欠けた、精神的で抽象的な監督の言葉だった。

　しかし、それが今日ほど胸を打ったことはなかった。夏樹をふくめ、全員が「はい！」と、大きく返事をした。

「この前の練習試合のいいイメージを保持したまま、目をつむって、想像をするんだ」

　微笑んだ監督の額にしわが寄る。

「十一月。東京ドーム」

　夏樹は素直に目を閉じた。

「同僚、常連さん、家族が客席から観ている。君たちは、思う存分、あのグラウンドで暴れる」

　鮮やかな人工芝と、そこでプレーする自分たちが、未来から手招きしている。夏樹は唇をぎゅっと引き結んだ。

「その日が来るまで、負けるな」

　夏樹は目を開けた。すぐ近くに銭湯があるのか、瓦屋根の向こうに高い煙突が見えた。その煙突から、長く、細い煙が立ちのぼっていた。

4．2020年4月　緊急事態宣言

四月二日には、社会人野球の三大大会のうち、五月の全日本クラブ野球選手権大会と、七月の日本選手権大会の中止が日本野球連盟から正式発表された。世間では、間もなく緊急事態宣言が出されるのではないかという憶測が飛び交っていた。

今のところ店は時短営業をつづけているが、もし緊急事態宣言が発出された場合は、全国の店舗を一時的に休業にするという方針が、社長から通達された。

いよいよ、来るときが来てしまったのだ。野球の試合のピンチとは違い、どう頑張ろうと、あがこうと、自分の力ではいかんともしがたい苦境だけに、なおさらこの状況がもどかしく感じられる。

「大丈夫かな、ウチの店」魚をさばいたあとの包丁やまな板を煮沸消毒しながら、壮一がつぶやいた。「あと、野球部の存続も……」

「シャレになりませんです……」湯気に包まれる厨房を行ったり来たりしながら、キャミーもがらんどうのホールを寂しそうに見つめていた。

ランチの時間だが、客は一人もいない。夜も夜で、一組も来客がないことは、最近ざらにある。社長の言う通り、たくさんの人の命が危ぶまれている今、野球も外食も自粛せざるをえない状況だ。

「僕らのお給料も、どうなっちゃうんでしょう」夏樹は近くにいた晃に聞いた。

まさか、プロを解雇された途端に、世の中がこんなことになるなんて夢にも思っていなかった。ましてや、社会人選手として入った会社が、コロナウイルスの影響をもろに受ける業種だとは――。

晃は「わからないな」と、力なく答えた。

もし、給料がカットされたらと、頭のなかで最悪の想像をめぐらせる。しばらく家にこもることになるから、光熱費がかさむ。この店で食べるまかないもなくなり、家族でいちばん食べる自分のせいで食費も増える。

静かな店内で、夏樹はテーブルと椅子の消毒をはじめた。今日何度目かの消毒だったが、ほかにやることがない。手をとめると、悪い想像や不安がどんどんふくらんでいく。

ウイルスは目に見えないだけに、いくらアルコールで拭いても拭き足りない気がする。じゅうぶんな除菌シートやアルコールの確保が追いつかず、無駄づかいをしないようにという業務命令が本社から出ているのだが、それでもウイルスへの恐怖のほうが勝ってしまう。

「窪塚夏樹」と、突然、背後から呼びとめられた。「いくらなんでも、消毒しすぎだ。お客様が使ってないテーブルや椅子を消毒したって無駄なだけだ」

振り返ると、店長の牧島が立っていた。マスクをつけているせいで、鋭い一重がいつもより強調されているように見える。

「それに自分の給料とか、野球部の心配ばっかしてないで、少しはお店のことを考えて。君らがいるから、バイトの人たちはいくらシフトに入りたくても、入れないんだ」

険のある言い方だったが、牧島の言う通りであることに変わりはなく、男たち四人は途端に黙りこんだ。

普段、ランチの時間は主に店長とアルバイトの人たちで店をまわしている。野球部員である夏樹たち社員は、冬期のオフの期間などをのぞき、昼間のほとんどの時間を練習に割いているからだ。

ところが、このコロナ禍で野球部の全体練習は休止となっている。手があいているとなれば、居酒屋のシフトは、昼も夜も社員中心で組むことになる。ただでさえ店は暇なので、人員は余剰となり、そのしわ寄せはアルバイトのシフト削減に及ぶことになる。

そもそも、一店舗に五人も社員がいるのは、浦和近郊の野球部員が所属する数店舗だけだ。もちろん、週五フル稼働で入れるアルバイトを雇ったところで、当然社会保険には加入させなければならないし、十時以降の時給は千三百円だから、おそらく給与や待遇は社員並みになる。大会期間以外は安定的に勤務に入れる野球部員を社員として招き入れることに、そこまでデメリットはないはずだ。

しかし、社員は社員。どんなに閑《かん》古《こ》鳥《どり》が鳴こうが、簡単に解雇はできないし、休みのあいだも給与が発生する。儲かっているときには機能するシステムでも、このどん底の状況では、ただただ野球部員が足を引っ張る状況になっている。

「あのさぁ、このご時世に、野球なんて言ってられるの？」牧島はおそらくアルバイトの不満を一身に受けている。

ランチの時間帯は主婦のパートさんが多い。夜のアルバイトもふくめて、一人一人にシフトを調整するメールを出し、謝罪するのは店長の役目だ。今までの勤務時間に応じてアルバイトにも休業補償が支払われるらしいが、それもわずかな金額だ。生活費のほとんどをアルバイトで捻出している奈緒のような人たちには、シフト削減が生死に直結する大きな打撃となってしまう。

「はっきり言って、私には野球部を存続させている意義が見えてこないんだ。部員には、今のところ、しっかりお給料が支払われてる。バイトのみんなは、雀《すずめ》の涙の補償だけ」コロナのせいで美容院に行っていないのか、いつものベリーショートの刈り上げがかなり伸びていた。「部が徳丸水産の足かせになっていると言っても過言じゃないと思う」

たいして強くもない、広報にもなっていない野球部への不満が社内で高まったとしても、何も不思議ではない。悔しかったが、夏樹はまったく反論できなかった。

「野球部なくなったら、困るんです！」キャミーが悲鳴のような声をあげた。「ひどいです！」

「あのね、キャミー。みんな困ってるんですよ。日本だけじゃない。世界中のほとんどの人たちが困ってるんです」当てつけのように、丁寧な口調で牧島が言った。「自分だけが被害者みたいな言い方しないで」

キャミーが涙目で、牧島を見下ろした。呼吸が荒いのか、大きなマスクがふくらんだり、へこんだりを繰り返している。

牧島も負けじとにらみ返す。夏樹はあわててあいだに入った。

「みんなでアイデアを出しあおう。考えるんだ。なるべく、赤字を出さない方策を」

なだめるように、キャミーの背中を何度もさすった。

「仕事も頑張って、奈緒ちゃんたちバイトのみんなが帰ってこられる場所をしっかり守らないと」

とはいえ、いくら口で「頑張る」と息巻いたところで、休業となれば働くことすらできないのだ。売り上げはゼロになり、ただただ店舗の家賃や人件費だけが出ていく苦しい状況だ。いったい、どうしたものかと頭を悩ませていたとき、ようやく一組のお客さんがやってきた。

昼の一時過ぎだった。常連の老夫婦の三雲《みくも》さんで、よく球場の練習や試合にも足を運んでくれる。

「やってるかい？」旦那さんが、入り口の引き戸を少し開けた。なかをうかがうように、きょろきょろと視線をさまよわせる。

「いらっしゃいませ。やってますよ」引き戸を大きく開けて、夏樹は三雲さん夫婦を招き入れた。

旦那さんのあとから、三雲さんの奥さんも入ってきた。二人とも、どうにも申し訳なさそうな表情を浮かべているのが、マスク越しにもよくわかる。

「本当は来ちゃいけないと思ったんだけど、緊急なんちゃらってのが、もし来週あたり出るとなると、しばらく来られなくなるし、家にいるのも気詰まりだし、短時間のランチなら大丈夫かと思ってね」

お客さんのほうが来店に引け目を感じる、この状況が異常だと夏樹は思った。

「さぁ、もう貸し切りですから。安心して、食べていってください」夏樹は空っぽの店内を指し示した。

ご夫婦は海鮮丼を頼んだ。旦那さんはすでに定年退職した七十代で、旅行を趣味にしているそうだが、最近は外にすら出られないと愚痴をこぼした。

「野球部はどう？　活動できてるの？」心配そうに、奥さんが聞いた。

「いえ……」と、壮一が力なく首を振った。「全体練習はまったくできていません」

「本当に、世の中どうなっちゃうのかしらね……」

夏樹と壮一も黙りこんだ。今では、誰と会ってもこうしてネガティブな会話ばかりになってしまう。

夏樹は思いきって、たずねてみた。

「あの……、何か困ってることはありますか？」

三雲さん夫婦が、そろって不思議そうに視線を上げた。

「実はこのお店もしばらく休業する予定で、そうとう困ってて、それで……、お互い助けあえたら、いいんじゃないかなぁって」

「要するに、ビジネスにつなげようってわけだ」

「まあ、ビジネスってほど大げさじゃないですけど、少しでも赤字を減らす努力をしないといけなくて」

個人的なことでいいなら……と、奥さんのほうがすぐに答えてくれた。

「今はスーパーに行くのも大変じゃない？　回数を減らせって簡単に言うけど、ウチは車もないし、年寄りだし、あんまり買いだめできないの」

「だなぁ」と、旦那さんもうなずく。「行ったら行ったで、ものすごく混んでて、それだけで疲れるし、この前なんか入場制限がかかっててびっくりしたよ。入る人数をなるべく減らしてくださいって言うから、俺はずっと外で待ってたりして」

「いくらマスクしてても混んでるところに行くだけでこわいし。だから、食材が全然ないのに気がついて、今日のお昼何もない、どうしようってときがいちばん困るの」

「スマホのアプリで配達してくれるヤツなんか、どうやったらいいか、俺たち年寄りには全然わからないし、古い考えって言われるかもしれないけど、知らない人間が届ける料理なんか俺は食いたくないね」と、旦那さんは首を横に振った。「その点、どうだい？　ここで、弁当を作ってお昼に配達したらよろこばれるんじゃないかな？」

「そうか……、デリバリーか」夏樹はつぶやいた。たしかに、トクマルは宅食事業も行っている。しかし、それは毎食昼、あるいは夜に配達される定額制のものだ。

「あとは、買い物代行なんてのは、どうでしょう？」壮一がたずねた。

「料金をいくら上乗せするかだよな」夏樹は答えた。「ネットスーパーや生協もあるわけだし」

「今はネットスーパーも予約がいっぱいらしいですよ。あと、トイレットペーパー、ティッシュペーパー、マスクなんかもずっと欠品してますし」

「たしかに、手に入れにくいものを、家にいながら楽にゲットしたいっていうニーズはあるかもな」

「でも、弁当にしろ、買い物代行にしろ、何を使って配達するかですよね。店にはバイクも車もないし」

「まあ、現実的には自転車でやるしかないだろうな。となると、やっぱり買い物代行はキツいんじゃないか？」

「夏樹君の車は？」

「ふざけんな！　トレーニングの一環だと思えば、頑張れるだろ！」

「窪塚夏樹」またしても、背後に牧島が立っていた。「いくらマスクしていても、店内で叫ぶな。飛沫《ひまつ》が飛びかねないだろ」

　この人は、気がつけばいつも後ろに立っている。おそるおそる振り返ると、意外なことに牧島の目は穏やかだった。

「お客様のニーズを聞いてアイデアを出しあうのは、とてもいいことだよ」注文された海鮮丼を、牧島が三雲さん夫婦のテーブルに置いた。「とりあえず、店独自でお弁当を販売したり、配達したりっていうのが可能なのか、本社に問い合わせてみよう」

　夏樹はほっと胸をなで下ろした。

「壮一、寮でも情報共有したほうがいいぞ。浦和一円の店舗で一丸となって、弁当のデリバリーを開拓できたらかなり大きいだろ」

「さっそく、確認してみます！」壮一が意気揚々と答えた。

　何もしないよりは、トライしたほうがいい。動いたほうがいい。野球がこの先できなくなってしまうという恐怖に打ち勝つには、つねに何か別のことを考えていないと気がまぎれないのだ。

　四月七日、東京をはじめとした七都府県に、緊急事態宣言が発出された日から、トクマルホールディングスの居酒屋は一時休業に入った。

　そのあいだにも、それぞれがテイクアウトと配達の準備を重ねていった。晃とキャミーが弁当のメニュー考案、牧島店長が本社への問い合わせと、弁当のパッケージの手配、夏樹と壮一がチラシの作成と配布を担当することになった。

　さっそく牧島が本社や社長にかけあったところ、宅食部門で扱っているパッケージのストックを融通してもらえることになった。晃とキャミーは、従来あるメニューを応用し、寮のキッチンで試作を重ねた。焼き鯖弁当、焼き鮭弁当、そして目玉の海鮮丼、穴子丼だ。夏樹は、壮一や応援部の奈緒と協力し、オンライン通話やパソコンのＰＤＦファイルのやりとりを活用しながら、見栄えのいいチラシを作成していく。

　もちろん、自宅待機しているあいだにも、絶対に体をなまらせるわけにはいかない。ただでさえモチベーションが低下しがちな状況のなか、夏樹は毎日、オンラインで定期的に集団筋トレを行うことを提案した。決まった時間に、チームで決まったトレーニングをこなして、結束力も維持しようという狙いがあった。

「じゃあ、腕立て、行くぞ！」監督の怒鳴り声が、スピーカーから響いた。

ありがたいことに、監督がタブレットを一括でリースし、パソコンやウェブカメラを持っていない部員に貸与してくれた。夏樹は自前のパソコンにカメラがついていたので、それをオンライン筋トレに活用している。

「いいか、サボるんじゃないぞ。こっちで見てるからな。おい、壮一、タブレットの位置、もっと下だ！」

やはり、監督がしっかりと目を配っていると思うと頼もしいし、こうして言葉を交わしてコミュニケーションもとれる。

床にパソコンを置き、自分の腕立てする姿が映りこむようにする。いつもの安楽椅子に座る監督が、画面に映し出されている。大きな老眼鏡をかけ、各部員たちの動きににらみをきかせていた。

「はい、一！　二！　三！」

監督の号令にあわせて、腕立てを繰り返す。部員たちは、それぞれの寮の自室で、トレーニングにいそしんでいる。夏樹は重力と、筋肉への負荷を感じながら、しっかりと顎が床に触れるくらい腕を曲げた。

「次は、腹筋行くぞ」

離れていてもチームで一体感を持って、体を動かすことは大事だった。気持ちを切らさず、みんなで練習できる日を心待ちにしながら、筋肉を鍛えていく。

「おい、キャミー、さっきから動いてないが、フリーズか？」監督の怪訝そうな声が聞こえた。

夏樹もとっさに画面を確認した。たしかに、キャミーが寝転んだまま、ぴくりとも動かない。

「フリーズですネ！」そのキャミーから、甲高い声がした。「全然、画面が動かないです！」

「アホか！」監督がすかさず、人差し指を突き立てた。「フリーズしてるのに、声が届くわけないだろうが。一人だけ休憩するな！」

穏やかな笑いが起こって、ふたたび全員で筋トレに励んでいく。

しかし、夏樹の心にはこのままでいいのだろうかという焦りもある。ジムが閉鎖されている今、家でできるのは基本的な自重トレーニングだけだ。筋力の維持にはなるかもしれないが、さらなる体力の向上はなかなかのぞめないだろうと思う。

そういえば、居酒屋に勤めはじめた一月の頃、体のいろいろな箇所が筋肉痛になったことを、なつかしく思い出した。プロの投手として全身のあらゆる筋肉を鍛えてきたつもりだったのに、勤務の翌朝、全身がバキバキになった。まだまだ使わなかった部位が残されていたということだ。

居酒屋ならではの運動とは、いったい何だろう……？

考えに考えた結果を、夏樹は投手のグループミーティングで発表した。

「そのトレーニング、拷問じゃないですか……」壮一が絶句した様子で、つぶやいた。画面の向こうの顔が凍りついている。「ほら、あるでしょ。ひたすら穴を掘って、また穴を埋める。延々それを繰り返しやらされる拷問。あれに似てません？」

「まあ、筋トレっていう行為そのものが、拷問みたいなもんだからな。我慢しろ」

夏樹が考案したトレーニングは、ビールの大瓶が満載されたケースを持って、ひたすら階段を上り下りするものだった。ケースの重量は約二十五キロだ。

「だって、俺たち居酒屋の店員だろ。日頃から瓶ビールのケース、生ビールのタンク、食材の詰まった段ボールなんかを担ぎ、運び、積み上げてる。知らず知らずのうちに、腕力、握力、腹筋、背筋、脚力がめちゃくちゃついてたんだ。投手として重要な筋力が、総合的に鍛えられてたわけだよ」

「それは、飲んだり、食べたりする人がその先に待ってくれているからであって、目的のない荷運びはただの苦役ですよ」壮一が泣き言を吐いた。

緊急事態宣言が出てからこのかた、部員たちはほとんど寮から出ず、地味なトレーニングに終始している。精神的な鬱屈は、澱のように積み重なり、溜まる一方だ。

夏樹は言葉に力をこめた。

「待ってくれてる人はいるだろ」

画面の向こうにいる、一人一人のピッチャーに訴える。

「常連さんたちは、我々の試合や、お店で飲める日を心待ちにしてる。緊急事態宣言があけて、ショボい体で、ショボい戦いをしたら、がっかりされるだろ」

キャミーや、第二のエース・聖也が深くうなずいた。

「監督も言ってただろ。未来の自分も待ってる。東京ドームでプレーする自分をイメージするんだ。筋トレの動作の一回一回、階段の上り下りの一段一段が、未来の自分をつくってく。それをおろそかにしたら、後悔するのは未来の自分だろ」

店舗からビールのケースと空き瓶を借りた。二十本の瓶には、水を満杯に入れる。会社の寮は四階建てだ。ピッチャーたちは、二十五キロのケースを抱え、ひたすら四階に上り、ケースを積み上げる。そして、またそれを一階に運び下ろしていく。

夏樹は自宅のマンションの裏手の非常階段を往復することにした。住人は、みなエレベーターを使うので、行き合って迷惑をかける心配もなかった。

来る日も、来る日も、ビールケースを運びつづけた。誰が飲むわけでもない、水の入ったビンをひたすら階段の往復運動で運び上げ、また一階へと下ろしていく。

二十五キロは、さすがに重い。

腕がすぐにパンパンになり、握力も鈍ってくる。

背筋が悲鳴をあげ、背中がきしむ。

ビールケースも、自分の体重も、倍になったんじゃないかと思うほど、足が重い。太ももの奥のほう――ハムストリングスが、熱を持ったように、どくどくと絶えず脈を打つ。

たしかに、壮一の言う通り、果てしなく、目的もない苦役や拷問のようだ。四月のうららかな気候だったが、すぐに汗がしたたり、非常階段のコンクリートに垂れた。

静かだった。鳴り響くのは、プラスチックのケースと瓶がぶつかる音だけだ。そんななかで、かえりみるのはここ数ヵ月で選び取ってきた自分の選択の数々だ。

いっしょにワインを飲んだ日の、有紗の問いかけが脳裏によみがえる。

本当にこの道でよかったのだろうか――。

すっぱり野球をやめていたら、ビールケースを抱えて階段を延々と上り下りするなどという無意味な運動をせずにすんだのだ。途端に、自分のしている行為が、馬鹿げたことのように思われてくる。必死に、その考えを打ち消しつづける。

重い。苦しい。休みたい。ケースを置いて「やめた！」と、叫びたい。それでも、仲間の投手を叱咤した自分の言葉を思い出して、なんとか心を鼓舞する。

東京ドームで投げる。監督をドームのベンチに連れて行く。この一歩、この一段が、逆境に負けない強い自分を形づくっていくのだ。

己を信じるしかない。

「ちょっと、君！」すぐ近くから、驚いたような声が響いた。「配達なら、エレベーター使いなよ」

「いえ……、あの……」

振り返ると、マンションの管理人さんが、下の階の廊下から顔をのぞかせていた。汗だくの夏樹をみとめて、目をむいている。

「窪塚さんじゃないですか。いったい……」

途端に気まずくなったが、不審な行動をきちんと説明しなければいけない。夏樹は自分が社会人野球選手であり、ジムなどで満足にトレーニングができないから、こんなところで、こんなことをしているのだと話した。

「大変だねぇ」管理人さんは、掃除中だったのか、ホウキを持ったまま腕を組んだ。「こんな世の中になってしまったことを、嘆いてもしょうがないんだけど」

「管理人さんも、大変なんじゃないですか？」

「なんもなんも」と、管理人さんは首を振った。「ただ、ゴミを扱うときだけは、すごく気をつけるようになったけどね。きちんと分別されてないとこちらで仕分けることがあるんだけど、缶とかペットボトルとかそういう口をつけたかもしれないものは、手袋つけてやるようになったし」

「僕の家は、しっかり分別してるつもりですけど、これからも気をつけるようにします」

「ありがとね、助かるよ。じゃあ、頑張ってね」

こんな世の中でも、それぞれがそれぞれの職責をしっかり果たしている。そんななかで、自分にできることは何だろうと、夏樹は考えつづける。

今はまだわからない。とにかく自分にも、ウイルスにも負けたくないという思いだけが、夏樹を突き動かしていた。

トレーニングを終え、夏樹が家の玄関を開けると、大泣きする勇馬の声が耳に飛びこんできた。マンションの廊下にまで響いてしまったので、あわてて扉を閉める。

「いい加減にして！　なんで言うこと聞けないの！」有紗も顔を赤くして絶叫していた。「きちんと片づけてって言ってるでしょ！」

だってぇ、だってぇと、しゃくり上げながら、勇馬がミニカーやレゴの散らかったウレタンマットの上で泣き伏している。

「おい、どうした？」という夏樹の問いかけは完全に無視された。

「なんで、言われたことがきちんとできないの！」

「今やろうとしてたんだもん！」

あわてて息子のもとに駆けより、泣きやむ気配のない勇馬の背中をさすった。

母子で定期的に通っている児童館の乳幼児クラブは、ずっと休みになっていた。

たしかに、感染する危険をなるべく減らす努力は何より必要だと言えた。母親同士はもちろんのこと、勇馬が児童館でウイルスをもらってこないという保証はどこにもない。とくに、幼児はいくらダメだと言いふくめたところで、友達と会えばじゃれあうし、くしゃみや咳などもあたりかまわずしてしまう。

　とはいえ、狭いマンションから出られず、幼い息子とつきっきりでは精神が参ってしまう。ただでさえストレスフルな社会で、気持ちを発散できる場所が一つもない。勇馬は俺が面倒見るから、たまには外で気晴らしをしてきたら――そんな提案をしたところで、行けるのはせいぜい散歩くらいだ。

　勇馬も、敏感に世の中のぎすぎすした空気を感じているらしい。最近は、一度泣き出すと、手がつけられないほど叫んで暴れるようになっていた。

　夏樹はなるべく公園に連れ出すことを心がけているのだが、どうにも世間の目が冷たい。公園が混んでいると、密だと言われる。マスクをせずに遊んでいる子どもが、まるでウイルスの運び屋のような目で見られてしまう。この前は、混雑している公園に、テレビ局がわざわざやって来て、撮影していた。

「勇馬を連れて実家に戻ること、もう一度相談してみたら？」夏樹はなるべく穏やかな口調で聞いてみた。

　勇馬がのびのびと安全な環境で、外に出て遊べるように、一時的な疎開を考えたことがあったのだ。たとえ有紗がいなくなったとしても、今なら自分一人の面倒くらいなんとかできる自信があった。

「ダメだよ、もう」やつれた顔で有紗が言った。「何もかも手おくれ。三月の時点で、さっさと手を打っておけばよかった」

「でも、こんなにお互い怒鳴ってさ。ストレスがたまる一方だろ。もう背に腹は替えられないんじゃないか」

有紗の実家はもともと埼玉にあったのだが、数年前、銀行員である父親の転勤にともなって、北陸に居を移している。

「社宅だから、とくにダメなの。お父さん、支店長だから立場もあるし」

妊婦や学生が実家への帰省をためらうというニュースが報じられるようになっていた。首都圏から帰省したという噂が広がれば、たとえ感染の事実がなかったとしても攻撃の対象になってしまう。とくに有紗の両親は社宅住まいなので、口さがない同僚の主婦たちの格好の標的になりかねないという。

東京のナンバーの車に石が投げられる。公園で遊ぶ子どもたちに罵声が浴びせかけられる。感染してしまった人の家に、心ない中傷の貼り紙が貼られる。

「どうなってんだ、マジで」夏樹は頭を抱えた。「なんで、こういうときこそ助けあえないんだよ」

「人の本性ってこんなもんだよ。とくに日本人、陰険だから」

有紗が吐き捨てた。とことん、悲観的になっているようだ。家のなかに、濁《にご》った空気が充満しているような気がして、二人同時に大きくため息をついた。

夏樹は、「いっしょにお片づけしよう」と、勇馬の肩を軽くたたいた。

しかし、勇馬はそっぽを向いて動かない。しかたがないので、一つ一つミニカーやレゴブロックを拾い上げて、箱のなかにおさめていく。ようやくマットの上がすっきりしたので、ついでに掃除機をかけようと立ち上がった。

そのときだった。

ガラガラとものすごい音がして、夏樹は振り返った。

勇馬がせっかく片づけた箱のなかのおもちゃを、ふたたびウレタンマットの上にひっくり返したのだ。

「おい、勇馬！」

勇馬は何も答えない。小さい口をすぼませ、とがらせて、ミニカーを走らせはじめる。

「聞いてんのか！　せっかくパパが片づけてあげたんだぞ！」

勇馬の両肩をつかみ、強引にこちらを向かせる。勇馬が目やにのついた涙目でにらんできた。鼻の下も、鼻水で濡れている。

「なんだ、その目は！」

「だってぇ……！」

「だって、じゃ、わからないだろ！　いい加減にしろ！　いったい何がしたいんだよ、もう！」

体中がカッと熱くなる。

左手を振り上げた。

その瞬間、後ろから腕をつかまれた。

「それをしたら、おしまいだよ！」

有紗だった。有紗も、涙目だった。潤《うる》んだ目で、夏樹を見つめる。

「ダメだよ、夏樹の力で殴ったりなんかしたら」

振り上げた腕をつかまれたまま、夏樹はその拳を握りしめた。

ハッとした。目が覚めた。意識的に、何度も、何度も、細く長く、息を吐き出して気持ちを落ちつける。

「夏樹もやっぱりストレスたまってる。頑張りすぎだよ。あんな無茶なトレーニングずっと繰り返して」

「いや……、俺は……」

「ちょっと力抜いて。たまには筋トレだって、サボってもいいんだよ」

　わかっていたはずだった。勇馬は気を引きたくて、あんなことをしたのだ、と。アスリートの自分が、いくら平手とはいえ、三歳児を殴ったら大変な事態を招くということも、しっかり認識していたはずだった。

　やり場のない鬱憤やストレスで、ＤＶが増加しているというニュースを目にしたばかりだ。まったく世も末だなと、夏樹はテレビを観ながら、つぶやいた。

　まさか、自分が同じことをするなんて、つゆほども考えていなかった。

「私も怒鳴らないように、気をつけるから。だから、ちょっと冷静になろう？　ねっ？」

　有紗が手を離した。

　夏樹もそっと左手を下ろした。直前まで筋トレし、ビールケースを運んでいたから、腕は重く、だるい。パンパンに張っている。

　誰かを殴るために、この腕を鍛えているわけじゃない。家族を養い、守るために、鍛えているのだ。

　愕然《がくぜん》とした。自分の未熟さと愚かさを痛感した。

「ごめんな、勇馬」

　もう一度、勇馬の両肩をつかんで、頭を下げる。

「勇馬は、どうしたい？　もっと、遊びたいのか？」

ぐすっと鼻を鳴らして、勇馬が答えた。

「……お外、行きたい」

「じゃあ、近いうちにドライブ行こう。車のなかなら、大丈夫だろ」

ティッシュをとって、勇馬の目や鼻を丁寧にふいた。夏樹は有紗に目を向けた。

「本当にありがとう。マジで助かった。危なかった」

「わかったら、よろしい」わざとらしい口調で、有紗が微笑んだ。「じゃあ、夏樹君。たまってる洗い物、よろしく」

「おい、力抜いてサボればいいって、有紗が言ったんだろ」

「だから、こうして主婦をサボってるんじゃない」

シンクには、昼食の食器がそのまま残されていた。こうなったら、一つ一つ目先のことを片づけていくしかない。夏樹は監督の言葉を思い出した。

負けるな、負けるなと、自分に言い聞かせながら皿を丁寧に洗う。有紗のために――勇馬が笑顔ですくすく育つ家庭をつくるために。

夕食の支度もまだだった。夏樹は唯一つくれるカレーの準備をはじめた。今までは、炊事のすべてを有紗にまかせていた。プロ野球選手の食事をつくり、フィジカル面を支えるのが、妻の務めだと思いこんでいた。勇馬を妊娠していたときも、夏樹が家事を手伝うことはほとんどなかった。

その当たり前が崩れた。コロナの影響で改善されていくこともあるのだと、なるべくポジティブに考えるようにする。肉や野菜を炒めはじめたところで、スマホが鳴った。ちらっと液晶を見ると、登録していない番号が表示されていた。が、その数字のならびに、なんとなく見覚えがあるような気がした。

「もしもし……」

おそるおそる、応答のボタンを押す。いい予感、悪い予感が半々。不動産だとか、投資だとか、そういった勧誘のたぐいではないという確信だけはあった。

「もしもし、窪塚夏樹さんですか」

電話の相手は、夏樹が昨年まで所属していたプロチームの球団職員を名乗った。戦力外通告を受けたときに、同席していた職員だ。

「福盛です。突然すみません。今、お電話よろしいですか？」

「ええ、かまいませんが」いったんＩＨのスイッチを切り、玄関の前まで移動した。

解雇を言い渡されたクラブハウスで、別れ際にアドバイスをもらったことは今でもよく覚えている。

むき出しの闘志と、冷静なピッチング術をうまくなじませるようにと、彼に言われたのだ。トクマルに入部し、投手キャプテンとなり、年下のピッチャーを指導することで、その端緒がつかめたような気がしていた。

「今は社会人チームに所属してるって聞いたんだけど、活動はできてるの？」

「いえ、練習は休止中です」

「そうか……」と、相手は意味深な間をあけた。「いえね、しかし、大変な世の中になったもんだね」

大変な世の中——今ではそれが、時候の挨拶のようになっていると思った。

「ご家族は元気？　たしか、お子さんがいたよね？」

「ええ、妻も息子も元気です」夏樹は焦《じ》れた。なかなか相手が本題を切り出そうとしないからだ。「で、何かご用ですか？　今、料理中なんですが」

「すまん、すまん。じゃあ、単刀直入に言うよ……」

　まったく単刀直入ではなかったのだが、次の福盛の言葉で夏樹の苛立ちは簡単に吹き飛んだ。

「バッティングピッチャーを一人、追加で雇い入れたいと考えています。窪塚君、どうかなって思って」

「は……」頭を整理するので精いっぱいで、なかなか言葉が出てこなかった。「バッピ……ですか？」

　バッティングピッチャーは、通称バッピと呼ばれる。

　その名の通り、バッターが練習のために打つ球をひたすら投げる。完全にチームの黒子であり、彼らに日が当たることは決してないが、こうして練習のためのピッチャーを雇えるのは、ＮＰＢのチームくらいだろう。

「でも、なんでこんな中途半端な時期に……」

「窪塚君が今さらって思うのも当然だし、現役続行を決意した選手にこんなお願いをするのも失礼だと重々承知してる。でも、追加でバッピを入れることが決定したとき、真っ先に俺の頭に浮かんだのは君だったんだ」

　通常、バッティングピッチャーの契約も、去年中にすませるはずだ。解雇された投手がトライアウトを受け、どこからもオファーがなかった場合、古巣やその他のチームが必要だと判断すればバッピの打診をする。投手が現役引退を決意し、そのチームの力になりたいと思うのなら、契

郵便はがき

料金受取人払郵便

小石川局承認

1025

差出有効期間
2021年12月
31日まで

112-8731

〈受取人〉
東京都文京区
音羽二―一二―二一

講談社
文芸第二出版部 行

書名をお書きください。〔　〕

この本の感想、著者へのメッセージをご自由にご記入ください。

〔　〕

おすまいの都道府県 …………　性別 男 女

年齢 10代 20代 30代 40代 50代 60代 70代 80代～

頂戴したご意見・ご感想を、小社ホームページ・新聞宣伝・書籍帯・販促物などに使用させていただいてもよろしいでしょうか。 はい (承諾します) いいえ (承諾しません)

TY 000044-1910

ご購読ありがとうございます。
今後の出版企画の参考にさせていただくため、
アンケートへのご協力のほど、よろしくお願いいたします。

■ Q1 この本をどこでお知りになりましたか。

1 書店で本をみて

2 新聞、雑誌、フリーペーパー 〔誌名・紙名 〕

3 テレビ、ラジオ 〔番組名 〕

4 ネット書店 〔書店名 〕

5 Webサイト 〔サイト名 〕

6 携帯サイト 〔サイト名 〕

7 メールマガジン　8 人にすすめられて　9 講談社のサイト

10 その他 〔 〕

■ Q2 購入された動機を教えてください。〔複数可〕

1 著者が好き　2 気になるタイトル　3 装丁が好き

4 気になるテーマ　5 読んで面白そうだった　6 話題になっていた

7 好きなジャンルだから

8 その他 〔 〕

■ Q3 好きな作家を教えてください。〔複数可〕

〔 〕

■ Q4 今後どんなテーマの小説を読んでみたいですか。

〔 〕

住所

氏名　電話番号

ご記入いただいた個人情報は、この企画の目的以外には使用いたしません。

約は成立する。だからこそ年が明け、すでに所属チームや進路が確定した選手に対して、こんな引き抜きのようなかたちでオファーをするのは、異例中の異例だと言えた。

「今、選手の調整期間が非常に延びてる」

「なるほど……」本来なら、すでに公式戦が開幕している時期だ。にもかかわらず、緊急事態宣言が発出されたことで、試合をはじめられる見通しはなかなか立っていない。

「バッティングピッチャーの負担が、今年はものすごく大きい。とくに左投手を必要としてる」

プロのバッターは開幕に合わせて、体の調子をピークにもってくる。しかし、試合は当分ない。しかも、いつはじまるかもわからない。となれば、そのピークを維持し、試合勘を鈍らせないため、生きた球を打ちつづける必要がある。バッピの負担が例年より格段に増しているのは、容易に想像できた。

「単年の契約でもかまわないし、窪塚君が希望されるなら常勤で雇うこともできる。いずれの場合も、年俸は五百五十万円。すでに四月に入ってるけど、今年はそちらの金額が満額支払われます」

詐欺かと思うほど、破格の条件だった。チームに帯同し、ひたすらバッターに向けて投げるだけで、去年の年俸を上まわる金額が手に入る。

「しかし、今のチームがなんと言うか……」真っ先に浮かんだのは、監督の顔だった。ここにきて俺たちを裏切るのかと怒鳴られそうだ。

「それは、こちらももちろん考慮するよ。もし、窪塚君が決断するのなら、こちらの球団から所属の会社さんに、後腐れがないようにきちんと話をつけるつもりだ」

「ちょっと、考えさせていただきたいんですが、期限は……？」

「できれば、一週間で考えてほしい。我々も急いでるんだ」

電話を切った。スマホを持ったまま、玄関前の狭い廊下を行ったり来たりした。

はっきり言って、気持ちが揺らいでいた。

トクマルで都市対抗野球本戦、東京ドームを目指す。練習がストップし、苦境に立たされているが、同じ苦しみを味わっている仲間たちのために投げたい。監督をドームに連れて行きたい。せっかくチームがいい雰囲気になってきた矢先だった。

それに、未来の自分のために、今は苦しくても体を鍛えようと部員たちにさとしたばかりなのだ。どの口がそんなことを言ったのだと責められるような気がする一方で、気持ちの良いあいつらだからこそ「おめでとう」と、背中を押してくれそうな予感もある。

現役を引退し、安定した生活を手に入れることに、どうしようもない魅力を感じている。もう、金に困ることもない。自分の実力のなさに打ちのめされる苦しさも味わわないですむ。ただただマシーンになったつもりで、ボールを投げればそれでいいのだ。福盛がずっと自分を気にかけ、真っ先に声をかけてくれたのも素直にうれしかった。

バッティングピッチャーの年収など、今まで考えたこともなかった。スマホでざっと調べたら驚いた。

ただ投げるだけでなく、スコアラーや用具係、その他の裏方仕事をこなすため、五百万から八百万ほどが相場ということらしい。ネットの記事なので、どこまで本当かわからないが、少なくとも五百五十万円が特別に破格というわけでもなさそうだった。常勤で長年勤めていけば、昇給もあるということだろう。

明日がどうなるかもわからない世の中だ。実現が不確かな夢を捨て、安定を求めるのは悪いことではないと思う。やはり、何と言っても、いちばんは家族の安寧だ。それに、できることなら実家への仕送りも再開させたい。

いい加減目を覚ませ、現実を直視しろというメッセージを、夏樹は受け取ったような気がした。

翌日の午前中、オンライン筋トレは休養日だったが、自重トレーニングでは鍛えられないインナーマッスルを、ゴムチューブを使って刺激していった。

体の調子はいつになくよかった。まだまだ現役で投げられる自信はある。しかし、肝心の心が、楽に金が稼げる平坦な道のほうに惹かれはじめている。トレーニングを終え、夏樹は監督の携帯に電話をかけた。

実戦で投げつづけるため、闘志やハングリー精神は何より不可欠だ。水島監督に「トクマルのために尽くせ！」と、一喝されるのを心のどこかで期待しているのかもしれないと思った。この迷いを吹き飛ばし、闘志を再燃させてくれる厳しい言葉を夏樹は望んでいた。

何回か呼び出し音が鳴り、女性の声が聞こえた。

「もしもし、水島の妻です。夏樹君？」

「はい、窪塚です」意外に思いながら、言葉をつないだ。「突然、すみません。失礼だとは思ったんですが、どうしても監督に相談がありまして」

「実は主人、具合がすぐれないんですよ。話せるかどうか、ちょっと聞いてきますから、そのまま待っていてください」

「すみません」

しばらくすると、聞き慣れた監督の声が響いた。が、舌がもつれるような、億劫《おっくう》そうなしゃべり方のせいで、いつになく覇気がないように感じられた。

「すまんな。ちょっと、だるくてベッドから出られないんだ」

「大丈夫ですか？　もしお辛いようでしたら、また日をあらためますが」

「いや、話くらいなら、大丈夫だ」

　途端に不安になった。

　この時期に具合が悪いと言われると、どうしてもコロナウイルスの脅威《きょうい》が脳裏をよぎってしまう。

「いや……、でも……」

「いいから、早く話せ」

　監督がうながすので、バッティングピッチャーの勧誘を受けたことを打ち明けた。ときどき咳をしながら、監督はじっと耳を傾けているようだった。

「よかったじゃないか」

　夏樹が話を終えると、監督は突き放すように言った。

「これで、生活にあくせくする必要もなくなるだろ」

　やはり監督の言葉はこの上もない皮肉に聞こえたが、真剣な口調でさとされると相手が本気だということがつたわってきた。

「でも……」やはり、迷いを抱いていること自体を監督に叱ってほしかったのだと気づかされる。つべこべ言わずトクマルに残れと、説得してほしかったのだ。

「なんだ、その歯切れの悪い返事は」

「やっぱり、このまま辞めるのは、なんだか裏切るような気がして心苦しいんです」夏樹は言った。「実は、単年で契約もできるそうなんです。このままじゃ練習もままならないし、むしろこの一年はバッピで投げて状態を保って、もしみんながよければ、来年トクマルにまた復帰することができたらなって」

監督は無言だ。夏樹は不安になって言葉をつづけた。

「だから、監督。今年はこんなことになってるし、辞めるなんて言わず、来年もつづけ……」

「バカ野郎！」

監督の怒号が夏樹の懇願をあっけなくかき消した。

「誰が何と言おうが、俺は今年かぎりだし、そもそも一度現役から逃げたヤツなど、使い物にならん。帰ってこなくていい！」

途端に監督が咳きこんだ。夏樹はその嵐がおさまるのを、辛抱強く待たなければならなかった。このまま、興奮させるような内容の話をつづけていいのだろうかと逡巡していると、監督が問いかけてきた。

「なぁ、夏樹。野球は楽しいか？」

「えっ……？」

「投げていて、楽しいか？　試合でバッターを打ち取ったり、味方が打ったりしたら楽しいか？」

「それは……、楽しいんじゃないかと思います」自分でも自信がないのか、曖昧な答え方になってしまった。

「いいか？　バッティングピッチャーってのは、労働だ。来る日も来る日も投げつづける労働だ。もちろん、彼らは縁の下の力持ちで、チームの役に立つ立派な仕事であるのはたしかだが、投げることそのものが労働と化してしまう。だからこそ、それなりの年俸がもらえるわけだ」

　つい最近、野球は労働なのだろうかと考えたばかりだった。監督の言う通り、少なくともバッティングピッチャーの投球は労働と言えるだろう。バッターに打ってもらうためだけに投げる、練習専門のピッチャーだ。

「じゃあ、現役のピッチャーが試合でバッターに投げるのは、労働か？　あのひりひりするような、エキサイティングな感覚は、労働なのか？」

　寝返りでもうったのか、シーツと布団がこすれるような音がする。夏樹はスマホを耳に強く押しあてた。

「俺は違うと思う。労働じゃない。楽しんだ者こそ、勝てる。だからこそと言うべきなのか、代償と言うべきなのか、ほかの仕事とくらべて現役は長つづきしない。もっとも幸福な選手で、せいぜい二十年くらいだ。ほかのスポーツもだいたいそうだな」

　姿勢が安定したらしく、監督が大きく息を吐き出す。

「もし、夏樹が本番でバッターに投げることに、何の楽しみも見出せないのなら、悪いことは言わない。辞めたほうがいい。居酒屋でも、バッピでも、労働しなければならないのなら、より自分に向いているほう――より儲かるほうを選んだほうがいい」

　そもそも、高校時代やプロ時代、俺は野球を楽しいと思ったことがあっただろうか？

二軍のときは、戦力外にならないよう死に物狂いでやってきた。試合でも楽しいという感覚など皆無に近かったと思う。もちろん、真面目に練習することは大事だが、そもそも野球に向きあう態度そのものが間違っていたんじゃないだろうかと、監督の言葉で否応なく気づかされた。

「社会人野球は、なかなか引退時期を見極めにくい。つい最近も、晃に相談されたばかりだ。あいつは三十三だ。大きなケガをしないかぎり、辞めるタイミングがわからない、と」

　話の合間に、ひゅーひゅーと木枯らしみたいな息がもれる。

「俺はこう答えた。たとえば、ヘリウムの風船があるとする。そこに紐がついていて、ふわふわ漂っていかないように、紐は大きな石にくくりつけられている。石は、居酒屋での日々の労働だ。足かせというと聞こえは悪いが、地に足がつくように、現実をつねに意識できるようにする、重しのような存在でもある。世間で働き、他者とふれあえば、驕《おご》らず、たかぶらず、つねに地に足をつけ、己という存在をも知ることができる。その経験はきっと野球にも生かされる」

　それこそ、まさに玲於奈が話していたことだった。野球しか知らない人間になるなと、親にさとされたという。もしかしたら、トクマルの入団前に社長や監督と面談し、同じような説得を受けたのかもしれない。

「奇跡的に、風船が重しから解き放たれて、飛び立つこともある。ＮＰＢのドラフト指名を受ける選手もトクマルからいつかは出てくるだろう。しかし多くの社会人選手は、徐々にヘリウムが抜け、いつかは風船も落下する。石の重さに勝てないと感じたら、それが辞めるときだ」

　つらそうな呼吸をつづけながら、監督は語った。

「風船が落ちてしまったら、重しとしての石の意味はなくなってしまう。石はただの石だ。労働はただの労働だ。そうなったら、今度は石そのものに目を向ければいい。ピカピカに磨くのもよし、自分に合った形やデザインに彫り直して、カスタマイズするのもよし、別の石を拾うのもよし」

　監督も、父親に引き戻されて、歯科医という労働にいそしむことになった。いわば無理やり風船を割られてしまったわけだ。だからこそ、その例え話にはリアリティーが感じられた。

「風船が落ちることを恐れるな、石がただの石に変わることを恐れるなと、晃には言った。晃も、今年が最後だと、腹をくくった」

しゃべることすら辛そうな監督の様子に、もう電話を切るべきだと思ったが、夏樹は問いかけずにはいられなかった。

「じゃあ、その風船っていうのは何なんでしょう？　野球が石じゃないのなら――労働じゃないのなら、いったい……」

「そんなの、簡単だろ。遊びだよ。野球は遊びだ」

「はい？」

遊び……？　俺はずっと子どもの頃から、今まで遊びつづけてきたのか？　夏樹は呆気にとられた。野球は俺の「仕事」だとばかり思っていた。

「遊んでるに決まってるだろ、楽しいんだから」水島監督は、こともなげに言い放った。「英語では、プレーって言うだろ。英語の辞書引いてみろ」

遊ぶ、ふざける、スポーツをする、楽器や音楽、演技や演劇――ちなみにギャンブルだって全部動詞はプレーだと、監督は言った。

「遊びだって、自分を追いつめるほどとことん真剣に極めれば、観るほうもエキサイティングに感じるし、芸術にだって、デザインにだって、コミュニケーションにだってなる。それが、たまたまビジネスとして成功して、何億ももらうから、勘違いバカ野郎が出てくるんだ」

「そうか……」と、独り言のようにつぶやいた。「所詮、遊びなんだ」

不思議と肩が軽くなってくる気がした。今までの俺は気負いすぎていたんじゃないか。ただ、遊んでいるだけなのだとしたら、どれだけ心が楽になることだろうと思った。

そもそも、トクマルに入る決断をしたのは、去年、楽しそうな練習風景を目の当たりにしたからだった。そして、この前の練習試合は、勝ったということもあるけれど、ひさしぶりに自分らしさを全開にして躍動できた。それは、周囲のチームメートたちが自分をもり立てて、リラックスさせてくれたからだ。

「言っただろ、夏樹。お前は若い。まだまだ、遊びの楽しさを取り戻せる。歳を食っちまうと、そうはいかないからな」

「はい」と、勇んで返事をした。まさに、野球はふわふわ浮かぶ風船だ。ヘリウムが抜けようが、何かにぶつかってはじけようが、そのときはそのときだ。割り切れる。

「十九歳のプロ時代に、監督はすでにそういう境地に達してたんですか？」

「まさか」と、監督は否定した。「あのときは、オヤジを憎んで、憎んで、殺そうかと思ったくらいだよ。たかが遊びを早く切り上げただけなんだと割り切れたのは、もっとずっとあとのことだ」

「こういう話、もっとみんなにしたらいいのに。いつも、くだらない精神論ばっかじゃないですか」

「こんなこと、電話だから話せるんだよ。面と向かって言えるわけがねぇだろが」

何度目かの咳の発作が監督を襲った。夏樹はあわてて話を切り上げた。

「ありがとうございました」

スマホを耳にあてたまま、相手が目の前にいるかのように深く頭を下げた。

「あの……、差し出がましいようですが、監督のことが心配です。病院で検査を受けたほうが……」

「今、妻や息子が方々に電話をかけて、手配してくれてるところだよ。ありがとう」

「よかった。どうか、お大事にしてください。今年の後半に望みをかけましょう」


気が急いていた。

投げる楽しさを取り戻す。真剣に楽しむ。去年のトライアウトのときのように、憎しみを糧にしていては、仮にいっときいいピッチングができても、長つづきしないと気がついたのだ。とはいえ、今できるのは、やはり基本的なトレーニングだけだ。じゃれついてきた勇馬を背中に乗せて、腕立てをする。

子亀のように夏樹の背中にしがみついた勇馬が、大きく揺さぶられて笑い声をあげた。その様子を、有紗に動画で撮ってもらった。部員も自由に投稿できるトクマル野球部公式ＳＮＳに、積極的に動画をアップする。「おうちで筋トレ、頑張ろう！」と、メッセージをつけると、たちまちたくさんの「いいね」がついた。

有紗には、ようやくバッティングピッチャーの件を打ち明けることができた。

「まだ枯れるには早いぞ、夏樹君」照れくさいのか、有紗はやはりわざとらしい口調で夏樹の肩をたたいた。「だいたい、今さら過ぎるでしょ。クビにしたこと、後悔させてやれ」

「じゃあ、断っていいんだよね？」

「当たり前でしょ！　今、夏樹はトクマル野球部の一員なんだよ。仁義を通しなさいよ」

「そうだよな……、すまない」

こういうカッコいいことをさらっと言えるからこそ、有紗を好きになったのではないかと思う。昨日、勇馬に手をあげかけたときも、本当に救われた。

　夏樹の決意はかたまった。球団に断りの電話をかけようとスマホを手に取ったところで、ちょうど壮一から着信があった。夕方の五時頃だった。

「すいません、夏樹君。今、大丈夫ですか？」

　心なしか、いつも元気な壮一の声が沈んでいるように聞こえた。夏樹は眉をひそめて返事をした。

「どうした、何かあった？」

「社長から寮のほうに連絡があったんですが……」

　壮一が言いにくそうに、一度黙りこむ。暖房と筋トレで、室内が暑かった。夏樹は垂れ落ちる額の汗を、手の甲でぬぐった。

「監督が入院されました」

「えっ……、入院……」そうつぶやいたまま声を失った。口は開くのだが、何も言葉が出てこない。

「新型コロナウイルスの疑いがあるそうです。ＰＣＲ検査の結果は明日出るそうですが、容態が午後になって急変したので、そのまま入院されたようです」

　もしもし、聞こえてますかと、壮一が問いかけてくる。「ああ……」と、ただ一言答えるのが精いっぱいだった。

　いくら具合が悪そうだったとはいえ、午前中の電話では受け答えができていたのだ。最悪の想像が次々と頭をよぎる。

「急変って……。意識はあるんだよな？」

「はい。ただ……」

「ただ、なんだ？」

「監督、糖尿病や腎臓の病気でずっと通院してたんですけど、その病院で患者や職員に続々とコロナの陽性者が出てるみたいなんで、やっぱり……」

嘘だろと叫びたいのだが、そんなことを叫んだところで、監督が治るわけもない。無理に相談をしたことが心から悔やまれた。具合が悪いと聞いた時点で、自重するべきだった。

おそらく、切羽詰まった夏樹の声と様子で、奥さんも無理をおして監督に取り次いだのだろう。

「お見舞いは？　病院はどこだ？」

「お見舞いはできません。たとえご家族でも、会うことはできないそうです」

つけっぱなしのテレビをぼんやりと見つめていた。国内の感染者が三千人を超えたと、アナウンサーが告げていた。

「これ以上、感染を広げないためらしいです。でも……」淡々と説明をつづけていた壮一の口調が、急に崩れる。「それって、あんまりで……、すいません、俺、どうしたらいいかわからなくって……！」

悲痛な叫び声が、空白と化した夏樹の胸に突き刺さる。

「俺、こわくて、こわくて。俺がこんなにこわいのに、奥さんも監督自身も、どんな思いしてるんだろうって……」

壮一は、監督が病院で感染したのかもしれないと言ったが、まさか部員の誰かが——俺がうつした可能性はないだろうかと、自分のここ最近の行動を目まぐるしく思い起こした。

庭のブルペンを使用したのは、緊急事態宣言が出る前だ。しかし、潜伏期間という言葉をテレビでよく耳にする。結局のところ、検査をしないかぎり、自分が絶対に感染していないとは言いきれないのだ。自分が感染しており、家族にうつすかもしれない可能性を考えると、途端におそろしくなった。

　急に呼吸が苦しくなってきた。深呼吸をして、鼓動をしずめようとする。

「落ちつこう、壮一」と、自分もまったく落ちついていないのに、懸命になだめにかかる。

隙間風のような、ひゅーひゅーと苦しそうな監督の呼吸を思い出した。

どれだけ心細いだろうかと思う。顔を合わせるのは、きっと完全防備の医師や看護師だけだ。白い天井と、白い壁。白いシーツに、白い布団カバーしか目に入らない。いくら元歯科医とはいえ、弱った体と心が無機的な白に溺れていくことに、言い知れない恐怖を感じているはずだ。

「寮にいるみんなも動揺しています。キャミーは泣いてます。でも、気持ちをたしかにもって、回復を信じるしかないですよね」

　誰に祈ればいい？　誰にすがればいい？　夏樹は無理やり前向きな言葉をひねり出した。

「あの監督が、負けるわけないだろ」そうだ、負けるなと言ったのは、監督自身なのだ。「ウイルスなんかに負けるわけないだろ？」

　詰問するような調子になってしまった。壮一を問いつめたところで、相手を困らせてしまうだけだとわかっていた。わかっていたのに、「なぁ、そうだろ！」と、追い打ちをかけてしまう。

　マウンド上で味わったどんなピンチのときよりも、心臓の脈打つスピードが速い。

「そうですよね」と、壮一がうなずく気配が、スマホを通してつたわってくる。「その通りです。絶対に大丈夫です」

互いに、そうしてなぐさめあうことしかできなかった。

心の奥がざわめくような、嫌な予感がとまらない。

春の風が強い日だった。窓枠やキッチンの換気扇が、がたがたと音を立てて夏樹の不安をあおった。


緊急事態宣言の発出から二週間が経過した。

徳丸水産の北浦和店で、試験的にランチの弁当のテイクアウトと配達が実施されることになった。店内飲食はまだ自粛をつづけるので、テイクアウトは店先にテーブルを出して売ることになる。

これで、ようやく一歩前進だ。

しかし、夏樹たちの心から、入院中の監督の存在が離れることはなかった。壮一からの電話の翌日、検査の結果陽性が判明し、懸命な治療がつづいているという。寮に住む選手たちと、ひさしぶりにじかに顔をあわせた夏樹だったが、重苦しいムードを振り払うことはできなかった。

「監督、人工呼吸器につながれてるそうだ」晃が深刻な表情で言った。

「でも、そこから回復した高齢者もいるんだから」と、夏樹はなるべく明るい可能性を示そうとした。「海外では百歳の女性が完治して、退院したって」

日本の感染者の死亡率は、かなり低い。しかし、基礎疾患があると重症化しやすい。別の疾患に使われる薬が、重症患者にきくらしい。様々な数字や、憶測、注意喚起が日々飛び交っている。何を信じたらいいのかわからない、混沌とした状況だ。

「監督、生きます、きっと」弁当をのせる折りたたみテーブルを運びながら、キャミーが力強く言った。

「物なら届けることができるんですかね？」壮一が、キャミーの出したテーブルをアルコールシートで除菌しはじめる。「千羽鶴とか、部員のメッセージの色紙とか。お見舞いができないなら、せめてそういうのを届けて元気出してもらうしかないですよね」

「そうだな」夏樹はうなずいた。「社長か奥さんに聞いてみよう」

幸いなことに、奥さんをはじめとした監督の家族に感染者は出なかった。

問題は選手たちだ。社長が保健所に濃厚接触者について問い合わせをしたそうだ。

最後に庭で練習したのは、四月のはじめ頃だ。密にならないよう、監督と言葉を交わすときも縁側と庭に分かれ、距離をとるように心がけていた。もちろん誰一人として家には上がっていないし、奥さんにも飲み物や昼食の提供を控えてもらっている。

どうやら濃厚接触にはあたらないという判断が下ったらしいが、毎日体温をチェックし、味覚障害や咳、息苦しさなど、何か体調に異変があればすぐに知らせ、店を休むことが周知徹底された。

とにかく、今は一人一人が、できることをするしかない。監督の快復を信じて、自分の持ち場を守るしかない。

北浦和の駅前を歩く人々に、ごく控えめに「お弁当いかがですか？」と、声をかける。最初に売れたときは、壮一、晃、キャミーと肘タッチをして、よろこびをわかちあった。

弁当のビニール袋には、壮一と作成したデリバリーのチラシもいっしょに入れた。絵のうまい奈緒が、かわいらしい魚のイラストを描いてくれたのだ。穴子丼のメニュー紹介の横に、チンアナゴが顔を出しているのはさすがにどうかと思ったが、チェックした牧島がいつになく目を細めて「いやん、かわいい〜」と、つぶやいたので、夏樹は壮一と笑みを嚙み殺してうなずきあった。

もう一つ、牧島がどんな反応を示すか心配なことがあった。これも、奈緒の案だったのだが、「トクマルが誇る社会人野球部員が、責任をもって配達します！」という文言とともに、夏樹と壮一のマスク姿の写真と、野球部ＳＮＳのＱＲコードをチラシの末尾にくわえたのだ。

「何これ」チンアナゴで細くなった牧島の目が、いっそう細くなる。「勝手なことして」

不穏な気配に、夏樹と壮一の笑顔がマスクの下で消えた。

「すいません！　僕はやめたほうがいいって言ったんですよ。でも、夏樹君がどうしても入れようって」

「おい、誰がそんなこと言った。お前の彼女が、野球部の広報にもなるからって無理やり……」

「彼女……？」牧島の目がマッチの棒のように、さらに細くなる。

「まだ印刷業者に本格的に発注かけてないですし、つくり直しましょう！」あわてた様子で、壮一が話題をそらした。

「なんで、つくり直すの？」牧島の目が、ようやくはっきりと見開かれた。「いいでしょ、これで」

「え……？」

「こっちのほうが、誰が届けてくれるのか顔が見えて安心だよ。常連の方々も、みんなに会えるってわかったら、注文しやすいと思うし」

本当にまぎらわしい。勤務初日のトラウマがあるので、つねに気を張って牧島の反応をうかがっているのだが、いまだに機嫌がいいときと悪いときの区別がつかない。

さっそく印刷業者にお願いして、できあがった分からポスティングをはじめた。マンションで配るときは、なるべく管理人さんに許可をとるようにした。

「チラシはお断りだよ」と、すげなく追い返されるときもあれば、食い下がった結果許可をとりつけられるときもあった。

「居酒屋の徳丸水産のお弁当なんですよ」夏樹はチラシだけでも見てもらおうと何度も頭を下げた。「ネットが使えないお一人のお年寄りとか、今の時期、外になかなか出られず困ってる方がいらっしゃると思うんです。なんとか、お願いできないですかね」

「あの徳丸水産？　俺、飲みに行ったことあるよ。海鮮丼、うまそうだね」

「デリバリーでも、テイクアウトでも、ぜひご注文ください！」

　考えてみれば、プロ時代には考えられないほど泥臭いことをしている。夏樹は、ふとしたときに不思議な気分になる。

　トクマルに入ってから、確固として持っていたはずの自分の核のようなものが、徐々に溶け、柔らかく変化していくのを実感している。

　これが「丸くなる」ということなのかとも思うが、しかし気が抜けているとか、腑抜けたとかいうわけでなく、むしろピッチングのスタイルも柔軟に、かつ冷静に、幅が広がっていくたしかな予感もある。まさに、地に足がついているような感覚だ。

　出会えた人たちのおかげか、それともこの苦しい環境の要因が大きいのか。いずれにせよ、投手キャプテンとして頼りにされているという感覚が自分を成長させているのかもしれない。できれば野球だけではなく、居酒屋でも頼られる存在になりたいと願った。

　昼の勤務と並行して、監督のお見舞いの千羽鶴を手分けして折った。

有紗と勇馬も、手伝ってくれた。勇馬のものはかなり不格好な鶴だったが、気持ちがこもっていれば問題ないと思った。大事な人の病気が治るために折っているのだと、勇馬にはいつもつたえていた。

早く千羽に近づけなければならないと、夏樹は少し焦っていた。鶴の数が積み重なれば、それだけ退院が近くなると信じてやまなかったからだ。昼の勤務を終え、一通りのトレーニングをこなすと、夜おそくまでひたすら折り紙と向きあった。

有紗と勇馬は、すでに寝ていた。

なぜか電気をつける気になれず、薄暗いリビングのなかで黙々と作業をつづけた。うっすらと開いたカーテンの隙間から、月明かりがもれて、一筋の光がフローリングに射しこんでいた。テレビの暗い画面に、自分の影がうっすらと反射している。動いているのは、その影と、壁時計の秒針だけだった。

静かだ――と、思った途端、冷蔵庫の低いうなり声が、耳鳴りのように、顔の周辺にまとわりついてくる。自身の指と紙がこすれる音で振り払おうとする。できあがったカラフルな鶴が、テーブルの端に積み重なっていく。

一つ、また一つ折るごとに、監督の叱咤の声と、笑顔を思い出した。

だから、背後の扉から水島監督がいきなり顔をのぞかせたときは、ただただ驚いた。

「いきなり、どうしたんですか……?」

見ると、監督は車椅子もなく、杖もなく、しゃんと背筋を伸ばして立っていた。しっかりした足どりで、数歩、リビングに入り、立ち止まった。

「いやいや、すまんな、俺なんかのために」

いつになく恐縮した様子で監督が頭を下げた。その顔は妙に若々しく、生気に満ちあふれていて、なぜ自分がこの人を水島監督と認識したのかよくわからない。

「もう、折らなくていいんだよ。それをな……、なんというか、まあ、つたえにきたわけだ」

「何を言ってるんですか」

カーテンの隙間からもれる月光が、ちょうど監督の体に重なる。顔が半分だけ、その光の筋に照らされて、瞳が輝いていた。見ようによっては、三十歳くらいに見える。

「俺もようやく、重しから解き放たれて、飛び立てるよ」

「ちょっと……！　冗談はやめてくださいって」

「冗談なんかじゃない。これはな、よろこばしいことなんだから、笑っていてくれよ」

今気がついたのだが、監督はトクマル野球部のユニフォームを着ていた。練習試合のときに見た八十四歳のユニフォーム姿は、ちょっと滑稽《こっけい》だったのに、今はやたらと似合っているように感じられる。精悍だ。

「じゃあな。野球部を頼むぞ」

「だから、待ってくださいって！」

「もうダメなんだ」監督は軽く片手をあげた。「楽しかったよ」

夏樹はあわてて立ち上がって、監督に手を伸ばした。

飛び起きた。

自分が一瞬、どこにいるのかわからず、あわてて周囲を見まわした。心臓がとんでもないスピードで鼓動を刻《きざ》んでいる。荒い息を何度も吐き出した。

となりを見下ろすと、有紗が横向きに寝ていた。夏樹は枕元のスマホを手に取ろうとした。すべってスマホが床に落ちる。有紗が寝返りを打った。夏樹はゆっくりとベッドから出て、スマホを拾った。午前二時過ぎだった。着信やメッセージは何も入っていなかった。下着が汗でひどく濡れていた。寝室のクローゼットを静かに開けて、着替える。脈は緩やかになってきたのだが、呼吸がまだ落ちつかない。

スマホを持ったまま、リビングに出た。テーブルの端には、できあがった鶴がそのまま積み重なっていた。

さっきまで見ていた夢のつづきに、足を踏み入れてしまったようで、不思議な気持ちになった。カーテンはぴたりと閉じられて、真っ暗だった。今、ここに監督が入ってきてほしいような、ほしくないような、体中をがんじがらめに縛りつけられるような悲しみにとらわれていた。

水をコップに注いで、一気に飲みきる。しばらく放心状態のまま、椅子に座っていた。どれだけ時間がたったのかわからないが、しばらくしてテーブルの上に置いていたスマホが光りはじめた。有紗や勇馬を起こさないように、あらかじめ音を切っていた。

すぐに電話に出る。社長だった。

「……出るのが……、早いな。こんな時間に」

社長は少し驚いた様子で、言葉をつまらせた。

「変に聞こえるかもしれませんが……、電話がそろそろ来ると思ってました」

「そうか」と言ったきり、とくに社長が子細をたずねてくることはなかった。

スマホを耳にあてたまま、立ち上がる。窓辺に寄って、ちらっとカーテンをめくってみた。曇りがちの夜空に、半分に欠けた月が浮かんでいた。

「監督が、亡くなられたそうだ」

「はい……」

「大丈夫か？」

「はい」

「葬儀はできない。ご家族ですら、火葬にも立ち会えない」

「はい」

　覚悟はしていたことだった。

　しかし、あんまりじゃないか……？　八十四年、懸命に生きてきた結果が、これか？

　視界に映る白い月がぼやけて、夏樹はカーテンを閉じた。社長にさとられないように、そっと袖口で涙をふいた。

「奥さんが、家でお骨《こつ》を受け取る手はずになるそうだ」

　どんなに、悲しいだろうか。どんなに、やりきれないだろうか。ついこの前まで元気だった伴侶を一度も見舞うこともできず、死に目にも会えず、ただ焼かれた骨だけが帰ってくるなんて。

「奥さんは、ぜひ部員たちとお別れの会を、と言ってくれている。緊急事態宣言があけてから、あの庭で間隔をとって集まるのなら、問題はないだろう。また、連絡するよ」

　約束を果たすことができなかった。ドームに連れて行くことができなかった。己の無力さをこれほど呪った日はなかった。

　電話を切ると、棚からウィスキーを取り出した。グラスを二つ。ゆっくりと、注ぎ入れる。

　椅子に座り、グラスの一つを反対の椅子の前に置いた。少し迷ってから、軽くグラスを合わせた。

夏樹、ここからいったい、何が見える？

いつか、縁側で監督に聞かれたことをぼんやりと思い出した。

「飛び立てた……、か」


急に母のことが心配になり、翌日、実家に顔を出した。が、家のなかまでは上がらずに、玄関先で扉を開けたまま近況を確認しあった。

「監督さんのことは、残念だったな。俺にとっては、もちろん直接知らない人だけど、本当に胸が痛くなるよ」と、父が悼んでくれたときは、沈んでいた気持ちが少しだけ晴れた。

父の直純は、勤め先のホームセンターを辞めてから、工事現場の交通整理のバイトをしている。今日は休みらしい。かわりに姉がスーパーのアルバイトに出ている。二人はこうして勤務日を調整して、母が一人になる時間をつくらないようにしていた。

「父さんと母さんも、気をつけてよ」

「ああ、春子の通院もあるし、マスクと消毒は欠かさないようにするよ」

「状況はどう？」

「まあ、一進一退ってとこかな」そう言って、直純は背後を振り返り、大声を張り上げた。「おおい、春子。夏樹が来てるんだぞ。顔、出せよ」

母が玄関の前の廊下に顔を見せた。「夏樹、なんで上がってこないの？」と、不思議そうな顔をしている。

「今、ウイルスがはやってるだろ？　症状がなくても、感染してる可能性があるらしいから、念のためだよ」

　昨夜はほとんど眠れなかった。何をしても監督のことが頭から離れない。ふとしたときに、絶望と悲しみが押しよせて、涙があふれてくる。常日頃から、会うこと、話すことを怠って、急に――そんな事態になったら、どれほど後悔するだろう。

「今は時間あるし、何か買い物とか、困ったことがあったら手伝うようにするから」今日はそれだけをつたえて、立ち去ろうと思った。

「そこまで送ってく」母がそう言って、玄関まで来た。「そこまで」とはいったい「どこまで」をさすのかわからないのだが、ずんずん外まで進んでいってしまう。

　父が「連れ戻そうか」と、心配そうにたずねてきた。結局、どこまで送ってくれようが、二人で来た道を引き返し、またこの家まで母を送り届けなければならないことに変わりはない。

「いや、いいよ」と、夏樹は言った。「たまには、散歩もいいし。父さんも、好きなことやりなよ」

「好きなことって言っても、たまった家事をやるだけだよ」

　夏樹は、泣きはらして、腫れぼったい目をこすった。

「俺も、最近、よく家事を手伝ってるよ。やってみて、はじめて母さんや、有紗のありがたみがわかった」

　有紗には感謝をつたえられたが、母にはまだだ。家族のため、毎日、朝早くから家事に追われていた母の苦労を今になって痛感している。

　でも、まだおそすぎるわけではないと思う。そう信じたい。

「何かあったら、連絡しろよ」父が玄関のフックにかけてあった、薄手のウィンドブレーカーを放ってくれた。「そこのポケットに、マスクが入ってるから」

あわてて、あとを追いかける。母は部屋着の半袖のままだった。だいぶ春が深まっていたが、まだ日陰はひんやりとしている。

送ると言ったわりに、春子は夏樹にかまわず早足で進んでいく。「風邪引くよ」と、その背中にウィンドブレーカーをかけた。「ありがとう」と母はつぶやき、素直にマスクもつけてくれる。

考えてみれば、こうして母親と二人きりで歩くのもひさしぶりだった。いったいいつ以来かも覚えていない。

緊急事態宣言中だからなのか、住宅街の人通りは少なかった。平日の午前中ということもあるのかもしれない。このあとはいつも通り昼前から出勤し、弁当づくりの手伝いと、販売、配達が待っている。

「あのさ……」夏樹は思いきって、母に声をかけた。「いろいろと、今までありがとう」

口に出してから、まるで母親が死んだみたいだと、あわてて言葉をつないだ。

「いや……、それがさ、俺も食事つくったりなんだりして、子どもができると、親の苦労がわかるっていうか……」

しどろもどろになった夏樹を、不思議そうに春子が見上げる。

道の半分に家々の影が落ちていて、それぞれの屋根のかたちがはっきりわかる。もう半分は、暖かい日向だった。

「それは、繰り返しでしょう」春子がぼそっと言った。

「繰り返し……？」

「そう、繰り返し」

勇馬もまた、大人になれば、俺や有紗の苦労がわかるということだろうか……？

ある意味では、母はあらゆる労苦から解放されたわけで、その言葉はなぜだかすとんと胸に落ちていくのだった。

母は迷いなく、南に進んでいく。しばらく行くと、住宅街に不似合いな行列が見えた。こんなところに人気のラーメン屋などあっただろうかと思ったが、まだ九時半だ。

行列の理由はすぐにわかった。ドラッグストアーだった。マスクの入荷の噂が流れたのか、確実に入手できそうな十時の開店前にならんでいるのだろう。

やがて、荒川の土手に出た。桜の季節はとうに過ぎ、薄汚れたピンク色の花びらが隅のほうに吹きだまっていた。

「ここ、よく散歩するの？」夏樹は聞いてみた。

川面《かわも》は春の日差しで輝いて見えた。春子は首を傾げた。そのかわり、河川敷のグラウンドを指さして、まったく別のことを話しだした。

「あなた、よくここで試合したの、観に行ったっけね」

「覚えてるんだ」夏樹は河川敷を見渡した。

小学生のときは、地域の少年野球チームに入っていて、ここで練習や試合を行っていた。たしかに、試合となると母は必ずと言っていいほど応援に駆けつけてくれた。そのくせ、手をたたいたり、声を出したりはしない。ただじっと、息子のプレーを見つめていた。物静かな母らしい励ましの視線を、夏樹はマウンドやバッターボックスでつねに感じていた。

「覚えてるも何も、ついこの前のことじゃない」母はまぶしそうに、きらきら光る川を見つめていた。

ふつうに考えたら、「ついこの前のことのように感じられる」くらいの意味で言っているのだろう。しかし、戸惑った夏樹は、どう答えたらいいのかわからなかった。

父や姉は、母の曖昧で意味深な発言にいちいち振りまわされたりしない。慣れているから、「そうだね」とか「いや、それは違う」と、はっきり相づちを打てる。

夏樹はおそるおそる聞いてみた。

「じゃあさ、あれ、覚えてる？　いつだったか、俺が特大ファール打ってさ、それがどこかのおじさんの車のボンネットに直撃して、すごいへこんじゃって」

やはり、しばらく会わないと、母の老化を直視しがたい。しかし、夏樹は目をそらさなかった。マスクから出た目尻の小じわが以前より深く、扇のように広がっていた。

「それで、車の持ち主に弁償しろって言われてさ、でも、そのとき試合を観に来てた父さんが、反論しだしたんだ。野球場のすぐ隣の駐車場で、ボールの注意喚起の看板も立ってるし、そんなもん払えるかって突っぱねて、もめて。それで、大騒ぎで試合中断。俺、マジで恥ずかしかったんだけど」

やはり、緊急事態宣言が出ているせいか、練習しているチームはいなかった。遠くの草むらのほうで、キャッチボールをしている親子が見えた。

「あれって、結局どうなったんだっけ？」

「そんなこと、あったっけ……」

「あったよ。母さんも、恥ずかしそうにしてた」

「ああ、そうそう。あったねぇ。そんなことが」

視線が左右に泳いでいる。話を無理やり合わせていることはあきらかだった。

これ以上、不安な気持ちにさせるのはよくないかもしれない。「帰ろう」と、母をうながした。そろそろ出勤の時間が迫っている。

帰宅し、父にもボール直撃の件を聞いてみた。ところが「あれ、そんなことあったっけ」と、眉をひそめ、父も首を傾げた。

「俺、そんな非常識なことしないぞ。素直に弁償すると思うけどな」

「あのときの父さんの姿、今の父さんに見せてやりたいよ」

記憶なんて、案外そんなものかもしれない。夏樹は死ぬほど恥ずかしい思いをしたから、たまたま覚えているだけなのだ。

「まあ、どうせ保険で払ったんだろ」母の脱ぎ捨てたウィンドブレーカーをかけながら、父が言った。「野球の月謝にスポーツ保険がふくまれてたはずだから」

そんな会話をしているあいだに、「ねぇ、お団子どこ！」と、少しいらついたような声が居間から響いてきた。散歩してお腹が減ったのかもしれない。

「団子は、午前中に全部食べただろ」と、直純が応答する。「もうお昼なんだから、我慢しなさい」

「ねぇ、新しく買ったお団子どこ！」

「だから、買ってないって。買うか聞いたら、いらないって答えただろ」

「嘘！」

「嘘じゃない！」

直純が、困ったもんだよ、という様子で肩をすくめた。互いに目を見あわせて、苦笑した。

母は、むかしからずっと子どもを優先して、自分は我慢し、つつましやかだった。

夏樹がこの歳まで野球をつづけてこられたのは、母や父がふわふわと浮かぶ風船の紐を、しっかりと握って、離さないでいてくれたからだ。だからこそ、自分は道を踏み外すことなく、野球に専念できた。「遊び」に夢中になれた。

今は、有紗や勇馬、トクマルの仲間や、居酒屋での労働が、俺をしっかりと地上につなぎとめていてくれる。それは、自分を縛る枷《かせ》であると同時に、生きる意味となる大事な重しだ。

監督の言葉が、今になって身にしみるようだった。

今度は俺の番だと思った。

夏樹は懸命に手を伸ばす。

ヘリウム風船のようにただよう母。天までのぼることもできず、かといって地に足をつけることもできず、中途半端なところを、ふわふわ、ふわふわ、さまよっている。

思いっきりジャンプして、紐をつかみとる。これ以上、母が浮かんでいかないように。これ以上、遠くへ離れていってしまわないように。

徳丸水産に出勤した。

晃、壮一、キャミーと顔を合わせると、誰からともなく、声を殺して泣きあった。不織布のマスクが涙と鼻水で濡れて、使い物にならなくなるまで泣いた。

抱きあうことも、触れあうこともできない。大声を出して、嘆くこともできない。それでも、こうして直接、目と目を見あわせて、やり場のない悲しみを分かちあうことはできた。

ひとしきり涙を流してから、夏樹は電話で交わした、監督との最後の会話を三人に話した。

「……だからな、俺は楽しもうと思うんだ」

夏樹は左の拳を握りしめた。

「監督は、いつまでも意気消沈して、元気を失った俺たちを許さないだろう。絶対に元気出せ、笑えって、言うはずだ」

　夢の話はあえてしなかった。それだけは、自分の心のなかにしまっておきたかった。

「もちろん、居酒屋の仕事は労働に違いないけど、ここでの仕事もできれば笑顔で、楽しんでいきたい。それが、監督と社長の理想だから」

　三人がかたくうなずく。全員、ひとまず手と顔を洗い、気持ちをリセットした。今日も、トクマルのお弁当を待ってくれている人がいる。

「さぁ、頑張っていこう！」と、夏樹はみずから気合いを入れ、パッケージに炊き上がったご飯を詰めていった。

「夏樹君、気合いじゅうぶんですネ」キャミーが目を丸くした。

「当たり前だろ。監督のために、ここで負けるわけにはいかないんだから」頭には母のこともある。東京ドームで投げる姿をなんとしても見せるのだ。

　数日前から、夜の営業時間にも弁当を売り出していた。もちろん、店内飲食は実施せず、テイクアウトのみの対応だ。

　夜弁当は、唐揚げとあじフライを詰めこんだ、ボリューム満点のものだ。さらに、晃が考案した「明日の楽しみ！　昼弁当」をセットで買ってくれるお客さんも増えてきた。「明日の楽しみ！　昼弁当」は、文字通り次の日のお昼に温めるだけで食べられる、火のしっかり通ったメニューで構成されている。

　助かるよ、と言ってくれる独り暮らしの男性は多かった。在宅勤務が増えたせいで、社食もない、ランチもできない。仕事は忙しいし、コンビニに行くのも面倒だ。そんなニーズにこたえて、夜の弁当と、次の日の昼の弁当を同時に売り出したわけだ。

毎日、昼の少し前からデリバリーの注文の電話が次々と入ってくる。牧島が電話を受け、エリアごとに、効率のいい配達の順番を考えてくれる。

「行ってきます！」夏樹と壮一は、自転車にまたがって、店先で弁当を売る晃に手を振った。

四月も中旬を過ぎて、だいぶ暖かくなってきた。しばらく自転車のペダルをこぐと、マスクの内側が湿り気を帯びて息苦しくなってくる。しかし、徳丸水産のTシャツを着て配達をしている以上、街中でマスクをはずすわけにはいかなかった。

一件目は、週に二日ほど注文をくれる、三雲さん夫婦の家だった。

「お待たせしました」両手にアルコールを吹きつけて消毒してから、焼き鯖弁当を二つ、奥さんに渡した。

代金とお釣りのやりとりをしながら、夏樹は奥さんにたずねた。

「お変わりはないですか？」

「それが……」と、奥さんは眉をひそめた。「運動不足になりがちだからって、あの人、スクワットをはじめたんですけど、早々に腰を痛めちゃって」

「それは、大変ですね」そういえば、いつも顔を出す旦那さんが、今日はめずらしく姿を見せない。「何事も急にやり過ぎるのは、よくないですから」

「ちょうどトイレの電球が切れちゃって、私も脚立はこわくてのぼれないし、夜なんか真っ暗だから困っちゃって」

「もし、おうちに上がってもよければ、僕が替えましょうか？」

夏樹はいただいた代金を、仕事用のポシェットにしまった。もう一度、アルコールを手に吹きかける。

「でも、配達の途中じゃない？」

「新しい電球はあるんですよね？　交換するだけなら、三分ですみますよ」

　さっそく、靴を脱いでお邪魔する。用意してもらった小型の脚立にのぼって、手早く取り替えた。スイッチを押すと、問題なく明かりが灯った。

「本当に助かったわ、ありがとう」

　こんな世の中になってしまった以上、互いに助けあって生きていくしかない。働き手も、お客さんも元気に、笑顔になれる会社を目指すという、社長と監督の理想をつねに胸に刻んでいる。

　監督の死を、絶対に無駄にはしない。

　いつしか、夏樹は繰り返し、繰り返し、呪文のようにつぶやきながら、自転車をこぎ、おかずを弁当のパッケージに詰め、日々の業務をこなしていた。

　明るく。

　楽しく。

　元気よく。

　明るく。

　たの……。

「おはよう、夏樹」晃がいつになく力のない声で挨拶してきた。

「おはようございます、晃君。どうしたんですか？」

　数日後の朝だった。

　夏樹が出勤すると、牧島と晃が店の扉を前に、ひそひそと何事かを話していた。本来なら、弁当の仕込みをとっくにはじめている時間だ。夏樹は家から乗ってきた自転車を降りて、肩を落とす二人に近づいていった。

「今朝来たら、こんなのが貼られてたんだよ」

　二人のあいだに、貼り紙が見えた。夏樹は目を疑った。

《店シメロ！　コロナ感染者、死亡者、出シタ野球部　ウイルスバラマクナ！》

　最初は、目の前で何が起こっているのかわからなかった。握りしめた拳が震えた。

　白い紙に、定規で書いたような、カクカクとしたマジックの筆跡の文字が散らばっていた。夏樹はその文字を何度も読み返した。

「ふざけんなよ……」

　沸騰した血が、一気に頭にのぼっていった。

「ふざけんなよ！」

　貼り紙に手を伸ばそうとした。牧島にその腕をつかまれた。

「やめろ！」

　牧島も怒りに身を震わせていた。

「今、警察を呼んでる。だから、さわるんじゃない」

「でも……！」

「許せない。絶対に、許せない。でも、私たちが捕まえるわけでも、裁くわけでもない」

　そんなことは、わかってる。わかっているはずなのに、あまりのひどい仕打ちに、我を忘れそうになった。

　遠くのほうから、パトカーのサイレンの音が近づいてきた。

　開店の準備を黙々とこなしてはいるものの、店内は重苦しいムードに包まれていた。刑事が社員たちに事情を聞き、鑑識が貼り紙やガラスの指紋をとっているあいだにも、何事かと足をとめる人は多かった。

　おそらく、貼り紙は夜中のうちに貼られていたのだろう。それがすでに第三者によって写真におさめられ、ＳＮＳで拡散しているようだった。

「店先の防犯カメラの映像を確認したところ、夜中の三時頃に犯人とおぼしき男が映っています」担当した生活安全課の刑事が、去り際に言った。「被害届を受理した上で、信用毀損《きそん》、または偽計業務妨害での立件を視野に捜査をしてまいります」

　たとえ捕まったとしても、刑事上はたいした罪にならないのだろう。

　それにくらべて、こちら側が失ったものはあまりに大きい。今まで自分たちがコツコツと積み上げてきた努力が、心ない中傷で一気に突き崩されたのだ。

　こちらのことが気に食わないのなら、かかわってこなければいい。近づいてこなければいい。なんで、わざわざ体当たりするような真似をするんだ。

「絶対、俺は屈しませんよ！」夏樹は怒鳴った。「負けてたまるかよ！」

　しかし、いくら夏樹が気炎を吐こうと、世間は冷たかった。

　弁当を買う客が一気に減った。そのうち、テレビや新聞の取材も入り、地域の格好の噂のタネになった。牧島は取材を受けるたびに、必死に中傷ビラの内容を否定した。数日後には、全国放送の夕方のニュースに生出演することになった。

「野球部の従業員たちは、濃厚接触者にはあたらず、体調を崩した者もおりません」

マイクを向けられた牧島が、レポーターの質問に淡々と答えていく。その様子を、夏樹たちは控え室のテレビで見つめていた。

「また、民間の検査機関ではありますが、全部員にＰＣＲ検査を実施し、陰性を確認致しました」

牧島の言うとおり、社長が急遽手配した検査を受けた。もちろん、誰も感染者はいなかった。

牧島はスタジオにいるキャスターと生中継でつながっている。イヤホンをつけ、キャスターの質問に、誠実に応じていった。

「牧島店長、今、いちばん何を訴えたいですか？」

「はい」イヤホンを指の先でおさえ、キャスターの質問に集中していた牧島は、もう片方の手でずれ落ちるマスクを直しながら答えた。「苦しいのは、我々飲食業界だけではないと思います。日本中の人が苦しい。こういうときこそ、協力していかなければならないのに、いがみあっていては、何もはじまらないと思います」

「お忙しいなか、ありがとうございました！」キャスターの一言で、中継が切れた。

映像がスタジオに切り替わる。何事もなかったように、緊急事態宣言下の主要な街の人出に話題が移っていった。いつもは観光客でいっぱいの、閑散とした浅草雷門が映った。

ステイホームです、一人一人の行動が周囲の人の命を救います。キャスターが訴える。

コメンテーターが、やんわりと反論する。経済がとまることによって、コロナの死亡者を上まわる自殺者が……。

耳をふさぎたかった。監督や奥さんのような思いをする人を、一人でも減らしたい。その一方で、絶望してみずから命を絶つ人がいたら、元も子もないと思う。

それでも、テレビを見ていた夏樹は、牧島の言葉に励まされたのだった。思いは一つだ。目指すところは、同じだ。いがみあっていては、何もはじまらない。

ところが、テレビクルーが引きあげた店内で、牧島は言ったのだ。

「私は、やっぱり本社に野球部の廃部を直訴しようと思う」

疲れ切った、投げやりな声だった。

「中傷ビラの対策のこともあったし、このあたりの店長たちとオンラインで話しあったんだ。意見はみんないっしょだったよ。やはり、飲食店に野球部は必要ないんじゃないかって」

いちばんに声をあげたのは、晃だった。

「ちょっと、待ってくれよ、店長！」

いつもはおっとりして、温厚で、激したところなど見せたことのなかった晃が、マスクから出た顔を真っ赤にして食ってかかる。

「野球部はこれからってときなんだよ。亡くなった監督の悲願をかなえるために、一丸になってるんだ」

「それは大半のトクマルの社員には関係ないし、だいたい練習だってできてないじゃない」

「若い部員たちは、いったいどうなるんです？」そう言って、壮一やキャミーに視線を向ける。

「この子たちの、将来は？」

「ここで社員をつづけたければ、つづければいい。野球をしたければ、退社して別のチームに行けばいい」

「そんな簡単にいくわけないだろ！」

「じゃあ、戸沢さんは全部員の全人生に責任をとれるの？　私はとれないよ。このトクマルという船が沈んでしまったら、野球もクソもない。全員、溺れる。私はなんとしてもそれをさけなければならないの！」

　壮一とキャミーが、二人の口論をとめることもできずに、うなだれている。夏樹も呆然としていた。

「これは、簡単なお金の計算。わかるでしょ？　この店舗の家賃は四十五万円。それにくわえて、私たち社員五人のお給料を合計したら、百万円をゆうに超える。それに対して、このお弁当一つで、いったいいくらの利益を生み出せる？」

「だからって、何もしないわけには……！」

「そう、何もしないわけにはいかないの。たしかに、お弁当も大切。さらに無駄な経費をカットすることも必要だって言ってるのが、なんでわからないの？」

　なぜ仲間内で真っ二つに分断し、いがみあわなければならないのだろう……？

　それこそ、敵の思うつぼじゃないか。

　いや……、そもそも敵って誰だ？　俺たちは誰と敵対してるんだ？　こんな発想をすること自体が、中傷ビラを貼った人間と同レベルなんじゃないか……。

「店長、一つ聞いていいですか？」夏樹は祈るような気持ちでたずねた。「店長は、なんでトクマルに入ったんですか？」

　問われた牧島が、視線を落とす。履き古した黒いスニーカーをじっと見つめている様子だった。

「店長だって、ここで料理を食べて、お酒を飲んだお客さんが満足して、笑顔になって、楽しい時間を過ごせる――そんなお店をつくりたいって思ったんじゃないんですか？」

いつもは活きた魚が泳いでいる生け簀も、今は空っぽだった。エアーだけが、むなしく酸素の泡を吐き出しつづけている。飲食店も疲弊しているが、食材や酒を卸《おろ》す業者もきっと青息吐息だろう。

「僕らだっておんなじですよ。僕は勤務初日には迷惑かけてしまったけど……、それでも、心を入れ替えて、お客さんの笑顔と満足のためにやってきました」

大漁旗の、のぼる朝日を見た。こんなにもまぶしく、輝かしい明日はふたたびやって来るのだろうか？

「店長、僕の勤務初日に、聞きましたよね。なんで野球をやってるの？　なんで野球じゃなきゃいけないのって」

牧島は、いまだにうつむいている。刈り上げがトレードマークだったベリーショートは、すっかり伸びきって、もはやふつうのショートヘアーになっていた。

「自分たちも、笑顔で楽しむ。応援してくれる人たちも、それを見て笑顔になれる。僕の貢献できることはそれくらいしかない。けれど、それでじゅうぶんだと気がつきました」

これが、正真正銘俺の答えだと思った。しかし、牧島は思いもよらないことを口にした。

「大丈夫か、窪塚夏樹」

心配そうに、こちらの顔をのぞきこんでくる。

「君さ、明るく、楽しく、笑顔でっていうのが、強迫観念みたいになってるんじゃないか？」

「はっ……？」夏樹は思わず大声を出してしまった。「強迫観念？」

「最近の君は、すごく怖いよ。必死で笑おう、必死で明るく働こうって、自分に言い聞かせて、無理をしてるのが見え見えで、いつ壊れてしまうんだろうって、こっちは冷や冷やしてるんだ。入社当初の、自分に正直だった君のほうが、まだかわいげがあるよ」

夏樹はとっさに、晃や壮一、キャミーを見た。三人は露骨に目をそらした。

「監督さんが亡くなって、追いつめられてるのはわかるよ。監督さんの思いを引き継ごうっていうのもわかるよ。でも、楽しむっていうのは自然体だろ？　強迫観念に駆られて、遊びに出かける子どもがどこにいるんだ？　強迫観念に駆られた明るさで、本当に本人や周りの人が笑顔になれると思うか？」

牧島の鋭利な言葉が胸に突き刺さり、いつの間にか額に冷や汗をかいている。

「窪塚夏樹、君もそろそろ限界だよ。肩の荷を下ろしたほうがいい。だからこそ、私は廃部を提案してるんだ」

「そんな訳にはいかないんですよ！」

「言い方は悪いけどね、死者が足かせになってる。君は縛られてるよ」

「ふざけんなよ！」相手が女性ということも忘れて、牧島のTシャツの胸ぐらをつかんでしまった。「縛られて、何が悪いんだ！　俺たちの大事な生きる意味なんだよ！」

これが、強迫観念？　監督が亡霊のように、部員たちの心を縛りつけている？　そんなことがあってたまるか。

夏樹の腕を、晃がつかんだ。思わず激高してしまった自分に、途端に恥ずかしさを感じた。

「すいません」とつぶやき、夏樹は牧島のシャツからそっと手を離した。

「まだ、店長の答えを聞かせてもらってませんよ。店長は、なんでトクマルに入ったんですか？」

　牧島はよれた襟首を直しながら、鼻で笑ってつぶやいた。

「私はもともと食品メーカーに勤めたかったの。でも、就活に失敗して、全部落っこちて、ここにしかたなく入っただけ。こんなところ、早く辞めたいよ」

「こんなところって……」キャミーが日本語の言いまわしに、敏感に反応した。「そんな言い方、あんまりです！」

　壮一が、キャミーの肩をつかみ、無言で首を横に振る。いくら言っても無駄だと、その仕草が深いあきらめを語っていた。

5．2020年5月　別れと出発

五月に入り、中傷ビラの犯人はあっけなく捕まった。すぐ近くで飲食店を経営する、五十代の男の犯行だった。その男の店は、緊急事態宣言が出てから、ずっと休業を余儀なくされているという。

夏樹にとっては、そんな人間のことなどもはやどうでもよくなっていた。あの中傷ビラの一件があっても、常連さんは変わらずお弁当を求めに通ってきてくれたからだ。

閉店間際に、ドメさんがやって来た。

「よう！　あじフライの弁当と、明日の昼弁当、一個ずつな」

「毎度ありがとうございます」夏樹は弁当を二つ、袋に入れながら頭を下げた。

「元気ねぇな。やっぱり、監督が亡くなったのは、つらいよな」

「そうですね。正直、どうしたらいいかわからなくなって」

弱々しい笑みでこたえた。さすがに、店長との仲が修復不可能なほど壊れているとは言えなかった。

「俺はどんなことがあっても弁当買いに来るし、緊急事態宣言が終われば飲みに来るし、野球部も変わらず応援するからな。負けるんじゃねぇぞ」

「ありがとうございます」

「俺自身が、この弁当にだいぶ助けられてるからな」

店先で少しドメさんと話をした。

奥さんを数年前に亡くして、今は独り暮らしだという。子どもはいない。プロ野球ももちろん好きだが、今ではトクマル野球部が年々躍進していくのを楽しみにしている。

「ほら、推しっていうだろ？」

「あの、アイドルに言うやつですか？」

「そうそう。俺は壮ちゃんとキャミー推しなの」

「あの……、僕は？」

「まあ、これからだなぁ」ドメさんが、冗談めかして言う。「俺たちの最初の出会いが最悪だったからなぁ。まあ、少女マンガで言ったら、最悪の出会いが、最高の関係に発展していくんだろうけどな。それは、まだまだ先の話だ」

「なんか……、素敵ですね」最初のケンカをこうして冗談で処理できるくらいには、関係が深まってきたと思う。

ドメさん、ありがとうございます。去っていく背中に、夏樹は頭を下げた。

常連さんと笑顔を交わしあう。この温かい気持ちや、やりとりが、強迫観念に駆られた結果だとは絶対に思いたくない。俺は変わったんだ、俺はトクマルのために投げるんだ。監督の教えや励ましを、自分の働きで証明しなければならないという思いが、夏樹のなかでますます強くなっていった。そうじゃなければ、監督が浮かばれないじゃないか。監督の生も死も、意味をもたなくなってしまうじゃないか。

しかし、いくら夏樹が奮闘しようと、社内での野球部に対する風当たりは、ますます強くなっていった。

五月四日の勤務後、オンラインで野球部の緊急ミーティングが開かれることになった。夏樹は自宅のパソコンの前に座り、社長の話を聞いた。

「今日、緊急事態宣言の五月末までの延長が決定された。首相は感染者の推移を見て、途中解除もありうるとしているが、楽観視はまだまだできない」

すでに臨時ニュースでもつたえられたことだった。ゴールデンウィーク明けまで耐え忍ぼうと、息をつめて頑張ってきたのに、あっけなく宣言は延ばされた。一気に力が抜けた。夏樹は、しだいに絶望的な気持ちに支配されつつあった。

「よりいっそうの緊張感をもってもらうために、まず会社の状態を話そうと思う」

パソコンの画面は、三つに分割されている。本社で話をする社長。そして、寮の食堂に集まる部員たちが心配そうな顔で耳を傾けている。夏樹は一人、寝室でパソコンに向かっていた。

「このまま進むと、第一四半期で五億円超の赤字を出す見こみだ。コロナの状態が改善しないと、単純計算で上半期は十億円以上の損失になる。五月末までの延長は非常にきついと言わざるをえない」

夏樹は画面に映る自分の顔を見た。ひどく青白かった。

「もちろん、テイクアウトやデリバリーで頑張ってもらってはいるが、はっきり言って焼け石に水だ。そんななかで、野球部の存在について疑義をとなえる各店舗の店長や、それに賛同する役員、エリアマネージャーも出はじめている」

一つ数百円の弁当を日々売っている一従業員としては、億の単位の赤字はなかなか実感がわかない。しかし、牧島が例えた「トクマルの船」に、今、あちこち穴が開いて浸水し、乗組員で必死に水をかきだしている状態を想像すれば、危機感はおのずと高まった。人力で海水を外に出したところで――安価な弁当を手売りしたところで、それこそ焼け石に水なのだ。

「野球部員が所属する店舗の余剰人員、寮の維持費や食費、部の存続にかかる諸々の経費をなくせば――そう考える役員が出ることはしかたのないことだと思う。今は非常事態だ」

たしかに、こんな状況で野球に興じようということ自体が間違っているのかもしれない。それこそ、遊んでいる場合ではないのだ。

「もちろん、私は全力で野球部を守るつもりだ。監督との約束もある。活動再開できる日まで、なんとか耐えていくしかない」

社員から応援されない部など、存在する意味があるのだろうか？　はっきり言って不安しかない。その不安を振り払うために、笑おう、明るく振る舞おう、楽しくいこう――そんな前向きなマインドで立ち向かう自分にうそ寒さを感じつつある。

牧島の言葉が図星だと、心のどこかではわかっていたのだ。これは強迫観念だ。それをどうしても認めたくなくて、心の限界から目をそらしつづけている。

社長がネクタイをゆるめて、本音を吐き出した。

「困った。本当に困った。こんな世の中が来るとは、まったく想定していなかった。本来だったら、たくさんの社員をあずかる経営者として、当然考えておかなければならなかったリスクを考えていなかった。申し訳ないと思っている」頭頂部が見えるほど、社長は画面に向かって頭を下げた。「今、方々から融資をしてもらえないか、駆けずりまわっているから、信じて待っててくれ」

「社長があやまることじゃないです！」寮にいる誰かから声が上がる。夏樹のパソコンのスピーカーを震わせる。晃かもしれない。壮一かもしれない。玲於奈かもしれない。

たくさんの声が聞こえる気がする。日本中の、世界中の、名もなき人々の悲痛な声が聞こえる気がする。

しかし、夏樹がいちばんに待っているのは、監督の叱咤の言葉だった。

おいおい、夏樹、もっと頭を使えよ。そんなんじゃウイルスには勝てないぞ。野球でも勝てないぞ。

社長の話に耳を傾けながら、寝室に一人、ぼんやりと座りつづけている。

監督はあの日以来、夢にも出てきてくれない。

何の言葉もかけてくれない。

やはり、俺は監督の不在そのものに縛られているのかもしれないと思った。

牧島のように、すべてを投げ出して、開き直ってしまいたいと思う。そうすれば、楽だ。目の前の人たちとの対話をあきらめて、お金の計算と利潤だけを追求していけば、人はいくらでも強く振る舞える。

だからこそ、店長も自分を偽っているはずだという確信が夏樹にはあった。北浦和店の存続と、バイトの人たちの雇用を背負いこみ、追いつめられているのは店長も同じなのだ。

「頭を使いなさいよ、野球部員諸君」

突然、当の牧島の声が聞こえて、夏樹はとっさに顔を上げた。

いつの間にか、画面が四分割になっている。そこに大きく映し出されたのは、まぎれもなく店長の顔だった。

「なんで……」夏樹は思わずつぶやいてしまった。

「ゲストです。野球部に対して、意見があるようで、特別に入ってきてもらいました」社長が言った。「北浦和店店長の牧島さんです。それでは、お願いします」

夏樹はつばをのみこんだ。今度こそ、廃部への追い打ちをかけられると覚悟した。船が沈没しかけたら、重い荷物、いらない荷物から放棄するのは当然の処置だ。船員たちの命を守るためだ。

が、次の牧島の言葉に、夏樹は耳を疑った。

「せっかく、ここまで野球部を大きくしてきたのに、たかがウイルスなんかに負けていいわけ？」

牧島の自宅なのか、彼女の背後にはモスグリーンのカーテンが映っていた。

「でも……！」晃の声がパソコンのスピーカーを震わせた。「店長は、野球部をなくそうって……、そう言ってたじゃないか」

「あのね、私の態度は最初から一貫してるの」

よく見ると、いつの間にか牧島の髪がさっぱりと短くなっていた。しかし、前髪は不自然なほど真っ直ぐで、なんだか左右のバランスもいびつだ。もしかしたら、自分で切ったのかもしれない。

「野球部がトクマルホールディングスの利益や、お客様の獲得につながるのなら、私はみんなのことを応援する。逆に会社の足を引っ張ってしまう場合は、残念ながらその存在意義はなくなってしまう」

それは、夏樹の勤務初日にはっきりと告げられたことだった。ある意味、牧島の考えは単純明快だった。今回の中傷ビラの騒動や、大幅な赤字で廃部を訴えるのは当たり前だ。

「そこで、私は社長と相談したうえで、一つの提案をさせてもらうことになりました。野球部の活動資金を、クラウドファンディングで募り、補塡するという案です」

クラウドファンディング……。寮にいる誰かがつぶやいた。

「知ってる人もいると思うけど、一から説明しておきます。クラウドファンディングとは、インターネットを通じて資金提供を呼びかけ、その趣旨に賛同した人が自由にお金を出資できるシステムです」

夏樹もテレビのニュースで見たことがあった。

資金難の動物園が広く出資を募り、目標金額をゆうに超える一千万円以上の資金を得たことが話題になった。その出資金で赤字を補塡し、従業員の給与や、動物たちのエサ代をまかなうことができた。

「苦境に立たされてる居酒屋で、部員たちが日々額に汗して働いているという点が、出資者の心に訴求するポイントだと思います」

「ソキュー？」キャミーの声がした。

「心にぐっと訴えて、お金を出してもらうこと。コロナの影響で会社の業績は落ち、野球部の存続が危ぶまれている。そのピンチを救いたいっていう人は必ず現れるはず」

「でも……、なんで店長がそんな提案を……？」夏樹は思わず口をはさんだ。

たしかに、野球部の活動費がクラウドファンディングで補塡されれば、会社の負担は軽くなる。しかし、それは赤字を少しでも減らすための方策であって、直接会社の利益に貢献しているとは言いがたい。

「鍵はリターンにあると思うの」

牧島が人差し指を立てた。

「まずは、寄付の金額を段階的に設定する。たとえば、三千円、五千円、一万円、三万円、五万円、十万円っていうふうに……」

そのとき、「伊織《いおり》ちゃーん、桃があるわよぉ！　下りてらっしゃい」という声がもれ聞こえてきた。

画素の粗い映像でも、牧島の顔が真っ赤になるのがわかった。

「ちょっと、ママ！　仕事があるから、静かにしてって言ったでしょ！」

「桃だよぉ」牧島の母親はなおも甘い声を響かせる。「むいてあげたわよぉ～」

ついに、牧島の姿が画面から消えた。「お願いだから、黙ってて！」と、怒号だけが聞こえてくる。

店長が実家住まいだとは、まったく知らなかった。ぶっきらぼうな牧島の普段の様子と、過保護そうな母親とのギャップが大きく、思わず笑ってしまった。ついに店長の弱みを一つ握れた気がした。

「おい、窪塚夏樹、何を笑ってるんだ」いつの間にか、パソコンの前に帰ってきた牧島が悪態をついた。

「いえ……、笑ってません」あわてて真顔に戻す。

「バカにしてるんだろ。あいつ、いい歳して桃を母親にむいてもらってるって」

「バカにしてません、決して」勢いよく首を横に振った。画面上の自分の動きは鈍く、カクカクと顔が動いた。「ぜひとも、話のつづきをお願いします」

一気に場の空気がゆるんだ。寮にいる面々も笑顔を見せている。

「まあ、いいや。さっきは寄付って言ったけど、クラウドファンディングの大部分は、リターンを設定している場合が多い。イメージとしては、たとえばふるさと納税の返礼品みたいな感じね」

なるほど、夏樹がテレビで見た動物園の場合は、お土産店で売っている動物のグッズ――ぬいぐるみなどを返礼品にしていた。もちろん、出資額が増えれば、リターンはより豪華になっていく。

「野球チームの場合は、ふつうサインボールやキャップ、タオルなんかのグッズをリターンにするんだろうけど、トクマルの強みはなんと言っても飲食店でしょ？」

そう言われて、ピンときた。なぜ、牧島が野球部を助けるような提案をしたのか。

「全国の徳丸水産や鳥丸で使える食事券をつけるの。たとえば、五千円の出資だったら、三千円くらいの無料券をつけるのが現実的かな」

けれど、それだと野球部が一方的に得をして、会社が損をかぶっていることにならないだろうかと夏樹は考えた。

しかし、牧島伊織は「来店してもらうこと自体に、意味がある」と、説明をつづけた。

「このクラウドファンディングを、緊急事態宣言あけに仕掛ける。もちろん、無料券を配るわけだから、利益はなかなか上がらないかもしれない。けどね、ただでさえ客足が遠のいているこの時期に来店してもらうきっかけをつくることそのものが重要だと思うの。新しい常連さんになってくれるかもしれないし、近所の人なら、野球部のファンになってくれるかもしれない。その恩恵と宣伝効果ははかりしれない。社長、どうでしょう？」

「牧島さんの考えに、全面的に賛成だね。今や、店に来てもらうことそのものに、高いハードルが存在しているわけだから」社長がうなずきながら言った。「あと、いい話題づくりにもなると思うよ。知り合いに地元の新聞記者とか、ラジオ局の人間がいるから、クラウドファンディングのことを話して、取り上げてもらえるように頼んでみるよ」

社長の返答に、部員たちが色めき立った。牧島が一度咳払いをしてから、説明をつづけた。

「もちろん、野球部ならではのリターンを設定してもいいと思います。たとえば、十万の出資をすると、トクマル野球部と試合ができる。あるいは、野球教室を開いてもらえる、なんていうリターンにしたら夢があると思わない？　もちろん、元プロの窪塚夏樹の存在を前面にアピールする必要があるだろうけど」

「僕は……」夏樹は口を開いた。「この部が存続できるなら、どんなことでもします！」

社長が次回の役員会議で、必ずこの件を議題にかけると約束してくれた。

「以前、私は野球も外食も、不要不急の存在であると話した。人の命を救うために、今、喫緊で必要でないものは、たしかに控えるべきだと思う。しかし、不要不急の娯楽を、心の底から欲するのも、また人間ならではだ」

一度ゆるめたネクタイを、社長はまた両手でぐっと締め直した。

「監督が夏樹に話した『遊び』の話を私も聞いたよ。ここまで、不要不急の遊びを極められるのは、人間だけなんだ。ボール遊びをする動物もいるにはいるけれど、演じ、歌い、踊り、スポーツをし、お酒を飲み、おしゃべりをし、笑いあうのは人間だけなんだと、私は今さらながら、その事実に気がついた」

画素が粗くてよく見えないが、社長の目にはうっすらと涙が浮かんでいるようだった。監督のことを思い出しているのかもしれない。

「もう一度、人間らしさと平和な日々を取り戻すために、野球も居酒屋も、これからはきっと必要になってくると思うんだ。今は、みんなが疑心暗鬼になって、いがみあっている。死者を冒瀆するような貼り紙を平気でして、人を罵り、憎み、石を投げつけるような――人間が、みずから人間らしさを捨てるような行為が横行してる」

あの中傷の貼り紙が頭をよぎり、またも怒りが再燃しかけた。が、夏樹はみずからの行いをかえりみたのだった。

自分も、息子に手をあげかけた。いくら多大なストレスにさらされていたとはいえ、我が子を殴りかけた。

人のことは、悪く言えないと思った。自分もまた、もう一歩のところで、人間らしさを捨てかけていたのだ。

「もう一度、基本に立ち返って、人間らしさを取り戻すんだ。ごく身近な、周囲の人々からでもいい。この浦和から発信していくんだ。ボールを追いかけ、食事とお酒を提供し、人間として笑いあおうじゃないか。野球も、居酒屋も、全力で『プレー』していこうじゃないか！」

興奮が静かに体内に満ちていく。

お店にお客様が来てくれる。また野球ができる。また投げられる。たくさんの笑顔が見られるのだ。

寮のメンバーから「よっしゃ！」と、ひさしぶりに前向きな声が上がった。

翌朝、少し早めに出勤した。

牧島と顔を合わせるのが、なんだか恥ずかしかった。が、きちんと面と向かってお礼を言わなければならなかった。

「あの……、店長」

やはり自分で切ったのだろう、いびつな後頭部の髪型を見て、少しだけ泣きそうになってしまった。

「ありがとうございました。僕、店長のことを、誤解してました」

牧島がゆっくりと振り返った。いつか中傷ビラが貼られたガラスの扉から、朝日が射しこんでいた。牧島の頰を薄いオレンジ色に染めている。

「窪塚夏樹」

しかし、夏樹の精いっぱいの感謝の言葉を、牧島はあっけなく無視した。

「弁当のパックが届いてるから、戸沢さんたちが来る前に段ボール開けて、整理してくれ」

つい最近、トクマル本社がウーバーイーツ、出前館と契約を交わし、全国の店舗で弁当の販売と、デリバリーが本格的にはじまった。すべて北浦和店がさきがけになったわけだが、社員みずから自転車で配達をするのは、野球部員が所属する浦和一円の店舗だけだ。

おかげでかなり忙しく、今では、アルバイトを数人呼び戻すまでになっている。

「はい……」と、素直に返事をして、夏樹は段ボールの開梱にとりかかった。店長のそっけない態度に物足りなさを感じるが、もちろん熱烈な反応を返されたところで、照れくさく、気まずいだけなので、これはこれでいいと思う。

カッターで、ガムテープに切れ目を入れた。弁当のパッケージを袋から出し、カウンターに積み上げていく。この一つ一つに、ご飯やおかずが詰まり、お客さんの胃袋を満たす。食卓に笑顔が満ちる。

それを想像すると、一日の業務にのぞむ意欲が自然とわいてきた。

「あのさ……」

厨房に入った牧島がつぶやいた。

「私、君たちのことがうらやましくて、しかたがなかったんだ」

「えっ、うらやましい？」

耳を疑った。夏樹は段ボールをたたむ手をとめ、厨房を見やった。牧島は、つけあわせのポテトサラダのジャガイモをつぶしはじめた。ボウルいっぱいの、湯気の立つイモに体重をかけている。

「特別な能力があって、それに全力で取り組んで、常連さんたちからも声をかけてもらえて、そんな君たちがうらやましかった。きらきらして見えた。ただ漫然とここで働いてる私とは大違い」

牧島は一心不乱にジャガイモと格闘している。厨房が暗く、マスクをしているせいもあって、その表情がなかなかうかがえない。

「強迫観念に駆られてるのは、私のほうだったのかもしれない。本社の商品・メニュー開発部に異動したくて、必死に働いて、必死に店の利益を大きくしようとして、目の前のお客様の笑顔のことなんて、すっかり頭から抜け落ちてた。黒字をいかに大きくするか、それだけしか考えてなかった」

「でも、それは店長なんだから当たり前なんじゃ……」

「当たり前じゃないよ。みんなが笑顔になれる店舗をつくるって、入社したときは、社長や、窪塚夏樹と同じこと考えてたはずなのにな」

コロナさえ、なければ。それは、日本中の、世界中の人が、毎日思っていることかもしれない。

このウイルスさえなければ、日々をつつがなく、笑顔で過ごせていたはずなのに。

しかし、そんな泣き言を言っても、何もはじまらないのだった。

「あのね、奈緒ちゃんがお店を辞めちゃうの」牧島がはじめて、ボウルから視線を上げた。

「えっ……？」真っ先に頭に浮かんだのは、壮一の顔だった。「劇団は？」

「劇団もやめて、実家に帰るんだって。家業がお花屋さんだから、そこを手伝うんだ。あとちょっとだけ耐えられないかって説得したんだけど、もう限界だって」

「壮一はそのこと知ってるんですか？」

「たぶん、まだ知らないと思う。奈緒ちゃんは自分で話すって言ってたけど、打ち明けられてないんじゃないかな」

「そもそも、二人はつきあってるんですか？」

「壮一がね、今は野球が大事だから、交際を少しのあいだ待ってくれって言ったらしいよ。必ずドラフトで指名を受けて、プロになるからって」

生け簀のエアーの音が、ぽこぽこと軽い音を立てている。それ以外は、静かな店内だった。

「私ね、ここで働く人が、泣きながら辞めていくのは、見たくないんだ。もう、嫌なの」

牧島がそっぽを向いた。洟《はな》をすすっている。

「だからね、壮一も、キャミーも、窪塚夏樹も、プロになれた、プロに返り咲けた——そうして、笑って辞めていってほしい。だから、やっぱり野球部はつぶしたくない。いっときでも廃部を願って、本社に訴えたことは本当に申し訳ないと思ってる」

「店長……」

　夏樹が厨房に入りかけたとき、入り口の扉が勢いよく開いた。寮からいっしょに来たのか、晃、壮一、キャミーがそろって顔をのぞかせる。

「伊織ちゃーん、桃、買ってきたわよぉ」壮一が脳天気に叫んで、ビニール袋を頭上に掲げた。

「伊織ちゃん、ママがむいてあげようかぁ？」

　入り口のところから死角になっている厨房で、牧島はあわてた様子で、ごしごしと目のあたりをおおざっぱにぬぐった。

「あれ、店長は？」晃があたりを見まわす。

「いますよ、キッチンに」夏樹は指をさした。「たぶん、怒りをこらえてるんだと思います」

　牧島の背中が震えていた。怒っているように見えなくもないだろう。

「伊織ちゃーん、お礼の桃、買ってきたわよぉ」壮一が厨房に進んでいった。「どこにいるの？　出てらっしゃーい」

　まったく、こいつは救いがたい。夏樹は両手を腰にあてて、苦笑した。

「バカ！」店長の絶叫と、かわいた音が響いた。

　夏樹は、晃とキャミーとともに、厨房をのぞきこんだ。平手打ちを食らった壮一が、頬をおさえて、呆然としていた。

「ホントにバカ！　もう知らない！」

　店長の目は真っ赤だった。壮一があたふたと、謝罪の言葉を口にする。

「まさか、泣いちゃうとは思わなくて、その……、すみません！　すみません！」

「だから、私はやめておけって言ったんです」キャミーが肩をすくめた。「言わんこっちゃないですネ」

「すみません！　どうしても昨日の感謝をつたえたくて、でも、やっぱり面と向かっては照れくさくて、こんな小学生みたいなことをしてしまいました」

「桃……、ありがと」たえずこぼれ落ちる涙を手でぬぐいながら、牧島が笑顔で答えた。「壮一、むいてくれる？」

「はい、ただいま！」

壮一が巨大な出刃包丁を手に取り、牧島、晃、キャミーから、ふたたび「バカ」と怒鳴られた。

出口はきっと近い。

夏樹はそう確信していた。


五月二十五日、最後まで残されていた、北海道、東京、埼玉、神奈川、千葉の緊急事態宣言が、全面解除となった。

六月には、周到に準備したクラウドファンディングの募集がついにはじまった。世の中の状況はしだいに好転していくように見えたが、それでも監督の死以来、つらく、悲しい出来事は絶えることがなかった。

夏の甲子園の中止が発表されたときは、泣き崩れる球児がニュースで報道された。テレビを観ていた勇馬が、不思議そうにたずねた。

「なんで泣いてるの？　痛いの？」

夏樹は勇馬の頭に手をおいて、答えた。

「大事なものをなくしたんだ。心が痛いんだ」

野球部だけじゃない。あらゆる部活動の大会が、自粛を余儀なくされた。中学や高校生活の三年間をかけて、取り組んできたことの成果を披露する場が、目に見えないウイルスによって奪われた。

五月末には、アパートを引き払った奈緒が、北浦和店に挨拶に訪れた。

「本当に今までお世話になりました。ありがとうございました」

大きなピンク色のキャリーを足元に置いて、頭を下げる。いつものお団子ヘアーが、その頭上で揺れた。

「私は夢破れてしまいました」

冗談のように言うが、その大きな目には涙がたまっていた。

「そろそろ潮時かなと思っていたので、もしかしたら夢をあきらめるいいきっかけになったのかもしれません。でも、みんなは絶対にあきらめないでください。私の分まで……」

はじめて主演する劇団の公演が中止になり、奈緒は道半ばで、心折れた。その決意に対して、夏樹も、晃も、キャミーも、壮一でさえ、何も言葉を差し挟むことができない。

「抱きしめてあげたいけど、抱きしめられない」牧島もぼろぼろと涙を流していた。「そんな世の中になってしまったことが憎くてたまらない」

店長とアルバイトの垣根を越えて、二人は親しくしていたようだ。牧島は奈緒の公演を楽しみにしていて、ずっと早くから「私、この日休む」と、公言していた。上演は数日間あったから、壮一も夏樹も、かわるがわるシフトを調整して観に行く予定だった。

夏樹は監督と社長の言葉を思い出した。野球も演劇も、「プレー」だ。不要不急の「遊び」

だ。しかし、遊びを取り上げられて、長く息苦しい生活をしいられることにも、人間は耐えられない。人間らしい生活を取り戻すため、いつかはスポーツや音楽や演劇、その他の遊興やイベントが、絶対に必要になってくる。

　そのときが来るまで、なんとか耐えられないだろうか？　しかし、夏樹は問いかける言葉を持たなかった。自分はとことん恵まれていると思った。

　壮一が、奈緒の前に立つ。あどけない高校生のような顔を、悲しみにゆがめていた。

「奈緒ちゃん、ごめん」

　あやまるんじゃない。夏樹は思う。監督も言っていただろう。ピッチャーなら、堂々と振る舞え。でも、やはり言葉には出せない。

「来年、プロ野球選手になって、迎えに行くから」

　二人が手を取り合う。

　有紗にプロポーズしたときの自分と、壮一がぴたりと重なった。

　自分の夢と、他人の夢が簡単に重なることはないと思っていた。投げつづけるためのモチベーションは、みずからの内側からしか生まれないと思いこんでいた。

　しかし、トクマルに入ってから、その信念は変化した。

　壮一のために――部員のみんなのために、投げたい。牧島のために、社長のために、監督や奥さんのために投げたい。

　やっぱり、強迫観念でもいいじゃないかと、夏樹は考える。

　せめて、自然に笑える日が訪れるまで、わざとらしい笑みをマスクの内側に貼りつかせて働きつづけるのだ。

監督の四十九日を目前に控え、お別れの会が開かれることになった。

監督の家を訪ねる前に、夏樹は自転車で寮に寄った。

ネクタイの締め方がわからない若い部員がいることを知り、まだまだみんな社会に出たばかりなんだということを思い知らされる。

他人にネクタイの締め方を教えることも夏樹自身はじめての経験で、玲於奈の横にならんで自分のやり方を見てもらったり、背後から手を伸ばして実際に結んでやったり、試行錯誤を繰り返してなんとか身支度をととのえた。

千羽には届かなかった千羽鶴を、壮一が肩に担ぐ。本当は棺《ひつぎ》に入れて、監督といっしょに飛び立たせることができたらよかったのかもしれないが、火葬ですら業者任せにせざるをえなかったのだからしかたがない。奥さんに渡しても負担になるだけだし、許可をもらってブルペンに飾ろうということになった。しっかりした屋根もあるし、つねに監督を思い出すことができる。

もちろん、今後もブルペンを使わせてもらえる保証はない。すぐに取り壊される可能性もある。奥さんはよくても、監督の息子さんや家族が野球部の存在を煙たがることだってある。

全員で自転車に乗り、監督の家を目指した。自転車で連なって移動する喪服の集団を目の当たりにして、道行く人が何事かと奇異の目を向けてきた。かまわず進んだ。

門の前で徳丸社長が待っていた。全員が到着したのを確認して、チャイムを押した。

今日はくぐり戸からではなく、大きな門から入る。いつものように飛び石をそれて、庭にまわった。

縁側が開け放たれて、監督が座っていた安楽椅子が真っ先に目に入る。そこに、骨壺《こつつぼ》が入れられた箱――白い布に覆われた木箱が安置されている。

小さいテーブルに、遺影とお花、線香立ても用意されていた。野球部を創立した当初の写真なのか、少しだけ若い監督が、トクマルのユニフォームを着て微笑んでいた。

夢で見た監督の姿をいやおうなく思い出してしまった夏樹だが、一ヵ月以上たった今もまったく死の実感がわかない。この瞬間にも「しけた面してんじゃねぇ」と、監督が障子の奥から出てきそうな気がした。

涙がこぼれそうになって、革靴の爪先でそよいでいる雑草をにらみつけていた。空っぽになった心を満たしてくれるものは、何一つとしてなかった。

「このたびは、ご愁傷様です」社長が紫色の袱紗《ふくさ》から御香典を出し、弔意をつたえた。「こちらは、野球部一同からということで」

「お気遣いいただいて、申し訳ありません」奥さんが丁寧に頭を下げた。

広い庭に散らばった部員たちは、一様に肩を落としていた。キャミーの背中がいつになく小さく見えた。

順番にお線香をそなえた。家庭の仏壇用の小さい線香立ては、社長をふくめて二十六本の線香でいっぱいになった。初夏の風に、煙がなびいていく。マスク越しに、ほんのりと線香特有の香ばしいにおいを感じた。

「弔辞がわりと言ったら語弊があるかもしれないけれど、監督は堅苦しいことはお嫌いだったので、野球部創立でお世話になった経緯を御霊前であらためてお話しさせていただきたいと思います」

手を体の前で組んだ徳丸社長が、監督の遺影に向けて頭を下げた。

「私たちの出会いは、弊社が経営するデイケアサービスでした。デイケアは日中、お年寄りをお招きして、お食事や体操、レクリエーションなどを楽しんでいただく施設です。私はある日、視察のためにその施設におもむきました」

社長はそこで言葉を切って、一度空を見上げた。大きな雲が、ひとかたまりゆっくりと流れていった。

「そこに、誰ともなじもうとせず、一人でぶすっと黙りこんでいる車椅子のおじいさんがいました。職員にたずねると、自宅の階段で転んで骨折してから、めっきり弱ってしまったおじいさんで、プライドが高いから接し方が難しいということでした。今思うと、大変失礼だったんですが、『おじいさん、どうされました？　ほら、みなさんと折り紙しませんか？』と、しゃがみこんで話しかけてみました。そうしたら『バカ野郎、子ども扱いしやがって』と、怒鳴られました」

部員たちのあいだで、小さい笑いが起こる。しかしその笑いのさざ波も、監督がいない寂しさのなかに、あっという間に吸いこまれていった。

「長年、地域で歯科医をされていた方だと知り、私は作戦を変えました。経営者としての悩みを打ち明けたんです。居酒屋もデイケア施設も、いくらホワイトな労働環境を整備したとしても、若い働き手がなかなか定着しないと、私は相談をもちかけました。監督は――まあ、そのときは、ただの水島さんだったわけですが、そんなの簡単だと答えてくれました」

灰になり、崩れ、短くなっていく線香を見つめていた。夏樹はマスクの内側で、洟をすすった。

「社会人野球部をつくりなさい。水島さんは、そうおっしゃいました。イキのいい若者をたくさん集めなさい。働き手も、居酒屋のお客様も、みんなが笑顔で元気になれるような会社をつくりなさい、と。それこそ、私の経営理念とぴったり合致する考えでした。この出会いを運命だと感じ、私自身の決意はすぐにかたまりました。水島さんが元プロ野球選手だということも知り、監督就任をお願いしました。このお宅にも何度もうかがって、お願いしました」

　社長の話を聞いている奥さんが、懐かしそうにうなずく。庭にはピンク色のツツジが燃え上がるように咲き乱れていた。

「最初は年齢を理由に固辞していた監督も、私の熱意にほだされたのか最後には承諾してくれました。でも、お互い野球界には何のコネもないわけです。各地の独立リーグを視察して、旬を過ぎた選手を――と言うと晃に失礼だけれども、いっしょにチームの礎《いしずえ》となってくれる選手をスカウトしに行きました。高卒、大卒でドラフト漏れした有望選手もリストアップし、片っ端から連絡を試みました」

　創立から所属している選手たちの背筋が伸びるのが、後ろに立つ夏樹からよく見える。部員たちの黒ずくめの服装はどうにも見慣れなかった。

「今思えば、あのときは大変だったけど、楽しかったですよね、監督。監督も生き生きして、一気に若返ったと思います。地方にいっしょに行ったときは、酒を飲んで理想のチームづくりについて語りあいましたね。ケンカをしたこともありましたね」

　社長の声が徐々に湿っていった。

「その甲斐あって、こうして素晴らしい若者たちが集まってくれました。監督は、この子たちに何もしてやれないと、いつも嘆いていましたが、そんなことはありません。みんな、監督のことを慕って、ここまでついてきてくれました」

あちこちで、嗚咽《おえつ》がもれる。夏樹もこらえきれず涙をこぼした。マスクが濡れて、じっとりと重くなっていく。

「いったい、なんでこんなことになってしまったのだろうと、泣き言を言うのは、今日をかぎりにやめようと思います。監督の教え通り、明るく、楽しく、東京ドームを目指していきます。今まで本当にありがとうございました。お疲れ様でした」

　社長が深く腰を折る。部員たちも、いっせいに監督に最敬礼をした。

「こちらこそ、ありがとうございました」縁側に正座していた奥さんも両手を突き、頭を下げた。「主人も、ありがとうと、そう言っていると思います」

　ふたたび強い風が吹いて、ざわざわと音がした。先ほど奥さんに許可をもらってブルペンに取りつけた千羽鶴が、飛び立てずにもがいて揺れていた。

「いよいよ危ないというとき、お医者さんから電話がかかってきて、最期に主人と話をすることができました」

　涙をとめることができなかった。本来なら手をとり、耳元でお別れを言えるはずなのに、それすらかなわなかった。

「あなた、わかる？　私だよ。そう電話越しに必死に問いかけたら、うめき声のような返事が聞こえました。ですので、野球部は私にまかせてちょうだい、お庭は守るからとつたえました。あぁと、やはり風のような返事が最期でした」

　しばらくして、ふたたび電話に出たお医者さんの「ご臨終です」という言葉を呆然と聞きました。奥さんはそうつづけた。

「いいですか？　気をたしかにもって。これからみなさんみたいな若い人が、この社会を活気づけていくんですよ。それが主人の願いです」

叫びたかった。叫んで、この世の不条理も、悲しみも何もかも吹き飛ばせるのなら、喉がちぎれるほど思いのたけをぶちまけたかった。

監督なら、その気持ちを、野球にぶつけろと言うだろう。

「ぜひ今まで通りここを使ってください。そして、主人と私を東京ドームに連れて行ってください」

一・五メートルずつ間隔をあけた部員たちと、ふれあい、抱きあうことも今はできない。でも、それは永遠ではない。

たとえ、いつになるかはわからなくとも、少しずついつも通りの日々を取り戻していくと心に誓った。

その日の開店前に、クラウドファンディングについて、テレビ局の取材が来る予定になっていた。

中傷ビラの一件のときに来たディレクターから、牧島が名刺をもらっていた。その連絡先にダメもとでお願いしたら、すぐにうかがいますと、色好《いろよ》い返事があったのだ。地元のテレビ局が取材し、そこで撮った映像が、全国の夕方のニュースで流れるという。やはり、テレビ局も取材先がかぎられ、ネタに困っているのかもしれない。

「コロナ禍で奮闘する居酒屋社会人野球チームという趣旨でいきたいと思います」と、ディレクターが説明した。「もちろん、テイクアウトのお弁当や、クラウドファンディングについても紹介させていただきますので」

さっそく弁当の仕込みや準備の撮影がはじまった。いつも通り、自然な感じでお願いしますと言われたにもかかわらず、壮一はやたらとカメラを意識して、ちらちらと視線を送っていた。

「僕、右側より、左側の顔のほうがいいんですよ、断然」と、カメラに対する向きまで気にしている。

「マスクしてるんだから、おんなじだ、ナルシスト」牧島が冷酷に言い放つ。

晃は晃で、ふたが閉まりきらないほど、ぱんぱんにご飯を詰めている。これでは詐欺になってしまうと、やはり牧島があわてて白米を削り取った。

「それでは、インサート撮ります」ディレクターが指示を出して、カメラマンが完成した弁当をテーブルの上で撮影した。照明をあてると、海鮮丼のイクラが深紅に輝いて見えた。二番人気の焼き鯖弁当は、魚もご飯も湯気が出た状態で撮ってもらったおかげで、よだれが出るほどおいしそうだ。

最後は部員に対するインタビューが行われた。まずは、キャプテンだ。

「わたくしどもは、亡き監督の遺志を引き継ぎまして……」晃は額に大汗を浮かべながら、とてつもない棒読みで、たどたどしく答える。「ですので、いかなる艱難辛苦《かんなんしんく》も堪《た》え忍び、臥薪嘗胆《がしんしょうたん》の思いで……」

真面目すぎるし、堅苦しすぎる。何を話すか、昨日ほとんど寝ずに考えたというが、絶対に考えすぎだ。

ディレクターも苦笑いしていた。次にインタビューを求められたのは夏樹だった。

プロの入団会見以来、取材を受けたことはなかった。しかし、晃の失敗を教訓に、なるべく肩の力を抜いて答える。

「やっぱり、たった一人だけの力で頑張る、負けないって、奮闘していてもいつか限界が来ると思うんです。私は今回のウイルスで、人に頼ることの大切さを学びました。ですので、無理のない範囲で結構です。みなさんのお力添えをいただけたら、幸いです。そして、いただいたそのご恩を、お店での勤務や、野球で返していけたらと思ってます」

後日、オンエアーを確認すると、インタビューが採用されたのは、やはり夏樹のほうだった。野球の練習や試合の風景は、過去に奈緒が撮影したものを使ってもらった。

反響は絶大だった。

放送以来、本社へのクラウドファンディングの問い合わせが絶えないという。しかし、やはりというべきか、ごく一部は、野球なんかしてる場合ではないだろ、居酒屋も危険だから閉めろというクレームもあるらしい。

もちろん、店内飲食についても、緊急事態宣言のあいだに、徹底的に対策を強化してきた。アルコール消毒液を潤沢に確保し、入り口に設置する。体温計も用意し、お客様の発熱がないか確認する。席は間引きして間隔をあけ、アクリル板、間仕切りによってとなりのグループの飛沫が飛ばないように工夫した。入り口の扉、窓はつねに開けて、徹底的に換気をはかった。

その甲斐もあって、六月の下旬頃には客足もしだいに復活した。何より驚いたのは、夏樹の両親と、姉が訪れたことだ。

「いやいや、来ちゃったよ」直純は夏樹を認めると相好を崩した。「さすがに、たまには息抜きしなきゃって思ってさ」

「だからって、この店じゃなくていいだろ」夏樹は素早く入り口に立ちはだかり、小声で悪態をついた。「帰ってくれよ」

「せっかく来てやったのに、なんで帰らなきゃいけないの」と、姉の亜夜子が強引に体を割りこませて、店内に入ってきた。「考えてみれば、野球してるあんたしか見たことないし、働いてるところを見学させてよ」

渋々、三人を検温し、テーブルに案内した。家族が職場に来る照れくささ以上に、母が同僚の目にふれるのがこわい。早速、壮一が「夏樹君のご家族ですか？」と、おしぼりを手にテーブルにやって来た。

「夏樹がお世話になっております。父です」

「こいつ、めちゃくちゃ生意気で、ご迷惑かけてないですか？」亜夜子が余計なことを口走った。

「いやぁ、最初は迷惑かけられっぱなしでしたけどね、お客さんとケンカはするわ、店長に楯突くわで」壮一がバカ正直に答える。「僕なんか、初対面の時点で、完全にナメられてましたし」

「おい！」と、夏樹が壮一を小突いたときにはあとの祭りだった。

「最悪」と、亜夜子が顔をしかめた。「何様のつもりなの？」

「いや、本当に改心したんだから。勘弁してくれよ」

「テレビ観たけど、よくやってると思うよ」直純が、さっそく届いたというトクマルの無料券をカバンから出した。「少なくて申し訳ないけど、さっそく一万円、出資させてもらったから」

「本当にありがとうございます、助かります！」壮一がオーダーを取った。

母は無言でいる。にこにこしている。傍目には、シャイで、奥ゆかしい母親に見えなくもない。

父と姉がビールを、母がウーロン茶を頼んだ。ドリンクを運んでくれたのは、牧島だった。

「店長・いおり」という名札を見て、直純がわざわざ席を立って謝罪した。

「入社早々、夏樹が大変ご迷惑をおかけしたようで、申し訳ありません」

牧島もあたふたと頭を下げ返す。「最近の夏樹さんの頑張りは、目を見張るものがありますので、こちらとしても助かっております」

「それはそれは……、遅刻なんかもしてませんか？」

「ギリギリのときは多いですけど、野球部の活動も大変だと思うので」

「びしばし、叱ってやってください。もともと、生意気で怠惰な人間ですので」

学生時代の三者面談を思い出してしまい、どうにも居心地が悪い。

高校三年生のときの担任は女性で、野球以外の生活態度はかなり問題ですと、きついことを言われた。同席していた母は、すっかり恐縮した様子で平謝りしていた。

家に帰ってから「まったく、誰に似ちゃったの」と、母にため息をつかれた。

自分としては、部活の練習だけで、日々いっぱいいっぱいだったのだ。授業中はほとんど寝ていた。俺が学校を甲子園に連れて行ってやってるんだから、余計な労力を使わせるなと、今考えるとぞっとするほど生意気なことを考えていた。

「社会に出て、あとあと困ることになるのは、あなたなんだからね」

母は苦言を呈しながらも、夏樹の好物のトンカツを揚げてくれる。それでも夏樹は「ホントにうっさいって」と、母を邪険にあしらった。

高校生の男子なんて、誰だってそんなもんだとは思う。しかし、後悔は果てしなく大きい。

必ずプロ野球選手になるから。一億円プレーヤーになって、でっかい家を建ててあげるから。

老後は、世界一周クルーズをプレゼントするから、父さんと行ってくるといいよ。

あの当時は、そんな大それたことを考えていたのだと、今になって思い出した。

結局、それは絵空事に過ぎなかったし、両親に対して口にするのも恥ずかしかったせいもあり、やさしい言葉はかけずじまいだった。高卒で球団の寮に入り、数年後に有紗と結婚したから、そのまま両親とは離れてしまった。

「どなたですか？」

突然、母の声がして、夏樹は我に返った。

「あなたは誰ですか……？」

母の春子は、あきらかに夏樹を見つめていた。心臓が跳ね上がった。

しかし、となりに立つ牧島は、まさか母親が息子にたずねた言葉だとは思わなかったらしい。

「店長の牧島です」と、答えた。

春子が一瞬、牧島を見る。

「それで、こちらの方は……？」

春子が牧島のとなりに立つ夏樹にふたたび視線をすべらせた。

「さっきから、夫や亜夜子と、親しげにお話しされてる様子ですけど、どなたでしたか？」

場が凍る。

冗談だと思ったのか、牧島が「ははっ」と、かわいた笑い声をあげた。しかし、直純も亜夜子も、テーブルに視線を落としているので、牧島はすぐに異変を察知したらしい。困惑した様子で、夏樹のほうをうかがった。

「あの……、僕は……」夏樹はつぶやいたが、その先の言葉が出てこなかった。額に汗がにじんだ。

母が自分を認識できなかったことなど、今まで一度としてなかった。実家に帰るときはいつもおそるおそる顔を出すのだが、「あら、夏樹」と、名前を呼んでくれるたびに、まだ一線を踏み越えていないと、安堵のため息をひそかにもらした。

有紗と勇馬を忘れることがあっても、実の息子が記憶から消え去るわけがないと、いつか訪れるかもしれない未来を否定しつづけた。病気の進行をなるべくおくらせることはできても、今の医学では完治できない。その事実を直視したくなくて、実家から足が遠のいていった。

ついに、おそれていた瞬間が来てしまった。母の精神と記憶をむしばむ空白が、また領土を拡大したのだ。

夏樹は頭に巻いていた手ぬぐいを手荒に取った。

「僕は、窪塚夏樹と言います。覚えてますか？」

頼む、答えてくれ――一心に祈りつつ、テーブルに両手を突き、母の目をのぞきこむ。

「窪塚夏樹です。あなたの息子です」

光彩を失った母のうつろな黒目にはばまれて、その向こう側が見通せない。何を考えているのか、何を感じているのか、読み取れない。

「覚えてますか。母さん」

「さぁ……？」母は首を軽く傾げた。「どなたか存じませんが……」

「夏樹、仕事があるだろ。ここは、大丈夫だから、な」直純がことさら明るい声で言った。「さぁ、春子、なんでも食べたいもの、頼んでいいんだぞ」

わざとらしくメニューを広げて、母の注意を引きつける。

夏樹は手ぬぐいを握りしめた左手をそのままに、無言でテーブルを離れた。ふわふわと地面に足がついていないように感じられるのは、「窪塚夏樹」という名の風船から、今、母があっさりと手を離してしまったからかもしれない。

控え室で、牧島に何もかも打ち明けた。

「つらかったな、窪塚夏樹」

肩に手をかけられ、あやうく涙がこぼれそうになった。持っていた手ぬぐいで、目元をぬぐった。

「ほら、家の外で――はじめて来た場所で会ったから、わからなかったんじゃないか？」

「だといいんですけど」

「おうちで会ったら、案外、けろっと思い出すかもしれないよ」

牧島がこうして親身になぐさめてくれるとは、思ってもみなかった。それだけで懸命にこらえていた感情が爆発しそうになる。叫びだしそうになる。

「部外者の私が言うのもおかしいかもしれないけど、きっと大事な記憶の核みたいなものはなくならないよ。いっしょに過ごした大切な時間もなかったことにはならないから」

「でも、高校の最後のほうは、かなり冷たく接してしまって……」

「これから、いくらでも挽回できるよ」

白いマスクの上の、牧島の目が細くなった。

最近ようやく、笑っているときの細い目と、怒っているときの細い目が判別できるようになってきた。今、牧島は精いっぱい笑ってくれている。

「私も……、親を邪険にすることを、やめにするよ」

「そのほうがいいと思います」オンラインでの出来事を思い出し、夏樹もちょっと笑ってしまった。

「明るく、楽しくいくんだろ、窪塚夏樹」

「はい、今はたとえ強迫観念だったとしても、僕は笑います。僕は負けません」

「だったら、お母さんの前で不安そうな顔は見せるなよ。相手も不安になるぞ。堂々と笑ってな」

「はい……」

「窪塚夏樹の家族が、北浦和店のクラウドファンディング、リターン無料券第一号のお客様だぞ。三人がおいしく食事して、楽しい時間を過ごせるように、全力でおもてなししないと」

「はい！」ほんの少しでも、あきらめの気持ちが浮かんだ自分が恥ずかしくなった。

手ぬぐいを頭に巻き、夏樹はマスクの上から自身の両頬をたたいた。気合いを入れ直してホールに戻ると、いつの間にか常連のドメさんたち四人組が来店していた。

「おう、夏樹君！　ついに来たぞ！」

ドメさんは無料券を印籠《いんろう》のように、自慢げに見せつけてきた。

「五千円で申し訳ないけど、出資したぞ。俺たちがリターン第一号だろ？」

「いえ、こちらの皆様が第一号です」壮一が夏樹の家族を指し示した。

「何だって！」

ドメさんが、ライバル心むき出しの表情で直純を見た。

「あなたもトクマルのファンですか？」

「いえ……、というか、まあ……」直純は照れくさそうに後頭部をかいた。「窪塚夏樹の父です」

「えぇっ、すいません！」

「いえいえ、こちらこそ。横でお話うかがってましたけど、ここの野球部のファンなんですね」

「ええ、もう創立当初から」

「ありがたいことです。今年はこんなことになってますから、まだ息子の試合を観に行けてないんです。都市対抗が開催されるようなら、応援に行きたいと思ってるんですが」

「有観客での開催なら、私も予選から絶対に観に行きますよ。球場でお会いしましょう。というか、よくここに飲みに来るんで、もしよかったら、今度ご一緒にどうですか？」

「いいですね、ぜひ！」

瞬時にドメさんたちのグループと意気投合している。連絡先まで交換しはじめる始末だ。夏樹はなかばあきれながらも、ちらちらと母のことを気にした。

亜夜子が殻からはがしてやった貝の身を食べたり、ウーロン茶を飲んだりしている。それなりに、楽しそうだ。七輪の上では、イカがくねくねと身をよじらせている。

こんなにも活気があるホールはひさしぶりだった。

胸が熱くなった。これが、居酒屋の本来あるべき姿だ。日々のしかかってくる、嫌なことや苦労をひととき忘れて、食べ、飲み、笑う。まだまだどんちゃん騒ぎは決してできないけれど、行きすぎない範囲で酔い、しゃべることはまったく悪ではない。

「夏樹君のお母さんも、今度ごいっしょにどうですか？」ドメさんが、気をつかったのか母に話しかけた。

夏樹は緊張して、母の様子をうかがった。

「はい、ぜひ」話の成り行きがわかっているのか、いないのか、母は笑顔で答えた。夏樹もマスクの下で笑った。

なんとしても、東京ドームで投げる姿を見せる。

夏樹は、自分が自分でいられるように、マウンドで投げつづけてきた。今度は、己が窪塚直純と窪塚春子から生まれた窪塚夏樹であることを、マウンド上で叫ぶのだ。

6．2020年7月　活動再開

七月のはじめ、ようやく全体練習が解禁になった。

ベンツの4WD・ゲレンデヴァーゲンで颯爽と市営浦和球場の駐車場に現れたのは、ピンクのワイシャツ姿の社長だった。なんだか、ものすごくひさしぶりに、この派手なファッションを見た気がする。

社長が後部座席から、段ボールを一箱下ろした。

「チームのおそろいのマスクできたから、自分の背番号が入ったものを一人三つずつ取って。ベンチにいるときは、これを必ず着用するように」

スカイブルーのマスクだった。右下に、小さくそれぞれの背番号が縫いつけられている。

「社長、ありがとうございます！」

晃が帽子を取るのにならって、部員たちもいっせいに頭を下げた。

「お礼なら、クラウドファンディングで出資してくれた人たちに言いなさい。みんな、すでに確認してると思うけど、昨日で募集期間が終了し、なんと五百七十万円もの出資金が集まった！」

「おぉ！」と、部員たちがいっせいに拍手した。

六月一日から一ヵ月間出資を募ったクラウドファンディングは、大成功に終わったのだ。

「いいか、これはものすごい金額だぞ。これからは出資してくれた全国の人たちの思いも背負うことになる。恥ずかしい試合は決して見せられないぞ」

「はい！」

「監督の言葉じゃないが、想像してみるんだ。出資してくれた方々が無料券を手に、北は徳丸水産札幌店、南は鳥丸那覇店——全国のトクマルのお店に来てくれる。君たちの仲間の社員やアルバイトの人たちがその方たちを出迎えて、おもてなしする」

それこそ、トクマル野球部が目指してきた、理想のサイクルだった。店を訪れた人が、この息苦しい世の中で、ほんの少しでも息抜きができたらと、願わずにはいられなかった。

着替えを終えた部員たちは、グラウンドにいっせいに駆け出した。

練習や試合を心待ちにしていた、子どものころの高揚感が、きっと誰の胸にもよみがえったことだろう。

見慣れているはずの球場が、あまりにも広く感じられた。

まだ梅雨明けは発表されていないものの、今日はすっきりと晴れわたり、空が高かった。内野の土は、昨日の雨をふくんで、しっとりとやわらかくスパイクを受けとめてくれる。外野の芝は青く、生命力に満ちていた。夏の午前中の日差しが降り注ぐ。土や芝にふくまれた水分が蒸発し、濃いにおいを感じた。

いまだかつて味わったことのないような解放感が体の奥底からわいてくる。自然と「よっしゃ、行こう！」と、どこに向かうのかわからないまま、口々に叫んでいた。

大きく広がって円をつくり、ストレッチをはじめる。アップを丁寧に行い、キャッチボールにとりかかった。

全身を大きく使って、キャミーにボールを投げこんでいく。新品の硬球の革のにおいでさえ、新鮮だった。野球ができるよろこびを、今、躍動する体の筋肉すべてで噛みしめていた。

「気持ちいいな！」徐々に離れていくキャミーに、軽くステップしてボールを投げる。

「ですネ！」

キャミーの投じる球が、ゆるやかな放物線を描いて、夏樹の胸元に突き刺さる。グラブをはめた手に心地よい衝撃が走る。

キャミーは白い歯を見せて、少年のように笑っていた。キャッチボールが楽しくてしかたがない、わくわくする気持ちがとめられない――そんな表情だった。

ここ数ヵ月間は、互いに、ほとんどマスクをした顔しか見ていなかった。だから、キャミーの笑顔が、なぜだかものすごく尊いもののように感じられたのだ。

鏡で確認するまでもなく、自分も笑っているのがわかった。ごく自然に笑っていた。強迫観念ではない。こうして存分に体を動かせることが、楽しくて、うれしくて、たまらない。

ようやく取り戻せたと思った。生きる実感。みんなで真剣に遊ぶよろこびだ。ボールを投げることで、くっきりと明瞭に、自分の心と体が縁取《ふちど》られ、磨きあげられていくような爽快感が駆けめぐる。この先、どれだけの暗いトンネルが待ち受けているかわからないが、とりあえず一つ目の出口を通過することはできたようだ。

ここまでたくさんの犠牲があった。亡くなった水島監督、店を辞め、夢をあきらめた奈緒、巨額の赤字、心や体を痛めたたくさんの人々。

決して忘れてはならない。すべてを背負い、真剣に、真摯に、野球という遊びを楽しむ。

「行くぞ！」夏樹はキャミーに向けて、全力で白球を投じた。

ひとしきりキャッチボールで汗を流したあと、夏樹はベンチにいた社長に聞いた。

「ところで、監督の後任はどうするつもりですか？　もうすぐ都市対抗の予選なのに」

「は……？　夏樹、お前、何とぼけたこと言ってんだ？」

「はい？」社長の思わぬ反応に、裏返った声がもれた。「とぼけたって……、どういうことですか？」

「監督代行は、窪塚夏樹、君に決まってるじゃないか。なぁ、みんな」

ベンチの外に集まっていたトクマルメンバーが、口々に「はい」とか「そうっすね」と、ごく当たり前の事実を認めるように答えた。夏樹は絶句した。

「いつ、そんなこと……」

「みんなで寮にこもってるときに、監督、どうするって話になって。今年はひとまず代行でいいから、やっぱりプロを経験してる夏樹しかいないだろって、満場一致で決まったよ」晃もことともなげに答える。

「ふざけないでくださいよ！」必死に訴えた。「なんで本人抜きで、そんな重要なこと決めるんですか！」

「じゃあ、やらないのか？」晃や、ほかの部員の冷ややかな視線が突き刺さる。せっかくいい雰囲気で活動が再開されたのに、水を差しやがってという顔を、わざとらしく全員がつくっている。

　こういうときの団結力は、本当に天下一品だと夏樹は思う。

「わかりましたよ」まんまと策略にハマってしまった悔しさを押し隠しながら、夏樹は渋々うなずいた。「やればいいんでしょ、やれば」

「なんですか、その態度は！」壮一が頭の後ろで両手を組みながら、わざとらしい口調でつっかかってきた。「亡き監督の後任ですよ？　よっしゃ、俺がやってやる！　みたいな感じで応えてくれないと、こっちも気合いが入らないんですけど」

夏樹は、いつかこいつを半殺しの目にあわせてやると心に誓いながら、思い切り手を打ちあわせた。

「よっしゃ！　俺がやってやる。俺がドームへ連れてってやる！」

市営浦和球場に大きな拍手が鳴り響いた。

その日の勤務が休みだったこともあり、寮に道具を下ろしてから実家に寄った。

あれ以来、頻繁に顔を出していたのだが、結局、母の春子は一度も夏樹のことを自分の息子だと認識できなかった。

「ただいまぁ……」玄関の扉をおそるおそる開ける。

居間に顔を出すと、母と姉がテレビを観ていた。今日、父は勤務の日らしい。

「スーパーのだけど、お団子買ってきたよ」

夏樹はエコバッグから、一パック百円ほどの団子を取り出した。母のいちばんの好物である、こしあんの団子だ。

考えてみれば、自分は母親の好物すら知らなかった。母は「団子食べたい」などと息子に主張することは絶対になかったし、そもそも食べたかったら自分で買ってくるわけで、夏樹のほうもそんなことを知ろうとすらしなかった。

「まあ、ご丁寧に、どうも」と、団子に釘づけになるものの、我が物顔で家に上がってくるこの男は誰だろうという疑問にぶつかって、母は不思議そうな顔でこちらをうかがっている。知っているような態度をよそおい、自身の戸惑いをごまかそうとしているのは明白だった。

完全に他人行儀の返事に、夏樹の期待はしぼんだ。

「お茶、いれてくる」亜夜子が立ち上がる。夏樹は「ありがとう」とつぶやいて、食卓の椅子に座った。

夏樹が高校を卒業するまで、毎日座っていた定位置――母のとなりの席だ。

夏樹は母を刺激しないよう、なるべく何食わぬ顔でテレビを眺めた。

ふたたび、じわじわと感染が拡大していた。東京の感染者はまたしても三桁になり、第二波への懸念が叫ばれていた。まだまだ終息への道は長そうだが、プロ野球をはじめとしたスポーツが無観客で開催されるなど、あちこちで希望を感じさせるニュースも聞こえてくる。

「ああ、思い出した！」

春子の声がした。夏樹は、ハッとしてテレビから目を離し、母の表情をうかがった。

「あなた最近よく来る……、ええっと、亜夜子の友人か何かでしたっけ……」

途端に落胆しかけたが、それでもかろうじて現在の地点に踏みとどまろうとしている母の強い意思を感じ、夏樹は笑顔を崩さなかった。素知らぬ顔をしながら、母は必死に脳の引き出しをこじ開け、記憶を手繰り寄せようとしている。

「あなた……、たしか、野球をやっているんですってね」

「そうです」

「いつも、夫や亜夜子が話してくれるんです。たしか……、社会人野球……でしたっけ？」

父や姉は、頻繁に自分のことを話してくれているらしい。ただ、母にとって、それが自分の息子だという認識にはなかなか至らないのだった。

「私の息子も、野球をしているんです。プロ野球選手なんですよ」

「それは、すごいですね」夏樹は答えた。「プロはすごいです」

「でしょう？」

自慢げに微笑む母を、はじめて夏樹はかわいらしいと思った。

牧島が言っていたように、記憶の核みたいなものは確実に存在する。母にとって、それは息子がプロ野球選手だったという事実であり、河川敷のグラウンドで応援したという日々の蓄積だ。

あの居酒屋での出来事以来、夏樹は躍起になって母の記憶の回復をこころみた。むかしのアルバムを見せて、これが俺だよ、あなたの息子の夏樹だよと必死に訴えた。

――ほら、これは北陸に旅行に行って、カニ味噌が苦くて、顔をしかめてるときの写真、小学校三年くらいかな。

――こっちは、腕を骨折してさ、クラスメートがギプスにすげぇ落書きしたんだ。ひどいだろ。

はじめのうちは、目を細めて眺めていた母も、なかなか興味と集中力がつづかない様子だった。すぐに飽きて、テレビに逃げる。ときには、「もう、やめて！」と、パニックになることもあった。

だから、無理に引き出しをこじ開けるような真似はやめた。やはりごく自然に、思い出す瞬間を待つしかない。目の前にいる見知らぬ男が、記憶のなかにいる自分の息子と重なるように。

「お茶、どうぞ」なぜか姉の亜夜子まで他人行儀に接してくる。「お団子も、よかったらお召し上がりください」

皮肉を言っているわけではなく、記憶を失った母を前に、弟とどう接するのが正解なのか、その距離感をはかりかねているのだろう。きっと母の混乱を極力さけようとしているのだ。

その点、父は平気で「おい、夏樹、今度ドメさんたちと飲みに行くことになったぞ」などと母の前でも親子として普通に話す。もちろん、それもそれで自然な態度であり、母の安心にもつながる。

とにかく、毎日が手探りだ。

しかし、家族でお茶を飲み、団子を食べる平和なひとときだけは、あらゆる重荷を下ろしてリラックスできる。これはこれでいいんじゃないかと夏樹は最近感じはじめている。たとえ母が自分のことを忘れ去ったとしても、こうしてとなりに座って同じ時間を過ごせるだけで幸せなのかもしれない。

湯気の立つ湯飲みを、両手で包みこむ。ふとした拍子に眠気に襲われそうになる静かな午後だったが、ほどよい団子の甘さで目が覚めた。

居間の窓は開いていて、カーテンが夏の風にうねり、ふくらむ。熱いお茶で、じっとりと汗をかきはじめるが、それが心地よく感じられた。

「早いもんだなぁ。もう、夏だよ」夏樹は思わずつぶやいてしまった。家でトレーニングをしていたときは、この苦しさが永遠につづくように感じられたのだが、こうして思い起こしてみると、はるかむかしのことのように錯覚してしまうのが不思議だった。

「なつ……」団子の串を、くるくると指で回転させながら、母もつぶやく。「なつき……」

串には、団子の白い滓《かす》がこびりついている。夏樹は母の様子をうかがった。

「なつき……。誰だっけ、なつきって」

そう言って、亜夜子を見やる。向かいの席で、亜夜子が息をのむのがわかった。

「なつき……、なんだか懐かしい気持ちがする名前」

さっき、息子はプロ野球選手なんだと、うれしそうに語ったばかりだった。それなのに、この短時間で息子の名前を忘れてしまったのだろうか……？

そこで、夏樹は気がついた。「息子」とは言ったけれど、それが「なつき」だとは、一言も言っていない。

今まで、母は記憶のなかにある自分の息子が、「夏樹」だとしっかり覚えていた。この言い方だと、おそらく、それすらも忘れてしまった可能性が高そうだ。

忘れたというよりは、むしろ、今まで密接にからまりあっていた、記憶と記憶がばらばらに離れてしまったと表現するほうが近いのかもしれない。「目の前にいる男」と「息子」と「夏樹」――それぞれの要素がほどけ、離れ、もう一つによりあわせることはかなわない状態なのかもしれない。

自分の存在が極限まで分解されていくような気分だった。絶望を押し隠し、夏樹はたずねた。

「なつきって名前が、懐かしいの？」

母がうなずく。

「漢字は……？　どう書くの？」

「漢字は……、わからない」

母は遠い目をして、首を傾げた。

「でも、やっぱりなんだか、懐かしい」

「なつき」は、もともと女の子の名前として考えていたと、両親に教えてもらったことがある。

産婦人科の検査で、性別は女子だとつたえられていたのだが、生まれてきてはじめて男の子だと判明した。そういうことが、稀にあるらしい。

夏生まれということもあり、漢字は「夏希」とする予定だったが、予期せぬ男子の誕生に、「希」を「樹」へ変えたというわけだ。

「お母さん、漢字、書けなくなってきてる」亜夜子がそっとささやいた。「簡単なのも、段々、わからなくなってきてるの」

「そっか……」

ちなみに、亜夜子はもともと「亜矢子」とするはずだった。すんなりいけば、昼には生まれたはずなのに、ねばりにねばって、出産が夜おそくまでずれこんだから、「夜」という字を取り入れたという。「大変だったから、ちょっとしたうらみもこもってる」と、母はいつも冗談めかして言った。「あの苦労と、よろこびを、忘れないように、『夜』の字を」と。

もう、「夏」も「夜」も書けないのだろうか。

ゲシュタルト崩壊のように、母の記憶も、ばらばらに分解され、ほどけて、二度と意味をもった一つのまとまりには戻らないのかもしれない。

亜夜子が、テーブルの上にあったチラシの裏に、ボールペンで漢字を書いた。「夏」と「樹」。

「これで、なつきって読むの。お母さんの、息子の名前だよ」

そう言われても、なかなかぴんと来ない様子だった。母はテレビに視線をそらした。

亜夜子は泣きそうな顔で言った。

「あんた、投げなさい」

強い口調のわりに、その言葉の芯にこもっている温かさのようなものを、夏樹はしっかりと感じていた。

「思う存分、投げる姿を見せなさい」

夏樹はかたくうなずいた。残された時間は、きっとあとわずかだ。なんとしても、今年のうちに、東京ドームで投げなければならない。

トクマル野球部で募集したクラウドファンディングだが、十万円の出資が、なんと三件もあった。

一件は、地元の草野球チームからで、出資へのリターンとして、軟式球で対戦をした。相手チームは二十代の同年代が主体だったから、童心に返ったみたいに、互いに勝ち負けを抜きにして盛り上がった。

もう一件は、いつも水島監督の庭でいっしょに練習をしていた少年たちの所属する、リトルリーグのチームからだった。リターンは、もちろん野球教室だ。

十万円を出資してくれた村瀬《むらせ》監督は、水島監督と面識があったのだという。「このたびは、ありがとうございました！」と、部員一同頭を下げると、村瀬監督は「こちらこそ、水島さんの生前はウチの子らがお世話になりました」と、帽子を取って礼を返した。

県営大宮球場での野球教室は、子どもたちにとってひさしぶりの本格的なスタジアムでの練習ということもあり、大いに盛り上がり、実りの多いものになった。お手本を見せる時間には、子どもたちは、キャミーの百五十キロの球に目を見張り、晃の放つフリーバッティングの特大ホームランに歓声を上げた。夏樹もピッチングの体の使い方を、懸命に教えこんだ。

言葉にしてつたえることで、自分でも気づかなかったところが見えてくる。

「一塁に牽制するときは、どこを見てるんですか？」同じ左ピッチャーの、リュウという少年が夏樹にたずねた。

そう聞かれて、そういえば俺はいったいどこに視点をさだめてるんだろうと、夏樹は自分のことながら首を傾げた。

「たぶん、ランナーとファーストのもっと奥のほうをぼんやり見てるな、俺は」

夏樹は、実際にマウンド上でファーストベースのほうを眺めながら答えた。

「ランナーをずっと目で追いかけちゃうと、視点がブレちゃうような気がするんだ。あくまで、勝負の相手はバッターだからね。ランナーは見るけど、見ないっていうくらいがちょうどいいよ」

リュウとは、監督の庭でよくいっしょに投げこみを行った。チームメートとふざけているときは無邪気だが、マウンドに立つと、一気に表情が大人びて、引き締まるのが印象的だった。

「あの、僕もサイドスローにしようかと思ってるんですけど……」教室の最後に、リュウが話しかけてきた。

スポーツ刈りの髪の毛に汗が浮いて、光っている。夏樹は慎重に聞き返した。

「上から投げると、打たれるの？」

「最近、わりと……」

子どもをあずかる監督というのは、重要な仕事なのだと、あらためてこの野球教室で感じていた。自分の答え一つで、この子の将来が大きく変わってしまう可能性もあるのだ。

「まだまだ小学生なんだから、俺は基本に忠実に、オーバースローで投げたほうがいいと思うけどな」

二軍でサイドスローへの転向を決意したとき、自分もさんざん悩んだことを思い出した。子どもの頃から変わらず保ってきたフォームを改良するだけあって、その当時は、まるで自分の大事な一部をみずから削り取るような気がしたものだ。しかし、最後にはピッチャーとして生き残るためだと腹をくくった。

「みんな、これから生きてくうえで、たくさん壁にあたると思うんだけど……」

夏樹はマウンドに集まった、ピッチャーの少年たちに言葉を投げかけた。

「一つアドバイスできるとしたら、自分のなかで、これはゆずれるっていうことと、これだけはゆずれないってことの線引きを、きっちり自分のなかで決めておくといいよ。ピッチングフォームや、野球のことにかぎらず、ね」

「夏樹さんの、ゆずれることと、ゆずれないことは何ですか？」グラブを小脇に抱えたリュウがおずおずと聞いてきた。

「フォームを変えたときは、これは自分が進化するためにゆずれることだと思った。ゆずれないことは、マウンドに立ちつづけること」

夏樹はマウンドを見下ろした。こここそが生きる意味をつなぎとめる大事な場所なのだと気づかせてくれたのは、水島監督だった。

「もちろん、戦力外通告を受けたときも、投げつづけるかどうか迷ったよ。でも、水島監督に言われて、気がついたんだ。この場所は絶対にゆずれないんだって。ゆずっちゃいけないんだって」

水島監督の人柄を知っているだけに、少年たちは神妙な顔つきになった。

どうか、大人になっても、あの庭で練習した日々を——水島監督の存在を忘れないでほしいと思った。夏樹は意識して声を高め、野球教室をしめくくった。

「いちばんは、人生もスポーツも楽しむこと！　野球は遊び、試合はゲームだ。どんなピンチでも、逆境でもそれを忘れないこと！」

「はい！」

紺碧《こんぺき》の空に、少年たちの元気な返事が響いた。


十万円の出資のうち、最後の一件はなんと水島監督の奥さんからで、「リターンは、またうちのブルペンを使ってもらうこと」と、ありがたいお言葉を頂戴した。

各都道府県で行われる都市対抗野球の一次予選が、間もなく開始される。そろそろ本格的に調整をしていかないと間に合わない。それだけに奥さんのご厚意は本当にありがたかった。

ブルペンで揺れる鶴を見ると、いつも監督のことを思い出す。縁側の雨戸は閉ざされているが、つねに監督の視線を感じている。一球たりとも手を抜けない。

体が軽かった。その証拠に、ストレートの球速が、五キロもアップしていた。サイドスローに転向する前、上から投げ下ろしていたときと同じくらいのスピードを取り戻すことができたのだ。

「なんか……、実感わかないな」夏樹は土で汚れた自身の左手を見つめ、つぶやいた。

「何、言ってんすか！」壮一が、苦々しい表情で怒鳴った。「拷問みたいなトレーニングを課しといて、夏樹君だけサボってたら、マジで許さないところでしたよ」

そうだ――。

緊急事態宣言中は、本当につらかった。

午前中にみんなで一斉に筋トレをはじめる。監督の号令が、懐かしく感じられる。

午後は、ひたすらビールケースを運んだ。階段を上ったり、下りたり、膝ががくがく震えるまで、いつ終わるとも知れない苦行をつづけた。

それにくわえて、マスクをつけた状態で、河川敷をジョギングし、締めにダッシュをした。シャドーピッチング、体幹などのインナーマッスルトレーニングも休まず行ってきた。これだけ基礎的なトレーニングを徹底的に体にたたきこんできたのは、高校生以来かもしれない。

ピッチングのときに、しっかりと両足が地面をつかんでいる感触が、どっしりとした安定感につながっている。張りのある尻と腿が、上半身と下半身の連動を助けてくれる。

背筋と腹筋が、ためこんだパワーを腕へとつたえる。重いビールケースを支えつづけてきた握力が、しっかりと最後までボールを保持し、指先でスピンのきいた球をはじき出す。

すべてのトレーニングが、力強いピッチングに集約されている——そんな実感がたしかにあった。

「みんなも、サボらなかったみたいだな」夏樹は両手を腰にあて、微笑んだ。

壮一も、キャミーも、ひとまわり大きくなったような気がする。厳しい時期を乗り越え、身につけたオーラのようなものも感じられる。どんなピンチのときも、苦しかったトレーニングや監督の死を思い出して、みずからを強く保てる——そんな自信がみなぎっていた。

「野球が遊び、居酒屋での仕事が労働なら、筋トレは投資だったんだって、俺は今、実感してるよ」夏樹は左手を握りしめた。「今の俺は、あのとき苦しんできた過去の俺に、ものすごく感謝してる」

「筋トレの動作の一回一回、階段の上り下りの一段一段が、未来の自分をつくってく——みんなその言葉を信じて、必死に苦しみに耐え抜いてきたんですよ」壮一が笑顔で言った。「あの言葉があったからこそ、みんな夏樹君を監督代行に推したんです」

キャミーが、「ですネ」と、大きくうなずいた。

「その『未来』が、いよいよ間近に近づいてる」夏樹は言った。「都市対抗の予選は、もうすぐだ。やれることを、全部やりきるぞ」

夏樹の発案で、ピッチングの解析システムを導入することにした。専用のカメラで、球速、回転数、回転軸の方向、変化量、リリースポイントなどの項目が瞬時に数値化されるというマシーンだ。

正直、安い買い物ではなかった。クラウドファンディングで得た資金がなければ、とてもじゃないけれど、手が出せなかった本格的な解析システムだ。

最初、夏樹は五百七十万円を全額、野球部の基本的な活動費にあてるつもりだったが、「チームが強くなるのが、いちばんの恩返しだから」という社長の言葉に励まされ、導入を決意した。銀行からの追加融資と、政府からの支援金によって、最悪の状態は、ひとまず脱することができたという。

キャミーが、体重を乗せたストレートを投げこむ。晃のミットの捕球音が、小気味よく反響する。

「キャミー、回転軸がかなり傾いてるぞ。もっと、人差し指と中指のリリース、意識しよう」

夏樹はタブレットに表示された、キャミーのデータを見て、指示を出した。

たとえば、回転軸が地面に対して垂直で真っ直ぐだと、じゅうぶんな揚力が生まれ、まるで浮き上がるようなストレートに近づいていく。きれいなバックスピンがかかった状態のボールを、このシステムは時計の針になぞらえて「12：00」と表現する。この軸がブレて、傾くと、たとえば「13：15」という数値が出る。つまり針が一時十五分を指しているときと同じ傾きで、ボールが回転しているということだ。

球速だけでなく、回転数、回転軸を意識すると、よりホップするような、球威のあるストレートが投じられるようになる。

試行錯誤を繰り返しながら、投げこみをしていると、背後から「あの……」と話しかけられた。

振り返ると、見知らぬ中年男性が立っていた。

「そのタブレットに、投球のデータが表示されるんですか？　すごいですね。ちょっと見せてもらってもいいですか？」

男性は夏樹の持っていたタブレットを指さした。

「僕、そういうデータ解析とか、分析とかに目がないんですよ」

「ちょっとちょっと！　誰ですか？　人の家ですよ」壮一がマウンドから降り、男性のほうに近寄った。「ふらっと入ってこないでくださいよ、まったく」

男性は申し訳なさそうに、何度も頭を下げた。

「すみません、申しおくれました。私、水島忠《ただし》と言います。水島の息子です」

「えぇっ！」夏樹はとっさに壮一の頭をつかんで、無理やり頭を下げさせた。「申し訳ありません！」

壮一も顔色《がんしょく》を失い、「すみません！」を連発している。

「いいんです、いいんです」忠さんは顔の前で手を左右に振った。「今まで、まったく顔を出さずに、こちらこそ失礼しました」

　今は忠さんが歯科医院を継いでいるということは、奥さんから聞かされていた。今日は日曜で、休診らしい。監督とは違って、穏やかそうな人だ。

「あの……」夏樹は居住まいを正して、お悔やみの言葉を述べた。「このたびは、本当にご愁傷様です」

「こちらこそ、生前は父が大変お世話になりました。晩年は若返ったみたいに生き生きしてましたから、本当に楽しかったんだと思います」

「最後の最後で、プロだった十九歳の頃の、熱気と輝きを取り戻せたんですかね……」

「おっしゃる通りです」忠さんは深くうなずいた。「みなさんの活躍に、自分を重ねていたんだと思いますよ」

　夏樹は忠さんにタブレットを手渡し、それぞれの項目の数値を説明した。

「回転軸まで出るのは、素晴らしいですね」忠さんはしきりに感心した様子で、眼鏡を押し上げながらタブレットをのぞきこんだ。「きれいなバックスピンにより近づけることで、マグヌス効果を最大限発揮することができるというわけですね」

「マグ……？」

「ボールの揚力のことです。いわゆる、浮き上がるようなストレートは、マグヌス効果によって、空気の圧力が下から上へと生まれることで……」

　理系の説明が数分つづいた。夏樹の右耳から左耳へと、その説明は素通りしていった。

「つまりですね、電車が目の前を通過しているとき、体がふっと電車のほうへ吸いこまれそうになるときってあるでしょ？　あれと同じようなものだと考えていただければいいかと思います」

ようやく忠さんの講釈が終わったところで、夏樹は気になっていたことをたずねた。

「忠さんも、野球やってらしたんですか？」

「いやぁ、僕は……」と、なめらかだった忠さんの口調が急によどんだ。「野球は中学どまりでして。みなさんのことは、まぶしく見ています」

マスクをしているから、なかなか顔の全体がわからないが、なんだか夢に出てきた、若々しく壮健な監督の姿に忠さんは似ている気がする。

「父は野球をとことん極めてほしかったようですが、どっちかというと僕のほうは嫌々で……。正直、勉強をやっているほうが、気が楽でした」

監督は、きっと自分の夢を息子に託そうとしたのだろう。往々にして子どもはそれに反発するもので、なかなか思い通りにはいかないものだ。勇馬には、野球にこだわらず、自分の好きなことをやらせてあげたいと思った。

「まあ、私も歯科医になって、父として文句はなかったとは思いますが、なんとなく野球のことは親子のしこりになってました」

忠さんは、何かをじっくりと噛みしめるような口調でつづけた。

「父が監督を務めると聞いたとき、私は最後まで大反対しました。歳も歳だし、寿命を縮めるだけだと。しかし、父は最後にやり残したことを、ここでやらなきゃ後悔すると言って、ゆずりませんでした」

そう言って、忠さんはブルペンにとりつけられた鶴に視線を向けた。

「僕のほうも、なんとなく意固地になってしまって、東京ドームに行けたら、観に行ってやってもいい。認めてやってもいいと、とてつもなく生意気なことを言ってしまいました」

大きくため息を吐き出して、空を見上げる。

「ものすごい後悔です。まさか、なんの言葉もかけることができずに、逝ってしまうなんて想像すらしてませんでしたから」

夏樹たちは、返す言葉が見つからなかった。もし自分の肉親が、対面できないままお骨になって帰ってきたら――そんな事態を想像するだけで、胸が張り裂けそうになる。

「野球についての後悔は、残念ながら、私個人ではどうすることもできません。みなさんに思いを託すことしかできません」

そう言って、忠さんは夏樹たち、一人一人の目を見つめた。

「もうすぐ予選ですよね。父の分まで、戦ってきてください。これ、差し入れです」

忠さんが、手に持っていたビニール袋を差し出した。五百ミリリットルの飲み物が、大量に入っていた。二リットルを選ばなかったのは、感染症対策で小分けにされた物のほうが適していると考えたからだろう。夏樹たちは、お礼を述べてありがたく受け取った。

「背負うものが、どんどん増えてくなぁ……」晃がぽつりとつぶやいた。

「そうですね」夏樹は重々しくうなずいた。「でも、背負うものが多ければ多いほど、俺たちは地にしっかり足をつけて戦える――そう思うんです。ピンチでも動じず、浮き足立たず、この二本の足で立ちつづけることができる」

夏樹は庭の土がついた、自身のスパイクを見下ろした。

「勝ちましょう。行けるところまで、突き進んでいきましょう。それが俺たちのできる恩返しです」

7．２０２０年10月　都市対抗野球・予選

十月二日、金曜日。

夏樹は六時に起床した。

勇馬がいつも遊んでいるウレタンマットの上で、ゆっくりとストレッチを繰り返す。筋肉の一つ一つを穏やかに揺り起こし、覚醒に導いていく。徐々に体に血がめぐるような感覚が走り、内側からほのかに温かくなってきた。

静かな興奮が、ゆらゆらと心の水面にたゆたっているのを感じる。

トクマルホールディングス野球部は、埼玉県の十七チームが参加する、都市対抗野球の一次予選に参加し、第三代表の切符を無事に勝ち取っていた。

今日から南関東を舞台とした二次予選が開始される。二次は一次予選を勝ち抜いた埼玉の三チーム、千葉の三チーム——計六チームがトーナメント制で代表の座を争う。本戦に出場できるのは南関東から三チームなので、半分に残れば東京ドームに行けるのだ。

トクマルは今日、千葉の第二代表である大和《やまと》製鉄フロンティアと一回戦を戦う。ここで勝てば、シードとなっている埼玉第一代表の本間自動車技研との対戦が明日行われる。

「おはよう」寝ぼけまなこの有紗が、居間に入ってきた。

「おはよう」夏樹も答える。

「いよいよだね」

「ああ、いよいよだ」

有紗が窓を開け放った。十月はじめの早朝は、まだまだ暖かい。外からさかんに雀の鳴き声が聞こえてくる。

「今日は行けないけど、明日は観に行くから」有紗が振り返った。

澄んだ朝の風が吹きこんできた。夏樹は目を細めた。

すると、不思議そうな表情で、有紗がこちらの顔をのぞきこんできた。

「なんだか……、夏樹、目が変わったね。柔らかくて、やさしくなった」

一瞬、何を言われているのかわからなかった。思わず自分の頰をさすってしまう。

「人相がそんな簡単に変わるわけないだろ」

「いや、やっぱり変わったよ。見違えるほど」

「そうかな……」夏樹はわざととぼけ、首を傾げた。

「そうだよ。家事もやってくれるようになったし、本当に人が変わった」

今、ご飯つくるね。そう言って、有紗がキッチンに入っていった。

「私ね、最近、よく考えるんだ」

背後から有紗の声が聞こえる。

「一億もらって、タワマン住んで、外車に乗ってるけど、天狗で生意気な夏樹と、居酒屋で笑顔で働いて、仲間やお客さんを大切にして、生き生きと野球を楽しんでる夏樹」

やはり有紗も照れくさいのか、姿も顔も見せないまま、話をつづける。

「神様にどっちか選べって言われたなら、たとえ何度生まれ変わったとしても、私は今の夏樹を選ぶよ」

夏樹は、うつむいたまま、下唇を嚙みしめた。感謝と、申し訳なさが、いっしょくたになってあふれ出てくる。

「だから思う存分、暴れてこい、窪塚夏樹」

まるで牧島のような口調だった。一時期のとげとげしていた有紗も、すっかりどこかへ消えていた。

「こんな世の中だからこそ、夏樹君が選んだその道を、自分の力で正解に変えていくんだ」

「おう」

夏樹は勇馬を起こさないように、静かに答えた。顔を上げ、左の拳を胸にあてた。

「ちょっくら、投げてくるわ」

舞台は埼玉県営大宮公園野球場。

朝十時のプレイボールにあわせて、アップとキャッチボール、ノックをすませたトクマルメンバーは、試合開始直前にベンチ前で円陣を組んだ。

「試合にのぞむ前に、社長のところに届いた、ある社員のメッセージを紹介しようと思う」

円陣の中心で腰を落とした晃が話しはじめる。晃は、ユニフォームの尻のポケットから紙切れを取り出した。

「徳丸水産心斎橋《しんさいばし》店の店長さんからだ。〈当店には、常連さんが何人かいますが、今まで話を交わしたことはありませんでした。ところが、先日、その常連さんの一人が、クラウドファンディングの無料券を持ってきてくれたのです。私も野球が好きで、トクマル野球部を応援しているので、それをきっかけに話をするようになりました。そして、常連さん同士でも、会話が盛り上がるようになったのです。おそらく、クラウドファンディングの件がなければ、こうしてお互いに交流を深めることもなかったかもしれません。何かと気分がふさぎがちな世の中ですが、ささやかながら店内は明るい雰囲気になっています。野球部の活躍を心から祈っております〉」

部員たちの闘志が静かに燃え立つ。

俺たち野球部が種を蒔いた。

その種は、小さいながらも、こうして花を咲かせ、実を結んだのだ。

晃が紙をたたみ、ゆっくりと顔を上げた。

「満足に野球やスポーツができない人たちがいるなかで、こうして大会にのぞめることを感謝しよう。大会の関係者の方々や、対戦相手、クラウドファンディングで出資してくれた人たち、居酒屋のお客さん、常連のファンの方々、全国の同僚たち、家族、そして何よりここまで俺たちを導いてくれた水島監督に感謝しよう」

ベンチには、奥さんの許可をもらって監督の遺影を置いた。いつも見守られているという意識が、部員たちのあいだに大きな安心感をもたらしている。

「この気持ちを共有できているのなら、俺たちは一つになって戦える」

晃が一段と声を高めた。

「さぁ、みんなで東京ドームへ行こう！」

「おぉ！」

声を合わせ、夏樹は空を見上げた。秋晴れだった。少し風が強いが、日差しが温かい。

内野の客席はまばらに埋まっていた。トクマルのキャップをかぶった常連さんたちの、馴染みのある顔がちらほらと見える。

先発は、もちろんエースの壮一だ。タイトな二次予選のスケジュールのなか、明日の本間自動車技研戦に壮一を温存しておくことも考えたが、この緒戦で負けてしまっては勢いがそがれてしまう。

仮にここで敗れたとしても、南関東第二代表を決める敗者復活トーナメントに望みをつなぐことはできる。しかし、あくまで本戦出場が目標である以上、第一代表の座をまずは目指すべきだと考えた。

壮一は見事に期待に応えてくれた。

大和製鉄フロンティアの一番バッターが、いきなりセーフティーバントで意表をついたものの、壮一がダッシュでマウンドを駆け降り、みずから処理した。

ワンナウトを取って落ちついた壮一は、豪快な投球フォームから、繊細な投球をつづけていく。

ストレートとスライダー、フォークのキレが、すさまじかった。

ピッチングの解析システムによって、回転数と回転軸を意識した投げこみの成果が存分に発揮されていた。ストレートは、進行方向の逆向きに回転するきれいなバックスピン。スライダーは、弾丸やラグビーボールのようなジャイロ回転。フォークは、なるべく無回転に近づける。具体的な数値のデータをもとに、リリースの指のかかり具合や、リリースポイントを各ピッチャーが調整してきた。

そして、そんな微調整が実現できたのも、緊急事態宣言中に、基礎的な筋肉を一から鍛え上げてきたからだ。とくに、あのビールケース運びは、握力、腕力、腹筋、背筋、足腰を総合的に向上させたという自負がある。

すべては無駄ではなかった。あの泥臭いトレーニングが、今、この瞬間に結実していた。苦しい思いをしたからこそ、こうして自分の体を脳が思い描いた通りに操縦することができるのだ。

壮一が、魂のこもった、渾身の球を投げこむ。マウンド上で、躍動するように跳ね上がった。

「っしゃあ！」気合いのこもった雄叫びが、球場中にこだました。初回を三者凡退に切ってとると、壮一は颯爽とベンチに戻ってきた。

メンバーと肘タッチを交わした壮一が、水島監督の写真の前でひざまずき、手を合わせた。

「僕、もうグラウンドでは絶対にあやまりませんから」

その様子を見守っていた夏樹は、もう一度、みずからの心に気合いを入れ直した。ここからは、監督としての仕事を果たさなければならない。攻撃時は試合の推移を見極めて、作戦をサインでつたえていくのだ。

一回裏に、さっそく試合が動いた。

一番のショート・翔太郎が、センター前ヒットで出塁する。

ノーアウト・一塁という場面で、夏樹は帽子のつばや、肘、耳などに触れ、サインをつたえた。ここは手堅く、送りバントでいく。

二番のセカンド・真之介が、しっかりと翔太郎を送り、ワンナウト・二塁の好機をつくりだした。

バッターは三番の玲於奈だ。トクマルベンチから、たくさんの声援が飛ぶ。

玲於奈は粘りに粘った。相手の先発投手に、十球を投げさせて、フォアボールを勝ち取った。

常連さんたちには、トクマルでつくった団扇《うちわ》を手渡していた。大きな声援が送れないかわりに、トクマルのチャンスではその団扇が打ち鳴らされる。

小さな音も、集まれば大きくなる。団扇の応援にうながされるように、本日指名打者で四番に座った晃が、快音を放った。

ベルトに乗っかった腹の肉をものともせず、豪快にバットを振り切ると、ボールはライナーで一直線にレフトスタンドに突き刺さった。大和製鉄のレフトが、早々に追うのをあきらめたほどの打球の鋭さだった。

三点のリードに、トクマルベンチはお祭り騒ぎだった。ホームインした晃を、マスクをしっかり着用したメンバーで手荒く迎える。

「まだ引退するの、早いんじゃないすか！」壮一が晃の腹の肉を揺さぶる。「ダイエットしたら、まだまだ現役いけるでしょ！」

「俺、もう痩せる気ないから」晃はこともなげに答えた。「だって、うまいもん、たくさん食いたいし、膝が壊れそうなほど痛いし」

ふざけんな、痩せろと、最年長のキャプテンに対して辛辣な、けれど明るい声が上がる。

ベンチから飛ぶ声のボリュームが一気に増した。

「さぁ、一気に行こうぜ！」

「監督が見てるよ！」

「きっちりおさえるよ！」

夏樹も精いっぱい味方を応援し、試合の舵取りをした。

ピンチは五回にやってきた。

壮一が連打を浴びて、ノーアウト・一、三塁のランナーを背負う。夏樹は、一度タイムをとろうと、ベンチを一歩出た。

　そこで、立ち止まった。

　マウンド上の壮一が、手のひらを夏樹に向けたのだ。問題ないです――そう強く訴えかける瞳に射貫かれ、夏樹はベンチに戻った。どかっと腰をすえて、座る。

　表面上は、冷静をよそおっている。監督がそわそわしていたら、その空気がチームに波及する。しかし、内心は気が気でない。頼むから抑えてくれ、ピンチを切り抜けてくれと、前のめりで壮一に念を送りこむ。

　プレイがかかった瞬間だった。

　セットポジションに入った壮一が、器用に素早く反転し、牽制球を一塁に投じた。

　大和製鉄の一塁ランナーは、完全に虚をつかれた。あわてて手を伸ばし、頭から一塁ベースに戻るが、タイミングはどう見てもアウトだった。

　ボールをキャッチしたファーストミットが、相手ランナーの手に重なる。夏樹は立ち上がり、一塁塁審の判定を見守った。

「セーフ！」迷いのない様子で、塁審の手が水平に開いた。

　たしかに壮一の投じたボールが少し高かっただけ、タッチがおくれたかもしれない。けれど、夏樹の目にはランナーの指先がベースにかかるよりも先に、タッチがされたように見えた。

　おいおいおいおい、ふざけんな、どこ見てるんだと思った瞬間に、体が動いていた。

　ベンチを飛び出し、一塁にダッシュする。

「ちょっと！　おかしいでしょ！　ちゃんと見てくださいよ！」

　あっ、やべっ、いつもの悪い癖だ――そういう自覚はきちんとあった。あったはずなのに、塁審に突進するこの体をとめることができない。

「どっからどう見ても、アウトでしょうが！」

「帰塁のほうが早かったよ」塁審は無表情で、首を左右に振った。

「頼みますよ！」

「いくら頼まれても、判定はくつがえりません」

興奮のあまり、ひざまずいた状態で、一塁ベースを何度もたたいた。

「しっかり見てください！」

「見てるよ！　あんたはベンチからだけど、私はこんなすぐ近くで見てるんだ！」

「じゃあ、どこに目をつけてるんだって話になるでしょ！」

「ここについてるよ！」塁審が、人差し指と中指で、自分の両目を指した。「君、いい加減にしないと退場にするよ！」

　ちょっと夏樹君！　突然、後ろから羽交い締めにされ、立たされた。壮一が、晃が、翔太郎、真之介が夏樹を引っ張り、審判から遠ざけようとする。

「夏樹君がいなくなったら、どうするんですか！」壮一の声で、途端に肝が冷えた。

　監督としての視点で、あまりにゲームにのめりこみすぎた。完全に我を忘れていた。夏樹はふたたび両膝をグラウンドについた。

「申し訳ありません！」塁審に向けて、両手もつく。「どうか、お許しください！」

　俺は、いつもいつも、こうなのだ。勇馬に手をあげそうになったときだって、死ぬほど反省したつもりだったのに……。

「いいから立ち上がって！」公衆の面前で土下座された塁審は、三塁ベンチを指さした。「早く戻って。試合が長引くでしょ！」

夏樹は、低姿勢のまま、そろそろと踵を返した。なぜか、トクマルの応援席から、大きな拍手がわき起こる。「よっ、相変わらず熱いね、夏樹君」ドメさんの声が聞こえ、笑いがさざめいた。

夏樹は後頭部に手をやり、何度も頭を下げて、すごすごとベンチに戻った。

仕切り直しとばかりに、マウンドに立った壮一が帽子を取って、叫び声をあげた。

「ここ、しっかり抑えるよ！」両手を掲げ、外野にも届く大声で味方を鼓舞する。「ピンチがあるたびに、こんなことがあったら、夏樹君が何人いても足りないから、みんなも頑張ろう！」

おう！　と、威勢のいい声がそろった。

顔から火が出そうだった。有紗はきっと配信を家で観ているはずだ。帰ったら、また説教されると覚悟した。

グラウンドでは、なおも一、三塁のピンチがつづいていた。

しかし、壮一の宣言は口だけではなかった。犠牲フライを打たれ、一点は失ったものの、きっちりと後続を抑え、最少失点でマウンドを降りた。

ナイスピッチ！　いいね！　たくさんの声があふれるなか、壮一がダッシュでベンチに入ってくる。

夏樹は帽子を取って、大きく頭を下げた。

「すまん、みんな！」

徳丸水産の初日の勤務を思い出し、深い羞恥に襲われた。大きく腰を折り、声を張り上げる。

「もう、こんなことは二度としません！　どうか、監督をつづけさせてください！」

「まさか、俺より先に、夏樹君があやまるとは思ってませんでしたよ」

壮一が、夏樹の肩に手をおいた。

「でも、僕のために突進してきてくれて、実はめちゃくちゃうれしかったですよ」

おそるおそる顔を上げた夏樹の目に、壮一の人なつっこい笑みが飛びこんでくる。

「判定の瞬間、僕も、頭に血がのぼったんですよ。でも、夏樹君が僕より先に飛び出してきて、心強かったし、一気に冷静になりました。ありがとうございます」

「水島監督がもし走れたなら、夏樹とおんなじように、絶対飛び出してたな」野球部部長としてベンチ入りしている社長の言葉に、チームメート全員がうなずいた。

まさか、さっきの考えなしの行動が感謝されるとは思ってもみなかった。そこで、夏樹は気がついたのだった。

もしかしたら、仲間のために、我を忘れるほどキレたのは、はじめてだったかもしれない。今まではすべて、「自分」だった。自分のピッチングが打たれたとき、自分のことを非難されたとき、自分の不手際を責められたとき――。

勇馬のときも、父親である自分の言うことをまったく聞かなかったから、殴りかけた。

正直言って、どんな監督像がふさわしいのか、まだまだわからないし、手探りだ。それでも、仲間のことをいちばんに考えて戦っていけば――そして心の底から試合を楽しんでいけば、その姿勢や意識はきっとチームに波及すると信じていた。

六回からは壮一を下げて温存し、継投に入る。明日の本間自動車技研戦も、先発で壮一を投入し、幸先のいいスタートを切るつもりだった。

つづいて第二先発の聖也が三回を投げ、無失点に抑えた。

三対一でリードの九回表。

夏樹はキャミーを登板させた。勝っている展開で、気持ちよく投げてもらい、明日の試合にはずみをつけてほしかった。キャミーは、一度流れをつかむと無敵状態になる。それだけに、今日のうちに本番で一回投げさせ、調子を上げてもらいたかったのだが……。

グラウンドに、声にならない「痛っ！」という叫びが響いた。渾身のストレートが、先頭打者の尻にめりこんだのだ。

おそらく球速は百五十キロオーバー。気の毒だが、あのバッターの臀部には球形の青あざがくっきりと残ってしまうだろう。

「今日は、どうやらはずれの日のようだな……」社長が苦々しげにつぶやいた。腕を組んで、しきりに貧乏ゆすりをしている。

「いや……、マジでシャレになりませんって」晃が苦笑いで答えた。

マウンド上で帽子を取ったキャミーも、やはり笑っている。しかし、まったく余裕の感じられない、引きつった笑みだった。

「晃君、俺、準備する」夏樹はグラブを手にあわてて立ち上がった。晃も防具をつけて、ブルペンについてくる。

試合中に何度か肩をつくっていたが、さらに急ピッチで投げこんだ。できれば、この準備が無駄に終わるにこしたことはないんだけどなと思った矢先、キャミーは次のバッターにフォアボールを出した。

これで、ノーアウト・一、二塁。長打が出れば同点、ホームランで逆転だ。

キャミーが、苛立たしげにスパイクで土を蹴る。何事かぶつぶつつぶやいている。きっと普段のキャミーからは想像のつかない、汚いスペイン語だろう。悪い兆候だ。夏樹は肩を温めながら、しきりに戦況をうかがった。

次打者が内野フライを打ち上げたときは、本当に神に感謝した。できれば、これで落ちついてほしかったのだが、依然として制球がさだまらない。

夏樹は、大宮球場のバックスクリーンのカウント表示を見つめた。ボールの緑色のランプが、一つ、また一つと点灯するたび、応援に来てくれたトクマルの常連さんたちの深いため息が響く。

「もう我慢ならん！」夏樹の球を受けていた晃が、キャッチャーマスクを荒々しくむしり取った。怒りのせいで、顔が真っ赤になっている。

三つの四死球で、ついにすべての塁がうまってしまった。

主審にタイムをかけて、マウンドに向かった。次は左バッターだから、夏樹が出るにはちょうどいいタイミングだ。

「あの審判おかしいですネ！」キャミーが長い両腕を左右に広げ、大声で叫んだ。「私が投げはじめた途端、ストライクゾーンがケツの穴くらい小さくなりましたネ！」

「バカ、黙れ！」

夏樹がおそるおそる振り返ると、主審がものすごい形相でにらんできた。

「すみません！」夏樹に対しては、すでに〝イエローカード〟が出されている。帽子を取って、わざと相手に聞こえやすいように叫んだ。「審判の方々がいないと、そもそも試合ができないんだぞ。心の底から感謝しろ！」

どの口が言うんですかと、真之介がつぶやいたが、今はキャミーの精神状態が心配だ。集まった内野陣にさんざんなだめられ、なぐさめられ、キャミーはベンチに引き上げていった。控え選手から口々に励まされている。

「ピッチャー、窪塚夏樹」夏樹は主審に自身の名前を告げた。

二点差でリードしているが、ワンナウト・満塁の大ピンチ。一打同点。長打で逆転されるこの土壇場。

夏樹は投球練習を終え、大きく息を吐き出した。

プロの二軍戦では、ピンチで投げることはざらにあった。度胸はじゅうぶんそなわっているつもりだったが、背負うものの大きさに、ともすれば気後れしそうになる。ただでさえ、トーナメント制の試合は高校以来なのだ。

気持ちを落ちつかせるため、球場を見渡した。

青い団扇を振ってくれる常連さんの姿が見える。三雲さんご夫婦がいた。ドメさんたちもいた。

有紗や両親は、明日来る予定だ。今日は、無料のオンライン配信で試合を観ると言っていた。

ピンチでこそ、楽しむ姿勢を崩さない。なんとしても、勇馬にその姿を見せなければならない。

一球目――。

レギュラーのキャッチャー・啓輔《けいすけ》のサインをのぞきこむ。

ストレートでうなずいた。セットポジションに入り、一拍、静止する。静から動へ。右足を上げ、左腕を引き、一気に投球モーションに入る。

放ったボールは啓輔の構えるアウトローいっぱいへと吸いこまれた。

バッターがぴくりと反応しかけてとまる。

主審も右手をあげかけて、とまる。

夏樹としては、完全に入っていると思った。しかし、主審はそっぽを向いて、すげなく「ボール」とつぶやいた。

いやいや、今、ストライクをコールしかけただろと言いかけ、なんとかこらえた。

冷静に、冷静に。息を長く吐き出す。

「頼みますネ、夏樹君！」ベンチに座るキャミーは、両手を組み合わせて祈っていた。

ここで自分を失って打たれてしまったら、キャミーが救われないじゃないか。チームが救われないじゃないか。

二球目――。

スライダー。

真横から出した腕を思いきり振りきる。スピンのきいた球がバッターの背中側から、急激にスライドしていく。

軸のぶれたバッターのフォームが視界に入った瞬間、嫌な予感が走った。

芯をはずした、鈍い音。勢いのないボテボテのゴロが、夏樹と啓輔のちょうど中間あたりに転がってきた。

どっちが捕る……？　迷いを振り切って、マウンドを駆け降りる。

打ち取ったはずの打球が、絶妙な場所に絶妙なスピードで転がり、内野安打になってしまうことは、往々にしてある。ピッチャーとしては、豪快なホームランよりも、実はそっちのほうが精神的にこたえる。がっくりくる。ましてや満塁のこの場面で、オールセーフになってしまったらダメージがはかりしれない。

絶対に間に合う！　信じてダッシュする。啓輔もキャッチャーマスクを放り投げ、ボールを追いかける。

「俺が捕る！」夏樹は叫んだ。

前に出かけた啓輔が下がり、ホームベースの前に陣取る。三塁ランナーが、速度を増して突っこんでくる。

夏樹はなおもボールを追いかけた。

が、瞬間、ぐらりと視界が揺れる。

とくに凹凸があったわけではなかったのに、スパイクの刃が引っかかった。

いざというとき、足が動かない、上がらない。フィールディングの練習なんて、今年はほとんどできなかった。

バランスを崩し、なすすべなく倒れこむ。

目の前にボールが転がってくる。

左手でつかみ取った。転倒する勢いのまま、ボールを啓輔にトスする。

三塁ランナーが滑りこむ間際、右足でホームベースを踏んだ啓輔が捕球した。

「アウト！」主審の声が響いた。

啓輔はすぐにステップを踏みこみ、一塁へ転送した。

バッターランナーが駆け抜けていく。夏樹は倒れたまま、一塁塁審を見た。

「アウト！」

塁審が握りしめた右手を高くあげた。一気にゲッツーだ。これでゲームセット。

「勝った……」

もたげていた頭をどっと自分の腕に落とす。途端に力が抜けた。

トクマルベンチから、部員たちが一斉に飛び出してきた。


車に共有の道具を積みこんでいると、晃がささやいてきた。

「みんなで一ヵ所に集まるのもリスキーだから、この場で軽くミーティングをすませちゃおうと思うんだけど、キャミーが……」

夏樹は駐車場に座りこんでいるキャミーを見た。長い足を窮屈そうに折り、体育座りをしている。膝のあいだに、自分の顔をがっくりと落としている。小学生みたいな、わかりやすいうなだれ方だ。

明日の本間自動車技研戦に、キャミーの力は欠かせない。壮一の調子が上がってきているから、中盤まではいい展開にもっていけるかもしれないが、やはり試合をうまく締めるためには、キャミーの復活が必要不可欠だった。

しかし、かける言葉がまったく見つからない。

ひとまず晃が集合をかけて、明日のスターティングメンバーと、作戦の要点を説明しはじめたときだった。突然、キャミーが立ち上がった。

「私、明日、スターターで投げたいですネ！」

思いつめた真剣な表情だった。キャミーは大きい目を見開いて、部員たちを見まわした。

「絶対、大丈夫です！　私、ちゃんと投げます。どうか、信じてほしいです！」

全員がうつむいていた。わざわざ聞かないでもわかる。試合をぶち壊しかねない賭けを、大事な試合でするわけにはいかない。壮一を先発させるのが、いちばん無難だ。

「その気持ちは買いたいけどな……」夏樹は監督として――投手キャプテンとして口を開いた。「明日は……」

キャミーが夏樹の言葉をさえぎって叫んだ。

「私、自分に怒ってます！　もう、どうしたらいいかわからないほど、怒ってるんですネ！」

「キャミー……」

長い腕をもてあますように、だらんと体の横に下ろしているが、その拳は強く握りしめられている。

「トクマルに誘われたとき、監督サン、私に言いましたです」

握りしめた拳を胸にあてる。

「お前のアンガー――怒りは他人に向けたら、絶対ダメです。怒りは自分に向けるんです。自分への怒りは、ピッチングのエナジーですネ」

片言の日本語で、なんとか自分の意思をつたえようとしている。その熱意に押されて、部員たちが顔を上げる。

「私、ハッとしましたですネ。大学にいたとき、私、ほかのみんなにとっても怒ってましたです。なんで、仲間なのに仲間はずれにするですか？」

もともと、キャミーは日本の大学に野球留学していた。しかし、そこでの日本式の指導方針と厳しい上下関係に耐えられず、休部の状態になっていたらしい。

その噂を社長や監督が聞きつけ、熱心に勧誘したそうだ。留学ビザを就労ビザに切り替えて、キャミーはトクマルに入社した。先輩後輩の垣根が低く、開放的で自由なトクマルの雰囲気はキャミーにぴったりだった。

「でも、監督サンの言葉でわかりましたです。私が力不足だったんです。私がきちんと練習して、ピッチできてたら、みんなの目も変わったはずですネ」

夏樹はキャミーを見上げた。ちょうど逆光になっていて、太陽を背負ったキャミーの表情はよくうかがえない。

「それに、社長サンも言いましたです。怒って、暴れたら、それはヒューマンではないです。私は人間らしく投げたいですネ」

さっきの試合で我を忘れ、塁審に突進し、抗議した夏樹は、ちょっと気まずくて軽く咳払いをした。

「ですから、それから私は、きちんとピッチできない自分に怒ります。人に怒ったらダメなんです」

夏樹の目がまぶしさに慣れてきた。背後に太陽があるはずなのに、キャミーはまるで直射日光を目にしたように、顔をしかめていた。

「でも、どうしてですか？　マウンドに立つと、自分にではなく、いろいろに怒ってしまうです。監督サンいなくなってから、私の気持ち、おかしくなっているです」

キャミーはユニフォームの胸のあたりを握りしめた。ＴＯＫＵＭＡＲＵの文字にしわが寄った。

「監督サンが死んだの、誰に怒っていいですか？　どこに怒りをぶつければいいですか？　私、わからないですネ……」

夏樹は立ち上がった。キャミーの肩に手をおく。

「俺も、わからない。ここにいるみんな、誰もわかんないんだよ。いったい何に怒っていいのか」

　部員たちが静かにうなずいた。

「だからこそ、投げるんだよ。俺たちは、投げることでしか、うまく世界と折りあいをつけられない気がするんだ。うまくいったら、よろこべばいい。うまくいかなかったら、自分に怒ればいい。でも、その反省は今日までだ。明日には、また新しい気持ちで投げるんだ」

　夏樹はそこで部員たちを見渡した。キャミーに対する考えは、すっかりあらたまっていた。

「どうかな？　明日、キャミーを一発目で出そうと思う」

　まだまだ試合はつづいていく。

　万が一負けたとしても、終わりではない。第二代表を決める戦いが控えているし、都市対抗も今年だけではない。

　キャミーを信頼する。苦しい時代だからこそ――理不尽な死を経験したからこそ「わからない」という気持ちを分かちあっていく。トクマル野球部らしい、その姿勢を崩したら監督に申し訳ないと思った。

「いいですよ」壮一が真っ先にうなずいた。「そのかわり、手加減せずに思いっきり行くって約束してくれよ、アルキメデス・フェルナンデス」

「はい！」キャミーが姿勢を正し、大きく返事をした。しわの寄っていたＴＯＫＵＭＡＲＵの青い刺繍がぴんと張った。

「ところで、僕も一つわからないことがあるんですけど……」壮一が座ったまま、おずおずと手をあげた。「今日の試合の最後、夏樹君はスライディングトスを颯爽と、格好よく決めたような顔をしてましたけど、僕にはただ転んだだけのように見えたんですよね。転んだ先に、たまたまボールが来ましたよね？　めっちゃさりげなくごまかしましたよね？　運動会のお父さんみたいになってましたよね？」

「おい！」と、晃が釘をさした。「みんな気づいてるけど、それを指摘すると夏樹が恥ずかしいだろうから黙ってたんだぞ」

「あぁ、すいません！　つい、我慢できずに言っちゃいました！」

「お前、わざとみんなの前で言いやがっただろ……」バレているとはまったく思っていなかった夏樹は、一人、顔を赤らめてうつむいた。

　試合の帰り、夏樹はキャミーを車に乗せ、寮に向かった。少しでも、疲れを明日にもちこさないようにと思ったのと、監督代行としてたしかめたいことがあったからだ。

　駐車場を出て、車道の流れに乗ると、夏樹はハンドルを握りながら、助手席のキャミーをちらっとうかがった。

「今まで聞いたことなかったけど、ドミニカはコロナウイルスは大丈夫なのか？　家族は元気？」

「はい、お父さんも、お母さんも元気です」車の天井に頭がほとんどくっついているキャミーは、窮屈そうにうなずいた。

　ただでさえ慣れない異国に来て、この異常な事態に巻きこまれている。さっきは力強い言葉を聞かせてくれたが、きっと心労や心細さは計り知れないはずだ。

「ドミニカは、人口でくらべましたなら、日本よりも感染者はとても多いです。でも、アメリカとかヨーロッパみたいにひどくないです」たどたどしい日本語で答える。「夜のおそいの時間に出歩くと、みんな逮捕されます。罰金です。これ、絶対です。すごく厳しいですネ」

「日本ではありえないことだな」

「でも、やさしいところもありますネ。スーパーマーケットは、アーリーモーニングは、お年寄りさんだけ入れるです。夜は、ドクターやナースと、ポリスと、アーミーさんだけ入れるです」

「なるほど……、日本もそうしてくれたらよかったのにな」

ウィンカーを出し、車線変更しながら、夏樹は答えた。

「キャミー、今、つらくないか？」

「ダイジョブですよ」

キャミーは、わざとらしく握りこぶしをつくった。腕が長いので、運転席の夏樹にぶつかりそうになった。「おい、危ないぞ！」「ソーリーです！」という会話を交わし、マスクの内側で笑いあった。半分開けたウィンドウから、絶えず強い風が吹きこんでくる。

「私は日本でプロ野球選手になるために来たんですネ」真剣な表情に戻ったキャミーが低い声で言った。

日本のプロ野球のドラフトは、特例で外国人も対象になることがある。たとえば、日本の高校などに三年以上――もしくは大学などに四年以上在学していた選手は、外国籍でも指名を受ける権利がある。

しかし、キャミーは大学を中退している。もし、キャミーに特例があてはまるとすれば、日本に五年以上居住し、日本野球連盟に所属するチームに通算三年以上在籍した者――というルールだろう。キャミーはいよいよ来年、その条件をクリアできる。

「プロでビッグマネーもらって、お父さんと、お母さんに、ビッグハウスをプレゼントしたいです。でも、それって浅ましいアイデアですか？」

　ぎょろっと大きい目玉を左右に動かし、心配そうな表情でたずねてくる。

「浅ましいって……、どこでそんな言葉を覚えてくるんだよ」キャミーの表情を横目でちらちら確認しながら、夏樹は苦笑した。

「ドミニカは、まだまだプアーですので」

「全然、浅ましくなんかないと思うよ。俺だってプロで一億もらって、タワマンに住みたいなんて思ってたもん」なんで「浅ましい」は言えて、「貧しい」は言えないんだ。「どうせなら、プールつきの家を建ててやれ」

「プール！　いいですね！」

　キャミーの顔が、ぱぁっと明るくなった。

「いっそジャグジーもつけてやれ」

「ジャグジーってなんですか？」

「泡が出る風呂だよ」

「オウ！　ジャクージ！　ジェットバス！　ぜひ、つけたいです！」

「キャミーの家が建ったら、遊びにいくかな、ドミニカに」気軽に言ったら、「絶対です！」と、ものすごく真剣な表情で、顔をのぞきこまれた。びっくりして、ハンドルを握る手がぶれ、車体が少し揺れた。

　キャミーは熱烈な口調で、念押ししてくる。

「夏樹君、絶対ですネ！」

「お……、おう。絶対な」

日本人は、けっこう口先だけで、「いいね、行くよ」とか「今度ね」という約束をしてしまう。相手によっては、社交辞令なのか本気なのか、判断がつきにくい場合が多い。

「オウ！　楽しみですネ！　プール、ジャクージ！　夏樹君が来ますネ！」

しかし、このキャミーのテンションは、確実に本物だ。十年後に、思わぬタイミングで突然招待されそうな気がした。

キャミーと出会って、ドミニカ共和国のことを調べる機会が増えた。カリブ海に浮かぶ島国で、ハイチと領土を二分している。ドミニカ自体の面積は、九州よりもちょっと広いくらい。公用語はスペイン語だ。キャミーがたまに口にする英語は、こちらがわかりやすいようにあえて使ってくれているのだろう。

こんなにも遥か遠くの国から、野球を介して、出会うことができた。仲間になった。有紗と勇馬を連れて、カリブ海を満喫する未来を、浦和の街で思い描くのもなんだか不思議な気分だった。

翌日――。

県営大宮公園野球場、本間自動車技研戦。

集合時間よりだいぶ早く、夏樹は駐車場に車を停めた。今日も快晴だった。車から降り立ち、澄んだ空気を胸いっぱいに吸いこむと、背後から「あれっ？」という素《す》っ頓狂《とんきょう》な声が響いた。

振り返ると、大柄な男が近づいてくるのが見えた。

「あんた、トクマルの窪塚投手だよね？」

見覚えがあった。たしか、今日対戦する、本間自動車技研の四番バッター・室屋だ。肩で風を切るように、巨体を揺らしながら歩いてくる。夏樹の乗っている自家用車を指さして、うれしそうに目を細めた。

「その車、ＨＯＮＭＡじゃん。しかも、Ｍボックス」

「だから、何？」相手のふてぶてしい態度に、夏樹は少しイラッとした。「俺がＨＯＮＭＡの車に乗っちゃいけないわけ？」

たしかに、夏樹が乗っているのは、本間自動車技研——ＨＯＮＭＡのＭボックスという車種だ。父親がむかしからＨＯＮＭＡの自動車に乗っていたので、夏樹もなんとなく同じメーカーを選んだ。

いい車だと思う。同地区のライバル会社の自動車を愛用しているのは、たまたまに過ぎない。

「ラッキー、ラッキー。まさか、敵が幸運を運んでくるなんて、思ってもみなかったわ」

「は……？」何がラッキーなのかわからず、夏樹は戸惑った。

「今日は、ホームラン打てそうかなって。あんたから」

室屋が、車のボディーに手を伸ばそうとした。夏樹はあわてて室屋の前に立ちはだかった。心がざわざわと胸騒ぎしている。

「もしかして、この車がラッキーアイテムなのか？」

「まあ、一種の験担ぎみたいなもんで、球場行くまでにＭボックスを見かけたら、俺、絶対勝てるの。験担ぎっていうか、もう、百発百中で」

「ジンクスか……、かわいいもんだな」かく言う夏樹も、昨日勝ったときにはいていたパンツを、洗濯して、今日もはいている。

スポーツ選手というのは、できる練習をやりきり、人事を尽くしたあとは、運にすがりたくなる生き物なのかもしれない。

「Ｍボックスのサイドミラー、俺が取り付けしてんの」室屋はボディーの横につけられた鏡を指さした。「だから、Ｍボックスを見ると、やってやろうって気になる」

本間自動車技研の本拠地・狭山市には、ＨＯＮＭＡの工場もある。室屋も、練習以外の時間はそこで働いているのだろう。

夏樹は、ちらっと自分の車のミラーを見た。なんだか、不思議な気持ちになった。ヘルメットをつけ、作業着を着て、来る日も来る日もミラーを取り付ける室屋を想像してみた。

その手には、バットを振りこむことでできたタコも、くっきりと残っているのだろう。わざわざ、たしかめてみないでもわかる。

「元プロの左を打てば、注目してもらえる。スカウトの目にとまる」室屋は得意げに言った。

昨日、球場にはＮＰＢのスカウトらしき姿が多数見えた。

スカウトだって、今年は実戦を観る機会に飢えている。夏の甲子園がない、寂しい夏だった。

社会人野球も例外ではない。主な大会は十一月の都市対抗のみで、しかもドラフト会議はそれ以前の十月末には行われてしまうのだ。社会人選手の獲得には、ある程度の前評判と、都市対抗の予選を判断材料にするしかない。選手にとっては、ほんのわずかの実戦でアピールをしなければならないわけだ。

プロへの返り咲きを目指す夏樹は、ドラフトの対象外である。亡き水島監督の助言にしたがい、十二月に行われるトライアウトを再度受験するつもりでいるが、やはり三人のバッターとの対戦だけで実力のすべてがはかりきれるとは到底思えない。ほかの選手同様、こうした場で、少しでもスカウトの目にとまるよう、こつこつと実績を積み上げていく必要がある。

「三月の練習試合で、君、すごい腰引けた状態で三振してたよね」夏樹だって、この四番打者に対しては、いいイメージを持っている。今日も完璧に抑えこめる自信はあった。

「ずっと、あんたを打つイメージで、振りこんできたんだ。自粛期間中は、ただただそれだけを考えて、己を鍛えてきた」まだニキビの残る幼い顔つきと、大きな体がアンバランスな印象を与える青年だった。肩幅が広く、胸板も厚い。

　苦しい思いをしてきたのは、自分たちだけではないということだ。室屋だって、きっと、野球ができる日を心待ちにしながら、日々のトレーニングに専心してきたのだろう。

「室屋君ってさ、歳いくつなの？」

「二十二だけど」

　まだまだじゅうぶん若い。これからの伸びしろも未知数だ。ただ、パワーだけはあきらかにプロレベルの素質を秘めている。

「ってかさ、敬語つかいなよ、マジで」

「えー、面倒くさいこと言いますね、窪塚さん。そういう人だと思わなかった。もっと、度量の広い人かと思ってた」

　さすがにイラッとした。意味もなく頰をさすり、鼻から息を吐き出して、怒りをこらえる。

　夏樹はひさしぶりに、血が熱くたぎるのを感じた。こういうヤツは、案外、嫌いじゃない。中学生みたいなやりとりも、嫌いじゃない。

「まあ、いずれにせよ、結果はすぐ出る」夏樹は車にロックをかけた。ハザードが点滅する。

「いいか、絶対さわるなよ！　俺の車だぞ！」

　叫びながら、本当に中学生のケンカみたいだと思った。さわられたら、運気をことごとく吸い取られるような気がしたのだ。

「さわりませんって」室屋が踵を返し、すぐに振り返った。「でも、チームメートには、窪塚さんがMボックスに乗ってること、言っちゃおう。Mボックスにたずさわってる人、ウチのチームに多いんで」

社会人野球には、社業を免除されている選手もいると聞く。しかし、そんな選手はごくわずかであって、ほとんどはそれぞれの会社の業務を日々こなし、それ以外の時間を練習にあてている。

この室屋という男も、工場で地道に働いているわけだ。会社のためにゆずれない思いを抱えているのは、まったく同じなのだろう。


プレイボールの午前十時を迎えた。

ホームベースの前で両者は向かいあった。夏樹はちょうど正面で相対した室屋と視線を交わした。

室屋は意外にも、澄んだ目をしていた。おそらく、俺も同じ目をしていると、夏樹は思った。

着替えをし、アップをしているあいだに、ふてぶてしい室屋への怒りは不思議と消えていた。

雑念も、邪念もない。心は晴れわたっている。

無言で互いのベンチにわかれた。ただただ、自身の存在意義をかけ、所属する会社のさらなる発展を願い、楽しく戦う。それだけを考えていた。

ベンチに戻る直前、「パパ！」と、声がかかった。見上げると、有紗に抱かれた勇馬が手を振っていた。夏樹も軽く左手をあげて応える。

母の春子と、父の直純の姿もある。

俺はここにいるよ、ここで投げるよ、見ててくれよ。心のなかでそっと語りかけた。ベンチに入り、家族のことはいったん頭の外に置いておく。試合に集中する。

先発はもちろんキャミーだ。落ちついた様子で投球練習をはじめたが、その姿をじっと見つめている主審が、昨日と同じ人物だと気づき、夏樹は少し心配になった。

とにかく、すべてをキャミーに託すしかない。本間自動車の一番バッターが打席に入り、プレイボールがかかった。

キャミーは、豪快に両腕を上げるワインドアップのフォームから、第一球を投じた。打者の胸付近を通過した、内角やや高めのストレートは、ボールの判定。

案の定というべきなのか、際どいところがことごとくボールになってしまう。

「おいおい、本当に大丈夫か……？」社長の貧乏揺すりがとまらない。しきりに帽子をはずし、せわしなく髪をかき上げている。

なんとか、スリーボール、ツーストライクまでカウントを整えたものの、キャミーは先頭打者に結局フォアボールを出してしまった。

「やっぱヤバいんじゃないか？」晃が腰を浮かせかける。「誰か、用意を……」

「いや、待ってください！」夏樹はマウンド上のキャミーの様子を確認して、答えた。「大丈夫みたいですよ」

マウンド上のキャミーは、依然として落ちついていた。キャッチャー・啓輔からの返球を受けとると、帽子を一度取り、長袖のアンダーシャツで汗をぬぐう。その目は、いつぞやの水島監督のような静かな闘志をたたえていた。

　今朝、試合前のミーティングでキャミーはきっぱりと言ったのだ。

「昨日の自分、サヨナラですネ」

　その言葉を信じる。

「今日の私、ハローです。私、生きてます。みなさんに感謝ですネ」

　チームメートとして、同じピッチャーとして、信じるしかない。

　二番バッターが、バントの構えを見せた。

　キャミーが渾身の一球を投げこむ。が、直球と見えたボールは、打者の手元付近で急激に曲がった。カットボールだ。

　バッターは上半身を起こしたまま、あわててバットの先で変化するボールを追いかけた。

　小フライが上がる。キャッチャーマスクを放り投げた啓輔が、ファウルゾーンでそのボールをつかみワンナウトを取った。

「いいね、球走ってるよ！」味方の守備陣が、絶えずキャミーをフォローし、鼓舞する。トクマルのスタンドから、常連さんたちの拍手が響いた。

　そこからのキャミーは圧巻だった。まず、三番を三振に取り、ツーアウト。

　四番の室屋が、バットを頭上で振りまわしながら、のしのしと熊のような足どりで左のバッターボックスに入った。威圧感たっぷりの登場だ。

　対するキャミーも、両手を腰にあてて仁王立ちし、室屋を見すえている。

　まさに、力と力の戦いだった。球を放つ瞬間、キャミーの声にならない声がもれる。室屋のスウィングスピードはすさまじく、バットが空気を切り裂く音がベンチまで聞こえてくるようだった。

空振り、ファウル、ファウルで、ツーストライクの状態がつづいた。

火花が散る。ファウルチップが、ものすごい速度で、バックネットに突き刺さる。

そして、四球目。

ストレートの軌道から、ボールがすとんと沈んだ。百四十キロ台のスプリットに、室屋のバットがなすすべなく空を切った。体勢を崩した室屋のヘルメットが、ホームベースの真上に落下した。

ゆっくりとヘルメットを拾い上げた室屋は、つばを深く下げてかぶり直した。しかし、その口元は笑っていた。こいつもまた、真剣勝負を楽しんでいるのだろうと、夏樹もマスクの内側で笑った。

早くマウンドに上がりたい。対戦がかなうなら、試合前の挑発を真正面から受けるつもりでいた。

しかし、試合はまだはじまったばかりだ。ゆっくりと、徐々に、気持ちと肩を温めていく。小躍りするように、ダッシュでベンチに帰ってきたキャミーを、夏樹たちは肘タッチで迎え入れた。

「キャミー、今日も怒ってるか?」

「はい」キャミーはあっさりとうなずいたけれど、その口調は穏やかだった。「三球目のファウル、当てられるとは思ってなかったです。甘かった自分に怒ってますネ」

また一つ、精神的にステップアップしたキャミーは、五回までを無失点に抑えた。この上なく最高のスタートを切れた。

常連さんたちが、声援がわりに、昨日同様青い団扇を振ってくれる。本来であれば、各企業は予選から応援団を送り、会社を挙げてチームを鼓舞するらしい。きっと大手自動車メーカーであるＨＯＮＭＡの応援はすさまじかっただろう。

しかし、今年は静かな戦いがつづいていく。ミットの捕球音や、打撃の破裂音、選手たちの声が絶えず球場にこだました。

五回裏、〇対〇。両者一歩もゆずらない膠着状態がつづいていた。

ヘルメットをかぶった玲於奈が、バッターボックスに入っていく。一塁ランナーには、俊足の真之介をおいている。

「ここで、ちょっと動かしてみるのも、ありですかね」夏樹は晃にささやきかけた。

「そうだな。次、エンドランをかけてみよう」晃がうなずいた。

「了解」夏樹は帽子のつばや、手の甲、肘などに触り、ランナーとバッターに作戦をつたえる。

カウント、ツーボール・ワンストライクで、ランナーを走らせ、同時に玲於奈を打たせる。バッターボックスから片足をはずした玲於奈がうなずく。

水島監督が亡くなったとき、かなり憔悴していた玲於奈だが、こうして無事に立ち直った。玲於奈もまた、「わからない」という、やるせない気持ちを共有し、乗り越えようとしている大事なチームメートだ。

相手ピッチャーが、高目のストレートを投じる。そのボールを、玲於奈は上からかぶせるように振り切った。

打球はサード・室屋の頭上をライナーで越えていくように見えた。室屋が一瞬、膝をかがめ、巨体を揺らして大きくジャンプする。グラブをはめた左手を目いっぱい伸ばした。

「抜けろ！」夏樹は思わず立ち上がって叫んだ。

その願いが通じたのか、打球は室屋のグラブの数センチ上を抜けていった。フェアゾーンに落ちたボールが、バウンドを繰り返しながら外野の深いところへ転がっていく。

「まわれ、まわれ！」

スタートを切っていた真之介が、二塁を蹴り、一気に三塁も駆け抜ける。三塁コーチャーがぐるぐると腕を回転させる。

ライン際でなんとか打球をおさえたレフトがバックホームしてきた。ワンバウンドしたボールを、相手キャッチャーがつかむ。タッチを繰り出す。

真之介がトップスピードでスライディングした。土煙が上がった。

「セーフ！」主審が大きく両手を広げた。

キャッチャーのタッチをくぐりぬけ、真之介が左手をホームベースに伸ばしていた。

二塁に進塁した玲於奈が、ベース上で天に突き刺さりそうなほど、大きくガッツポーズを掲げる。笑顔がはじけた。

トクマルベンチで、拍手と歓声が爆発した。玲於奈のガッツポーズに、チームメートたちも拳をあげて応える。

夏樹は息つく暇もなく、ブルペンに移動した。

次の六回表からは、壮一を登板させるつもりだったのだが……。

ブルペンでの投球練習中、夏樹はマウンドの後ろに立ち、壮一のフォームをじっと見つめていた。壮一は、投げるたび、首をひねった。夏樹も腕を組んだまま、マスクの下で渋面をつくった。

どうも、キレがないというか、いつもの勢いが感じられない。

ピッチャーというのは、いざ投げてみないと、自分の調子がわからないものだ。連投になって調子が上がる場合があれば、疲れが抜けきらない場合もある。

今日の壮一は、どうやら後者のようだった。

「調子、どうだ？」あえて、「悪いか？」という聞き方はしなかった。たとえ悪くても、悪いなりに投げてもらわなければならない。それが18を背負ったエースの役目だ。

「ちょっと、肩が重いですかね」壮一が右腕をぐるぐるまわしながら、晃からの返球を受け取った。

「無理はするなよ。聖也と俺がいつでもスタンバってるから」

投手陣の負担が増している。今日は俺も左のワンポイントではなく、回をまたいで登板しなければならないかもしれないと夏樹は覚悟した。

「よし、行ってこい！」トクマルの攻撃が終わり、壮一の尻を軽くたたいて送り出した。

「はい！」

小走りでマウンドに向かう壮一に、トクマルメンバーから声援が送られる。「いい流れ、乗っていこう！」「頼むぞ、エース！」「奈緒ちゃん、配信で見てるかもだぞ！」

ロージンバッグを拾い上げ、二回、三回と右手の上でバウンドさせた壮一は、引き締まった表情で投球練習をはじめた。

この回の先頭打者は、いきなり室屋だ。

ゆっくりと、風格たっぷりでバッターボックスに入っていく室屋を見つめていた壮一は、いつになく緊張した面持ちだった。

リードはたった一点。気負うなよと、夏樹は心のなかで祈る。

両腕を大きく振りかぶった壮一は、静止ののち、大きく口から息を吐き出した。その直後、左足を大きく上げて、投球モーションに入る。

右手を地面にたたきつけるように振り下ろし、投じたそのボールは、大きくすっぽぬけたように浮き上がった。初球カーブだ。

ベンチに戻っていた夏樹は、思わず立ち上がり、身をのりだした。

右足をこするように小さく上げた室屋の始動を目の当たりにして、夏樹は瞬間的に、本能で危機をさとったのだ。

はずしたはずのタイミングが、完全に合っている。カーブの軌道と、バットの軌道が、ぴたりと重なっていく。一拍、タメをつくってこらえた下半身を一気に回転させ、室屋はバットを豪快に振り切った。

こいつ、絶対に、初球カーブに山を張っていた――。

気がついたときには、夏樹はライトスタンドを振り仰いでいた。

バットとボールのインパクトの音が、おくれて聞こえてくるようだった。芯を食った、かわいた破裂音が鳴り響き、白球はあきれるほど高く高く舞い上がった。

引っ張りこんだ打球が、きれいな放物線を描いて、無人のライトスタンド中段に吸いこまれていく。

「よっしゃ！」室屋の絶叫をきっかけに、本間自動車のベンチが一気にわき返った。

室屋がゆっくりとダイヤモンドを一周する。一方の壮一は、マウンド上で両膝に手をついてうなだれていた。

カウントを稼ぎにいった初球を痛打される。ピッチャーとしては、この上ないショックだ。

ここは、いったんタイムをとるべきか……。ベンチから足を踏み出しかけたとき、壮一が顔を上げ、つぶやいた。

「奈緒ちゃん……」

夏樹はベンチを出て、すぐ真上のスタンドを見上げた。

さっきまでいなかったはずの奈緒が、客席にいた。千葉の実家から駆けつけてくれたのだろう。

奈緒が横断幕を広げた。

よく見ると、それは横断幕というよりは、模造紙をつなぎあわせた、急ごしらえの代物だった。

〈つべこべ言わず投げろ！　皆川壮一！〉

ドメさんたち四人組が、等間隔に広がって横断幕を持ってくれている。マジックで何度も塗りこんだ巨大な文字がならんでいた。壮一の名前の横には、カラフルなチンアナゴが何匹も顔を出している。

マスクをした奈緒は、チアの服装だった。無言のまま、静かな眼差しをマウンド上の壮一に送っている。

夏樹はベンチに戻った。壮一の表情が、決然としたものに変わった。たくさんの責任や信頼を背負ってマウンドに立つ自覚を、もう一度、体の奥底から呼び起こすことができたらしい。

応援の力は大きい。たしかに、選手を鼓舞するような大声は、今は出せない。しかし、ただそこにいてくれるだけで、大きなパワーを俺たちはもらうことができるのだと、夏樹は実感していた。

壮一の調子は依然として上がってこない。それでも、うまく打者の裏をかき、打ち気をそらし、繊細な投球をつづけた。

次の五番バッターも、強打者だ。

壮一は、ストレートを見せ球に、変化球主体でピッチャー有利のカウントを整えていく。キャミーの力業に慣れたバッターには、一転して、コントロールのいい壮一の投球が打ちにくく感じられたことだろう。五番バッターは変化球を引っかけてファーストゴロに倒れた。

その後もランナーを背負うものの、なんとか要所要所でピンチを切り抜けた壮一は、ベンチで汗を拭きながらつぶやいた。

「二巡目入ったら、つかまっちゃうかもしれません」

つまり、次の室屋の打席以降、バッターはキャミーのイメージをうまく脳裏から消し去り、壮一の投球に対応しはじめるということだ。ただでさえ、同じ地区で何度も試合を行っている相手だ。壮一のデータは完全に頭に入っているだろう。

夏樹はいつでも出られるように、ブルペンでの調整を急いだ。

そして、案の定、七回に試合が動いた。

先頭の一番バッターをおそれて、フォアボールを出し、そこから打ちこまれた。またしても室屋が、大きな飛球を上げる。

センター方向だ。夏樹はブルペンでの投球をとめて、打球を見上げた。玲於奈が懸命にバックする。その頭上を、あっさりとボールが越えていった。

二人のランナーが速度を落として、次々とホームインする。これで、一対三で逆転された。

なおも猛攻はつづく。グラウンドに、芯を食ったバットの快音が響き、ランナーの室屋がホームに生還する。本間自動車ベンチが大きくわき返る。

そろそろ、交代しないと突き放されるばかりだ。ブルペンで、夏樹はボールを握りしめた。次は、俺しかいないだろう。

七、八、九回をなんとか投げきろう。

そのとき、となりで投げていた聖也が、ぼそっとつぶやいた。

「僕、いつでもオーケーです」

聖也は、鳥丸さいたま新都心店に勤務している。普段はものすごく無口で、何を考えているのかよくわからない。

登板の際も、ただ黙々と夏樹の指示に従い、みずからの意思を示すことは稀《まれ》だった。だから、夏樹は素直に驚いた。

「もしかしたら、明日も試合になるかもしれないんだぞ」夏樹は聖也の意思と、試合のスケジュールを瞬時に天秤にかけた。「だとしたら、必然的に聖也が先発になるわけだし……」

聖也が首を横に振る。

「それでも、壮一を、助けたい」

「わかった……」

聖也は夏樹と同い年の二十五歳だ。正直、ＮＰＢへの挑戦は、あきらめているのだろうと思う。

では、なんのために投げるのか？　なぜ、野球じゃなければならないのか。とくに、このご時世に、なぜ野球をするのか。

「今、泣きそうになってるあいつを、最後に笑顔にさせてやりたいから……」聖也が手元のボールを見つめて、つぶやいた。「だから、行かせてください」

八番にフォアボールを出したところで、審判にタイムを取り、聖也とともにマウンドに向かう。夏樹は投手交代を告げた。

「よく頑張ったな」夏樹は、壮一を送り出したときと同じように、尻をぽんと一つたたいた。「交代だ」

てっきり、その口から「すみません」が出るものだと思っていた。しかし、壮一は顔を上げた。

「僕は、あやまりません」

帽子のつばを上げて、空を見上げる。

「水島監督と、約束したので、絶対にあやまりません。信じますよ、みんなが逆転してくれるって」

おう、まかせとけ、とショートの翔太郎が応じる。真之介も無言でうなずいて、壮一の18の背中をさする。

ボールを聖也のグラブに渡した壮一は、トクマルベンチに小走りで戻っていった。夏樹もそのあとを追いかけた。

スタンドから、拍手が鳴り響いた。奈緒がひときわ大きく手をたたいている。

「壮ちゃん、よくやった。えらいぞ」立ち上がったドメさんたちが、団扇と手のひらを打ち鳴らし、控えめに声援を送ってくれた。三雲さんご夫婦も、大きく手を振っている。

壮一はベンチに戻るなり、大きなタオルを頭にかけた。顔を隠し、ごしごしと目のあたりをぬぐっている。

「あぁ～」うめくように、うなり声をあげた。「情けない。ホントに情けないっすわ」

その気持ちは痛いほどよくわかった。「汗ふいたら、しっかり応援しよう」夏樹は壮一に声をかけた。

壮一が無言でうなずく。

「俺と晃君は、またブルペン入るから。何かあったら頼むぞ」

「はい」今度はしっかりと返事があった。

夏樹はベンチに置かれた水島監督の遺影にちらっと視線をやった。

キャミーにつづいて、壮一も見違えるほど大人になりました。口癖の「すみません」が、出ませんでした。マスクの内側で、少しだけ息をもらし、笑った。

ふたたびグラブをたずさえ、夏樹はブルペンに戻った。

七回表、一対四。ツーアウト・満塁でピッチャーは聖也にスイッチした。

聖也は変幻自在という言葉がぴったりな、老練な投球術を見せた。左足を上げる大きさやタイミングを一球ごとに変え、クイックの速度に緩急をつける。バッターのタイミングをうまくずらしつつ、最後は落ちる球で空振り三振に切って取った。

ベンチで壮一が出迎える。

壮一は、すでに笑顔に戻っていた。肘タッチを交わし、聖也の尻を思い切りたたく。聖也も笑いながら、壮一の頭に手をおいた。

まだまだ、望みはある。トクマルベンチの雰囲気は決して沈んでいなかった。誰一人として、あきらめている部員はいなかった。

しかし、なかなか点がとれない。一対四のまま、九回に突入してしまった。

まず表の本間自動車技研の攻撃を、なんとかゼロに抑えなければならない。これ以上、突きはなされるわけにはいかない。聖也と交代した夏樹は、ブルペンを出て、マウンドに向かった。

「パパ！」

背後のスタンドから、勇馬の声がする。夏樹は振り返らずに、ただ左手だけを軽くあげた。投球練習を開始した。キャッチャーも晃にスイッチした。規定の球数を投げ終えると、晃が小走りでマウンドにやって来た。

「初球、どうする？」ミットで口を隠した晃が問う。

夏樹はネクストバッターズサークルから出てくる室屋をちらっと見た。またしても、この回の先頭。五回目の打席だ。

ランナーがたまった展開で出てこられるよりは、よっぽどいいと開き直って考えた。こいつを打ち取れば、一気にはずみがつく。

遠くスコアボードを見る。

「カーブ」夏樹は答えた。

「正気かよ⁉」

「正気です」夏樹もグラブで口を覆った。「ただ、サインは一応出してください」

キャッチャーマスクをかぶり直し、晃がカチャカチャと防具を鳴らしながら、ホームに戻っていく。夏樹はちらっと、自軍のベンチに目をやった。

キャミーが、壮一が、聖也が見つめている。水島監督の遺影も、日差しを浴びて、輝いている。

みんなを笑顔にする。楽しむ。そのために、トクマルで投げつづけてきた。

思えば、遠くまで来たものだ。プロを解雇されたときには、考えもつかなかった遠い場所へとやって来た気がする。変わらず埼玉にいるのに、なんだかずっと苦しく、長い旅をしてきたような気分だった。

その苦しさや悔恨を、心のなかで一気に燃焼させ、投げるための闘志に変換していく。そのスタンスこそが、俺の真骨頂だ。

夏樹はプレートを踏み、サインをのぞきこんだ。

晃が手のひらを開いて示す。カーブのサインだ。

夏樹はうなずきかけた。

しかし、自分でも驚くことに、踏みとどまった。

バッターボックスでバットを肩にのせている室屋を見やる。カーブはダメだ。完全に待っている。夏樹の本能がそう告げていた。

裏をかいてふたたび初球カーブを選択したのだが、室屋はそこに照準を合わせているようだ。空気でわかる。

夏樹は首を振った。晃が困惑気にストレートのサインを出す。

もう一度首を振る。夏樹は上半身を起こし、プレートを外した。帽子をはずし、汗をぬぐう。太陽が高い。十月とはいえ、まだまだ暑い。

壮一が打たれた、完璧なホームランの軌道が脳裏をよぎった。そのイメージを懸命に頭から振り払う。

再度、サインの交換に入る。今度は一発。シンカーでうなずいた。

セットポジションに入り、夏樹は右足を高く上げた。軸となる左足にパワーをためこむ。一気に、躍動。羽ばたくようなフォームから、左腕を前方に投げ出していく。

膝元へと沈むボールに、室屋はバットをすくい上げるように振り切った。芯を食った、かわいた音。吹っ飛ぶボールが、視界に映る。

夏樹は背後を振り仰いだ。一気に冷や汗が出た。

打球は急激にスライスして、切れていった。ライトのポールの外側を通っていく、特大のファールだった。

両側のスタンドから、ため息が響く。落胆のため息と、安堵のため息は似ている。夏樹も、大きく息を吐き出した。

一度、極限まで肝が冷えると、えも言われぬ興奮が、徐々にこみ上げてきた。

これだ――。この血が沸くような勝負が、楽しくてたまらない。わくわくする気持ちが、とまらない。

今まで鍛えてきた己の力と技の最大限を、この強打者にぶつける。

二球目――。

スライダーが、少しすっぽ抜けた。外角に逸れて、ボール。夏樹はロージンバッグを取り上げた。手のひらに、滑り止めをなじませる。強い風に、白い粉が流されて消えていく。

もう、何も聞こえない。何も邪魔は入らない。マウンドの上で、孤独と紙一重の全能感を味わっている。

三球目――。

因縁のカーブ。室屋がバットを振り切る。

打球が真っ直ぐ、向かってきた。強烈なピッチャー返しだ。

着地した夏樹は、懸命にグラブを伸ばした。ライナーで迫るボールは、足元をものすごい速度ですり抜けようとしている。

――と、脳天に電撃が走った。一瞬、何が起こったかわからなかった。おくれて痛みがやってきて、ようやく打球が直撃したことに気がつく。が、体のどこに当たったかは、瞬間的にはわからなかった。

マウンドにくずおれる。すさまじい痛みに襲われた。

膝だ――。

それでも、目だけはとっさにボールの行方を探していた。

夏樹に当たり、角度が変わった打球は、ショート・翔太郎の定位置へと転がっていく。センターに抜けていく球に対応し、セカンドベース方向へと走っていた翔太郎が、あわてて足を踏ん張り、リターンする。

追いついた翔太郎が、身を投げ出すようにしてファーストにスローした。室屋も、巨体を投げ出した。ファーストベースに飛びこむヘッドスライディングで、土埃が舞い上がる。

「セーフ！」一塁の塁審が、迷いなく判定を下した。

うれしそうにベースを拳でたたいて立ち上がった室屋だったが、しゃがみこんだ夏樹を見て、一転、心配そうな表情を浮かべた。

夏樹はなかなか立ち上がれなかった。打球が直撃した左膝が、痺れたように熱をもっていた。晃がタイムをかけて、駆け寄ってくる。壮一もコールドスプレーを手に、ベンチから飛び出してきた。

患部にスプレーをかけてもらう。本当は冷たいはずなのに、ほとんど何も感じない。

一度、屈伸運動をしてみるが、激痛が走った。チームメートを心配させないよう、真顔を保っていたのだが、つい顔をしかめてしまった。

「大丈夫か？」晃が夏樹の背中に手をおく。「大事をとって、交代したほうがいい」

そんなわけにはいかない、という思いと、到底投げられないというあきらめの気持ちが、せめぎあっている。

何度もスプレーをかけ、屈伸を繰り返すが、左膝の鈍い痛みは消えてくれない。

続投か、交代か——。

この試合で勝っても、負けても、まだ試合はつづくんだ。ここで無理をしたって、何もいいことないじゃないか。

でも、ここで降りたら、目の前の試合を投げ出したことにならないだろうか。たとえ負けるのだとしても、最後まであきらめたくない。トクマルの一員としての責務を放り出したくない。

波のように、じんじんと痛みが増したり、引いたりする。同じように、夏樹の心中の迷いも、押し引きを繰り返す。

どっちだ……？　投げるべきか、降りるべきか……。

「窪塚夏樹！」

突然、大声で名前を呼ばれた。夏樹はハッとして、顔を上げた。

「窪塚夏樹！」

一瞬、どこから声がするのかわからなかった。まるで天から降ってきたかのように、その甲高い声が球場中にこだました。

「窪塚夏樹！」

客席からだと気づいたのは、周囲にいる晃や壮一が、三塁スタンドを見ていたからだ。

夏樹も見た。

そして、目を見張った。

最前列に母が立っていた。その母が、叫んでいた。

「夏樹！」

マスクをつけてこもった声は、それでも高く、透明に響いた。真っ直ぐ、夏樹の心に突き刺さった。

「母さん……」

三塁の塁審が、ゆっくりと客席に近づいていく。「大声の声援はお控えください」と、やんわり注意をした。

母の背後から、父がその肩をつかむ。母は素直に従い席に戻った。

有紗は勇馬を膝の上にのせている。勇馬も「パパ！」と、叫んだ。有紗は、ただただ無言で温かい眼差しを送ってくる。

夏樹は痛みすら忘れていた。

ようやく俺のことを思い出してくれたのだろうか……？

それとも、俺が投球する姿に刺激され、かつての息子の記憶をしまっていた引き出しが、ほんの一瞬でもこじ開けられたのだろうか？

どちらにしても、こうして試合のさなかに名前を呼ばれたのははじめての経験だった。物静かだった母は、応援中、決して大声はあげなかった。

痛みが少しやわらいだ気がする。が、依然として膝は火で炙られているように、猛烈な熱をもっている。

もう一度、スタンドを見やった。

それにしても、母は何を訴えたかったのだろう……？

投げろ、踏ん張れ、踏みとどまれ。

降りろ、お前にはまだ先が——未来がある。

いったい、どっちだ……？　母さんは、どちらを言いたかった？

結局、同じ迷いに撞着してしまう。

「やっぱ、ダメっぽいな」晃がふたたび夏樹の背に手をおき、つぶやいた。「今、急ピッチで、肩つくらせてるから……」

晃の言葉が、耳に遠く聞こえる。あらゆる歓声が遠ざかる。

まるで、投球時、最高に集中している瞬間のようだった。心地よい無音が、夏樹を包みこむ。

気がついたのだ。

母さんは、何かを訴えようとして、俺の名を叫んだんじゃない、ということに。

ただただ、純粋にその名を呼んだ。「窪塚夏樹」に対して、お前は「窪塚夏樹」なのだと叫んだ。揺らいでいる「窪塚夏樹」という存在に、くっきりと、はっきりとした輪郭を与えようとした。

「俺は窪塚夏樹だ……」

夏樹はつぶやいた。

「そうだ、俺は窪塚夏樹だ」

「おう、知ってるけど……、それがどうした？」しゃがみこんだ晃が、心配そうに下から顔を見上げてくる。

「その『知ってる』ってことが、実は奇跡的なんだと思います」

晃と壮一が、困惑した表情で視線を交わす。

そう、俺は窪塚夏樹だ。決して有名な選手ではない。それでも俺のことを知る人が、俺をつなぎとめてくれるおかげで、こうしてグラウンドに両足をつけていることができる。野球を楽しむことができる。

これほど、幸福なことがあるだろうか。

心が、興奮で、張り裂けそうだった。

スタンドにいる家族や、奈緒、常連さんを見た。トクマルの守備陣や、ベンチの控え選手を見た。ベンチで微笑む水島監督の写真を見た。

ゆずってもいいものと、ゆずれないものの線引きを、しっかり自分のなかで決めること――自分が少年たちに語った言葉を思い出した。

この場所は、ゆずれない。このマウンドは、絶対にゆずりたくない。

「行けそうです……」主審にボールを求めた。「少しだけ、試しに投げさせてもらっていいですか？」

晃は何か言いたげだったが、無言でホームまで下がった。プレートを踏み、右足を上げる。軸足の左足に激痛が走る。歯を食いしばって投げこんだ。

「やっぱりやめといたほうが……」横に立つ壮一がとめようとする。

夏樹は首を左右に振って、それをさえぎった。

「大丈夫だ」帽子を取り、脂汗をふいた。「今が最高に楽しいんだよ」

「でも……」

「水島監督と社長のおかげだよ。みんなのおかげだよ。俺は、本当に感謝してるんだ」

後先のことを考えて、遊ぶ子どもはいない。今が楽しいから、遊びつづけるのだ。

最後に水島監督と、電話で話をしたときのことを夏樹は、はっきりと思い出した。監督は、たった一年で終わったプロ人生をかえりみて、こう言った。

たかが遊びを早く切り上げただけなんだ——。

たとえ次の試合から投げられなくなったとしても、遊びを切り上げただけだと思えば、まったく苦しくない。今を全力で楽しめば、きっと心残りもない。

さらに何球か投げてみた。もう一度、屈伸をして、主審に礼を述べた。

「ありがとうございます。オーケーです」

一塁ベースに立つ室屋が、心配そうに見つめてくる。

室屋に向けて、笑顔で一つうなずいた。大丈夫だ、投げられる。

とはいえ、ちょっとくらいは驚かせてやりたくて、プレイがかかると、真っ先に一塁へ牽制球を投じた。

もっともランナーが引っかかりやすい、サウスポーの牽制だ。右足をまっすぐ一塁方向に上げるが、顔はキャッチャーに向ける。ふつうに投球すると見せかけて、一気にファーストへ牽制球を投じる。

完全に逆をつかれた室屋が、あわてて頭から一塁へ戻った。その手元に、ボールをつかんだファーストミットが重なる。

「セーフ！」

バッターに投げずにワンナウトが取れれば儲けものだと思ったのだが、もともと室屋はそこまで大きくリードを取るようなタイプの選手ではない。こんなもんだろうと思い、ファーストからの返球を受け取った。

ユニフォームについた土を払う室屋が、ヘルメットの下でにやりと笑った。やってくれたな――そんな笑顔だった。夏樹もほくそ笑んだ。

さて、問題はどう五番バッター以降を打ち取るか、だ。左膝は、やはり今にも噴火しそうなほど、熱いマグマをためこんでいるように、脈打っている。

晃のリードに従う。ただただ、思い切り投げこむだけだと決意をかためる。

一球目――。

ストレートの要求にうなずいた。

右足を上げると、軸の左膝に一気に負担がかかる。意思も、足も、途端にくじけそうになるところを、なんとか踏ん張る。

右足を大きく踏み出して、左腕を鞭《むち》のように振り切る。

微妙なバランスの崩れは、いやおうなく投球に影響した。ボールは高目にはずれた。簡単に打者が見切る。

二球目も、スライダーが外れて、ボール。

一投一投に、魂を削り、注ぎこんでいるような気分だった。汗がとまらない。襟足から、ぽたぽたと滴《しずく》がしたたる。マウンドの土にしみをつくっていく。

三球目――。

外に逃げるシンカーを、バッターがとらえ、振り切った。

またか——。

打球が真っ直ぐ、こちらに向かってくる。あまりにも精確で、殺人的なピッチャー返しだった。

ボールの赤い縫い目がはっきり見えた。眼前に迫る球に、とっさにグラブを伸ばす。

今度は右手にしっかりと捕球した感触が走った。はっきり言って、捕ったというよりも、グラブに入ってくれたという感覚だった。

しかし、アウトはアウトだ。

夏樹はとっさに室屋を見た。ランナーの室屋は二塁方向へ飛び出しかけていた。

ステップを踏み、夏樹は一塁へ向き直る。

「くっ……！」

激痛にあらがう。それでも、この二本の足でグラウンドに立っている。

またしてもヘッドスライディングで頭から帰塁する室屋が視界に映った。

グラブのなかのボールを握り、テイクバックをとった。しかし、足の踏ん張りがまったくきかない。ファーストに投げた球は、ありえないほどすっぽ抜けてしまった。

大きくジャンプしたファーストの頭を越えて、転々とファウルゾーンを遠ざかっていくボール。

一度、一塁に戻った室屋が、ふたたび立ち上がって、二塁を目指す。

様々な声という声が球場中で交錯した。まわれ、まわれ！　ライト、捕れ！　バックサード！

走れ、室屋！

夏樹はまばゆいばかりの太陽を感じながら、三塁に滑り込む室屋を見つめていた。

ワンナウト・ランナー三塁。

もう、これ以上の点はやれない。晃が指示し、内野が前進する。

夏樹を責める声はあがらなかった。懸命に鼓舞し、励まし、支えてくれる。

夏樹も、壮一と同様、あやまる気はさらさらなかった。

夏樹は、まるで土がしみこんだように、茶色く汚れ、カサカサにかわいた左手を見つめた。そして、握りしめる。力はあとから、あとからわき上がってくる。

対するは、六番の右バッター。

初球だった。

気力で投げきったカーブをすくい上げられる。高々と舞い上がるフライ。球場にいる全員が、青い空を振り仰ぐ。

センターへの浅いフライだった。玲於奈が難なく落下点に入った。

サードランナーの室屋は、三塁に左足をつけて、姿勢を低く保つ。三点をリードしている本間自動車としては、多少無理してでも犠牲フライで突っこんでくるだろう。

夏樹はグラブを高く掲げ、喉がちぎれるほど叫んだ。

「思いっきり、来い！」

その声が聞こえたわけではないだろうが、数歩、助走をつけながらフライを捕球した玲於奈が、まるで体全部を投げ出すようにして、バックホームした。

同時に室屋がスタートを切る。大きな体を揺らして、ホームを目指す。

晃がベースの前で、待ち構える。夏樹は室屋の突進と返球の競争を見くらべた。ギリギリだ。

頼む、間に合ってくれ！

がっちりとボールをつかんだ晃が、ミットの上から右手をかぶせ、体を反転させながらタッチにいく。そこに室屋が足から突入してくる。

固唾をのんで、主審の判定を待った。

主審は、一度、晃の手元をうかがった。タッチを終えた晃は、右手でしっかりと覆ったミットを高くあげた。

「アウト！」

夏樹はその場に、くずおれた。

しゃがみこんだ夏樹に、たくさんの手が伸びてきた。センターから走ってきた玲於奈、真之介、翔太郎、トクマルのチームメートたちが抱えてくれる。ほとんど担ぎ込まれるようにして、トクマルベンチに帰って行く。

途中、スタンドに有紗と勇馬が見えた。二人とも立ち上がっていた。拍手を送ってくれる。

母と父も見えた。父は母の肩をしっかりと抱いていた。

一気に力が抜けて、ベンチに倒れこんだ。

社長がすぐに左足のユニフォームをまくり上げる。用意した氷水をあててくれた。ようやく人心地がついた。

しかし、ほっとしてばかりはいられない。

九回裏。最後の攻撃。三点のビハインドだ。

夏樹は、声をかぎりに応援した。祈った。マスクをつけて、叫んだ。

先頭は途中出場した、九番の晃だった。

晃はすべてフルスイングだった。中途半端なバッティングは決してしなかった。

大きなファウルもあった。しかし、落ちる球にこらえきれずバットが出てしまった。

三振に倒れ、ワンナウト。

一番に戻り、翔太郎が緊張した面持ちで打席に入る。

「力抜いていこう！」夏樹は手を大きくたたいて叫んだ。最後まで監督としての仕事をまっとうする。

鋭い打球が飛んだときは、トクマルベンチの全員が、身を乗り出した。が、翔太郎の打ったボールは、不運にもショートの真正面に飛んでしまった。これで、ツーアウト。

いっせいにため息がもれるが、すぐにベンチからポジティブな声があがる。

「まだ終わってないよ！」

「打てる、打てる！」

「まず、ランナー出よう！」

二番の真之介が深くうなずいて、ピッチャーと相対する。トクマルベンチは、まるで勝つ寸前であるかのように、全員が立ち上がり、グラウンドへ声援を送っている。

本間自動車のベンチも同様だ。「あと一人！」と、ピッチャーを鼓舞する声が飛ぶ。

真之介が、バットを振り切ると、白球は青い空へ舞い上がった。本間自動車のセカンド、ショート、センターがフライを追いかける。

「落ちろ！」夏樹たちは叫んだ。

しかし、最後は前方にダッシュしてきたセンターががっちりと飛球をつかんだ。

ゲームセット。

夏樹は壮一に肩を支えられ、ベンチを出た。整列する。

悔いはなかった。やれることは、すべてやった。やりきった。

向かいに室屋が立つ。ニキビの残るその童顔は、本間自動車の勝ちが決まったにもかかわらず、浮かない表情だった。

「あの……、窪塚さん、膝、大丈夫ですか？」

「ああ、大丈夫だよ。気にしないでいいから」夏樹は答えた。「こうなったら、最後まで勝って、第一代表になってくれよ」

「はい！」

真剣勝負をした今なら、わかる。こいつは、悪いヤツじゃない。ただ、野球や日々の仕事に真摯に取り組んでいるだけなのだ。

「ありがとうございました！」

帽子を取って、礼をした。室屋が肘をこちらに向けてきた。一瞬、肘打ちされるのかと思ったが、夏樹は柔らかい笑みを浮かべて応じた。

二人は、肘タッチを交わした。

翌日の試合も、トクマルホールディングスは、三対四で惜敗してしまった。

相手は千葉県第一代表・ＩＢＣ木更津というクラブチームだった。

トクマルは三連戦だが、ＩＢＣはもともとシードだったこともあり、二連戦。投手陣の層と、疲労の差が歴然だった。病院へは行ったものの、打撲の痛みと腫れが引かなかった夏樹は、結局登板することすらかなわなかった。

これで、第二代表を決定する敗者復活トーナメントでも緒戦敗退ということになり、今年の都市対抗本戦出場への望みは、完全に絶たれてしまった。

呆然とするチームメートを夏樹はうながし、客席の前に整列させた。

声をそろえ、三試合の応援に対するお礼をした。常連さんや、部員の家族たちのおしみない拍手が降りそそいだ。

申し訳なさでいっぱいだった。なかなか頭を上げることができない。

「よくやった！　来年だ、来年！」ドメさんの声が聞こえる。

「壮ちゃん、ナイスファイト！」奈緒の温かい励ましが、胸を熱くさせる。

「もう、頭を上げていいから！　よく頑張った」三雲さんご夫婦は、最後までトクマルの部員を気づかってくれた。

泣いた。みんな泣いた。まるで高校球児のように泣いた。

水島監督や奥さん、忠さんとの約束を果たすことができなかった。

「みんな、恥じることはない！」晃が怒ったように怒鳴る。しかし、また晃も泣いているのだった。「みんな、よくやったよ。笑おう。水島監督が怒るぞ！」

「晃君を、胴上げしよう！」壮一が手をたたいた。「お疲れ様、晃君！」

この試合で引退する晃を、みんなで担ぎ上げる。

「重い！」

「落とそうか？」

「潰れる！」

そんな軽口をたたきあいながら、十回、晃を宙に舞い上げた。いつの間にか、みんな笑顔になっていた。これでこそ、トクマル野球部だ。

晃は「遊び」を切り上げる。また新たな人生の旅がはじまるのだった。

俺は……。

夏樹は、自分の心の内側をそっとのぞきこんでみた。

まだまだ、心が、体が遊びたがっている。室屋や、たくさんの強打者と対戦したい。打撲もたいしたことはなかったし、ひとまず再来月のトライアウトを目指して、また投げこんでいく決意をかためた。


家に帰る前に、ふと気になって、お店に立ち寄ることにした。Mボックスを停車し、開店準備中の北浦和店の扉をそっと開けた。

驚いた様子で、厨房から牧島が顔をのぞかせた。

「おいおい、なんで来た？」

「いや……、なんとなく、店長いるかなって思って」

「そうか。お疲れ様、窪塚夏樹」

店内の魚のにおいも、牧島の無愛想も、フルネームの呼び方も、なぜだかものすごく懐かしく感じられる。

「また、お世話になります。よろしくお願いします」

一瞬、不思議そうな表情を浮かべたものの、牧島は白いマスクの上の目を細めてうなずいた。

「そうだな。よろしく」

いつの間にか、牧島のベリーショートの刈り上げが復活していた。きれいで、なだらかな仕上がりだから、美容院で切ってもらったのだろう。

「あの……、僕が勤務初日に、店長に聞かれたことなんですけど……」

夏樹は、まるで女子に告白する中学生男子のように、もじもじと体を揺すりながらつぶやいた。

「えっ、なんだっけ？」とぼけているのか、本当に忘れてしまったのか、牧島は宙を見上げた。

「なんで、野球じゃなきゃいけないのか……っていう話です」

「ああ……、あれか」

今では、生け簀にも活きた魚が戻ってきている。少しずつ客足も回復しつつあった。

しかし、コロナがどれだけ長引くか誰にもわからない。飲食店への打撃は、まだまだつづくはずだ。

「僕は、やっぱり……」

話しはじめた夏樹を、牧島がさえぎった。

「三試合、配信を観させてもらって、よくつたわってきたよ。だから、大丈夫」

「えっ、観てくれてたんですか？」

「なんだよ、観ちゃ悪いかよ」

「いえいえ！　ありがたいなって思って」

牧島はわざとらしく、しかめっ面をつくった――らしい。白いマスクにしわが寄った。そして、ふたたび目を細めた。

「やっぱ、みんなまぶしかったなぁ。壮一も、キャミーも、戸沢さんも」

「えっ……、僕は？」

「なんだか、転んだり、膝痛めたり、見てられなかったよ。ホントに元プロか？」

「転んだのはともかく、膝は不可抗力でしょ！」

靴を買い替えたらしく、牧島のスニーカーは黒く輝いている。七分丈のパンツから出たくるぶしは、細く引き締まっていた。

毎日、毎日、身を粉にして働いている人の足だ。この人も、この店に両足をつけ、懸命に日々を生きているのだった。

「私も、お客様が笑顔で食事ができる、そんな店をもう一度、目指していくよ。だから、力を貸してくれな、窪塚夏樹」

「はい」

夏樹は大きくうなずいて、返事をした。

強迫観念ではない、心からの自然な笑顔を、俺たちはようやく取り戻すことができた。

8．2020年12月　都市対抗野球・本戦

まったく予期せぬことに、夏樹は東京ドームのマウンドに立っていた。しかも、本間自動車技研のユニフォームを着て。

「なんだ、窪塚夏樹、お前、トクマルを裏切ったのか？」野球を知らない牧島に、この前、ものすごく嫌そうな顔をされたが、裏切ったわけでも、引き抜かれて移籍したわけでもない。

都市対抗野球の本戦には、補強選手という制度がある。

本戦に出場したチームは、同地区で予選敗退したチームから、三人まで選手をレンタルすることができる。選手を選ぶ権利は、第一代表から——つまり南関東地区の場合、第一代表の本間自動車技研から、自由に選手を選ぶことができる。第二、第三代表はそれぞれ順番に、余っている選手を補強することができるという制度だ。

夏樹は、本間自動車技研の監督に選ばれた。レンタルされた選手は、大会期間中、一時的にそのチームのユニフォームを着て戦う。あいている背番号を与えられるのだ。

なんだか、不思議な気分だった。

あの室屋がチームメートだというのが、なんとも信じられない。

「優勝しましょうね、夏樹さん」きちんと話をしてみると、やはり室屋はかなりの好青年だった。すっかり夏樹にも慣れ、下の名前で呼んでくる。

ただ、バットを持つと、一気にスイッチが入るようだ。打撃練習の際「本気で来いって！」と、怒鳴られたときは、ただただ呆気にとられた。しかし、ヘルメットを脱ぐと、途端に相好を崩し「ありがとうございました」と、丁重に礼を言ってくる。こいつは二重人格なのかもしれないと、夏樹は疑いはじめている。

その室屋は、十月二十六日に開かれたＮＰＢドラフト会議で見事指名を受けた。来年から、プロ野球選手としてのキャリアをスタートさせる。

残念なことに、トクマルから指名された選手はいなかった。壮一や玲於奈たち、プロ入りを目指す選手は、トクマルに在籍をつづけ、また来年へと望みをつないでいく。

「整列！」主審が大きく右手をあげた。

夏樹は本間自動車のベンチから、かりそめのチームメートと駆けだした。ホームベースをはさんで、今日の対戦相手と向かいあう。

十一月下旬からはじまったトーナメントは、いよいよ佳境に入っていた。

十二月二日の今日は、準決勝。相手は同じ南関東の第二代表で選出され、ここまでともに勝ち残ってきた、埼玉運輸だ。

夏樹は向かいに立つ、よく見慣れた二つの顔を見くらべた。

埼玉運輸のユニフォームを着た、壮一とキャミーが、帽子の下で笑っていた。夏樹も思わず笑みを浮かべてしまう。

二人も補強選手として、埼玉運輸に選ばれたのだ。

「お前ら、全然ユニフォーム似合ってないぞ」縦縞の埼玉運輸のユニフォームを着た壮一とキャミーに、どうしようもない違和感をおぼえてしまう。

「それは、こっちのセリフですよ、夏樹君」壮一が笑いを噛み殺しながら答えた。「本間自動車の風格に、まったくなじんでませんよ」

「勝つのは、私たちです」キャミーはやはり、不敵に白い歯を見せた。「ここで室屋サンねじ伏せたら、私も来年プロ入りですネ」

今年のドラフト指名からはもれたが、ここで好投すれば、壮一にとって絶好のアピールになる。来年にドラフト指名の権利を獲得するキャミーも同様だ。実際、二人は目を見張るほどの活躍を見せ、埼玉運輸を準決勝にまで導いてきた。

二度目のトライアウトを間近にひかえた夏樹も、まだまだ第一線で投げられることを、一戦一戦、スカウトたちに見せつけ、証明していかなければならない。

「よろしくお願いします！」帽子を取って、頭を下げる。壮一、キャミーに背を向け、別々の方向へとわかれていく。

こういうのも、悪くない。チームメートと投げあい、競いあうのもまた、わくわくする遊びの醍醐味だと思えた。

ベンチに戻る途中、スタンドを見上げた。

有紗と勇馬が手を振ってくる。

今日は、父と母、亜夜子も来てくれている。父は母の肩をたたき、夏樹のほうを指さしている。ほら、夏樹だよ――そう話しかけているのだろう。

試合が開始されると、夏樹は東京ドームのブルペンに入り、登板に向けて気持ちと肩をつくっていった。昨日の準々決勝から、明日の決勝まで毎日試合がある。中継ぎはフル稼働だ。

ブルペンには、水島監督の写真を置かせてもらった。ここが、東京ドームです、監督。監督がいたからこそ、僕はここまで来ることができました。その感謝の気持ちを、持ち味である、闘志あふれるピッチングで表現していく。

出番は七回におとずれた。

埼玉運輸は一番からの好打順。一番、二番と左バッターがつづく。夏樹はブルペンを出て、マウンドに向かった。

東京ドームのウグイス嬢が、夏樹の名前をコールする。巨大なバックスクリーンには、「窪塚夏樹　22（トクマルホールディングス）」という掲示が大きく映し出された。

本間自動車が三点をリードしている。ここで、きっちり締めれば、ぐっと勝利が近づく。本間自動車技研、初の日本一を、もうすぐそこまでたぐりよせることができるのだ。

「パパ！」例のごとく、勇馬の声がした。

準備運動のふりをして、握りこぶしを高くあげる。昨日、勇馬と約束した、二人にしかわからない秘密のポーズだ。

勇馬を殴りかけたことを、俺は一生忘れないし、忘れてはならない。一人の親として、人間らしく全力でスポーツを楽しむ姿を我が子に見せなければならない。

マウンドに登り、ボールを受け取る。

投球練習をはじめた。人工芝の緑が、目に鮮やかだった。

母は、あれから結局、俺のことを思い出すことはなかった。名前を呼んでくれたこともない。しかし、なんとか無気力な状態は脱し、毎日散歩に出かけているという。

試合中に、「窪塚夏樹」と呼んでくれたのは、やはり一時的に記憶が刺激されただけなのだろう。プロに返り咲いたとしても、これからはきちんと定期的に実家に顔を出そうと夏樹は思った。

母さん、見てくれていますか。今、東京ドームのマウンドに立っています。プロのときには、ついぞ立つことのかなわなかったドームの舞台に、社会人野球選手としてやって来た。トクマルのみんなには、感謝してもしきれない。

牧島は本社への異動が正式に決まった。クラウドファンディングの提案が認められ、社長に推薦されたのだ。念願だった、商品・メニュー開発部で働く夢がついにかなった。

それにともない、現役を引退した晃が北浦和店の店長に昇進する。勤務が忙しくなるのでまだ手探りだが、野球部にはコーチとして残る予定だ。新監督の人選は、これからだった。

練習の最後の一球を投げ、深く呼吸をして、家族や仲間たちのことは一度、頭の隅にそっと置く。

ここからは、ピッチャーとしての孤独な戦いだ――。

と、思ったら、スタンドの一角に、水島監督の奥さんと、息子の忠さんの姿が見えた。監督のように、強く、熱い眼差しを送ってくる。

監督との約束を、半分は果たせたんじゃないかと、少しだけ安堵した。俺だけでなく、壮一も、キャミーも、この最高の舞台で投げることができた。もちろん来年以降も、トクマルは都市対抗野球、本戦出場を目指していく。

ありがとうございます、水島監督も、見ていてください。

そして、夏樹は最後に、過去の自分にも感謝した。緊急事態宣言中のトレーニングがあったからこそ、この「未来」につながった。お前の努力は、無駄にはならなかったぞと、過去の窪塚夏樹に心のなかで大きく頭を下げた。

本間自動車のキャッチャーが、二塁にボールを投じる。内野間でボールをまわし、最後にサードの室屋がその球を受ける。

室屋は小走りで、マウンドに近づいてきた。

「どうすか、調子は？」

室屋がボールを直接、夏樹のグラブにおさめた。夏樹は答えた。

「最高だよ。このまま、飛び立てそうなほど、体が軽い」

「夏樹さんなら、トライアウト、絶対受かると思います。その前に一暴れして、優勝しときましょう」

「おう！」

監督が最後に話してくれた、風船のイメージが頭をよぎる。

俺の風船は、飛び立つことができるだろうか……？

しかし、上空高く飛ぶ必要はこれっぽっちもないのだと、トクマルに入って教えられた。たとえプロに返り咲き、左のワンポイントとして一軍に定着できたとしても、しっかりと地面を意識しつづける。人間として——野球選手として、決して驕らず、たかぶらず、みんなの手の届く低空を飛びつづける。

俺は、もう決して人間らしさを捨てたりしない。

家族や、大事な仲間たちが、俺をしっかりとつなぎとめてくれる。俺はみんなの風船の紐を、同じようにこの手に握りしめている。

互いに、互いを、この世界につなぎとめる。

夏樹は埼玉運輸の一番バッターを迎え、セットポジションに入った。

初球ストレートのサインに、大きくうなずく。

俺には投げることしかできない。居酒屋でお酒と料理を運ぶことしかできない。けれど、誰もが笑って暮らせる世の中になるよう、この低空から祈りつづけている。改良したサイドスローの羽ばたくフォームのように、俺にしかできない、鮮やかで、華麗で——それでいて地道な低空飛行を見せつけてやるのだ。

主審が、夏樹に人差し指を向けた。

さぁ、楽しいゲームのはじまりだ！

「プレイ！」

本書は書き下ろしです。

朝倉宏景
Asakura Hirokage

1984年東京都生まれ。東京学芸大学教育学部卒業。2012年『白球アフロ』（受賞時タイトル「白球と爆弾」より改題）で、第7回小説現代長編新人賞奨励賞を受賞。2018年『風が吹いたり、花が散ったり』で第24回島清恋愛文学賞を受賞。2020年甲子園球場の整備を請け負う阪神園芸をモデルにした『あめつちのうた』が話題に。他の著作に『野球部ひとり』『つよく結べ、ポニーテール』『僕の母がルーズソックスを』『空洞電車』『日向を掬う』など。元高校球児で、ポジションはセカンド。

エール
名《な》もなき人《ひと》たちのうた

二〇二一年十月十三日　第一刷発行

著者　朝倉宏景《あさくらひろかげ》
発行者　鈴木章一
発行所　株式会社講談社
東京都文京区音羽二―一二―二一　〒一一二―八〇〇一
電話　出版　〇三―五三九五―三五〇五
販売　〇三―五三九五―五八一七
業務　〇三―五三九五―三六一五

本文データ制作　講談社デジタル製作
印刷所　豊国印刷株式会社
製本所　株式会社国宝社

定価はカバーに表示してあります。

ISBN978-4-06-524878-2　N.D.C.913　302p　19cm